GW00597942

OS PRIMOS

A MENSAGEM
SECRETA
DE LISBOA

Mafalda Moutinho

Autora

Até 2003 foi Consultora
de Gestão em Londres,
numa grande empresa de
consultoria multinacional,
a *Accenture*.
Licenciou-se no Instituto Superior
de Ciências Sociais e Políticas
de Lisboa, em Relações
Internacionais, e completou
os estudos com um mestrado em
Londres, no London Centre
of International Relations
da Universidade de Kent.
Trabalhou sediada em Londres
de 1997 a 2003, viajando muito
e vivendo cada ano em cidades
e países diferentes: Paris, Milão,
Cairo, Haia, Estocolmo, Madrid
e Roma.
Vive desde 2003 em Itália
e tem-se dedicado exclusivamente
à escrita.
O *site* da colecção pode visitar-se
em www.osprimos.com.

A MENSAGEM
SECRETA
DE LISBOA

Mafalda Moutinho

Ilustrações
Umberto Stagni

D.QUIXOTE

Publicações Dom Quixote
[uma editora do grupo LeYa]
Rua Cidade de Córdova, n.º 2
2610-038 Alfragide · Portugal

Reservados todos os direitos
de acordo com a legislação em vigor

© 2012, Mafalda Moutinho e Publicações Dom Quixote

Ilustrações | Umberto Stagni

Revisão | Manuel Coelho
1.ª edição | junho de 2012
Paginação | Leya
Depósito legal | n.º 344 178/12
Impressão e acabamento | Multitipo

ISBN | 978-972-20-5039-5

www.dquixote.pt

Índice

AQUEDUTO DAS ÁGUAS LIVRES

CAPELA DE S.JOÃO BAPTISTA

PALÁCIO DAS NECESSIDADES

LISBOA

PALÁCIO NACIONAL DE MAFRA

Rio Tejo

AQUEDUTO DAS ÁGUAS LIVRES

CAPELA DE S.JOÃO BAPTISTA

CASCAIS

PALÁCIO DAS NECESSIDADES

LISBOA

Ao Pedro, a mais recente joia da família

Aos meus pais,
à Inês e ao Vasco,
os meus novos exploradores ajudantes
que precedem os passos da Ana, da Maria e do André

«Declaro que o fogo que se seguiu ao terramoto do primeiro de Novembro de mil sete centos sincoenta e sinco me queimou o edificio em que morava na travessa do Salema, freguezia do Santissimo Sacramento desta corte e me destruhio quanto nelle tinha em que entravam todas as minhas memorias conseguidas em largos annos com documentos, plantas e instrumentos da minha principal profissam e da minha fabrica, e noticias procedidas de diversos empregos do Real Serviço (...)»

Engenheiro-mor Manuel da Maia, 1764

NOTAS E AGRADECIMENTOS

Um dos elementos mais interessantes da coleção **Os Primos** é, sem dúvida, a investigação que precede cada uma das aventuras dos três heróis. Sinto uma grande satisfação em escrever sobre os pequenos mistérios da História, sobre episódios para os quais até hoje não foram encontradas explicações evidentes. Há-os por todo o lado, em todas as cidades, países e continentes, e Lisboa, uma das mais antigas cidades europeias, não é exceção.

E foi assim que decidi valer-me da ficção para explicar o que a História não explica, usando o facto de cinco monumentos mandados construir pelo mesmo monarca português, no século XVIII, terem resistido misteriosamente incólumes ao Grande Terramoto de Lisboa de 1755, um dos mais longos e terríveis do planeta.

O facto de ter escolhido um período histórico em que os cofres portugueses estavam a abarrotar de ouro e diamantes descobertos nas minas do Brasil não pôde deixar de me fazer pensar na situação financeira diametralmente oposta em que o nosso país, e o mundo, hoje se encontram. Precisamos de novos heróis, que recordem aos nossos sucessores longínquos as grandes aventuras do presente.

Apesar de estar longe da minha querida cidade, tive um enorme prazer em investigá-la à distância, e as habituais coincidências não se fizeram esperar. Por vezes, fico com a sensação de que as minhas construções ficcionais encaixam tão bem umas nas outras que acabo por esquecer-me de que não estou a escrever romances, mas apenas a fazer investigação histórica, descrevendo episódios realmente ocorridos. Como aconteceu quando descobri, quase no final de *A Mensagem Secreta de Lisboa*, que a *Parreirinha*, a companheira do famoso *serial killer* Diogo Alves, era oriunda de Mafra, quando poderia ter sido natural de qualquer outra cidade portuguesa...

E claro, o facto de ter sentido um dos poucos terramotos que experimentei na minha vida, exatamente enquanto escrevia o livro, em Milão, tendo, precisamente na véspera, contado ao meu marido o papel que o terramoto de 1755 estava a ter na história, causou também o seu impacto.

Tal como nos restantes livros da série **Os Primos**, as personagens de *A Mensagem Secreta de Lisboa*, embora em grande parte ficcionais, não foram escolhidas ao acaso, mas baseadas em figuras históricas. Para criar António Miranda, por exemplo, inspirei-me em Manuel da Maia, um dos arquitetos e engenheiros a quem se deve a reconstrução de Lisboa após o terramoto de 1755. Ao investigar a sua vida, impressionou-me descobrir que grande parte dos seus documentos se perdeu durante o terrível incêndio que se seguiu ao sismo. Assim, pensei que seria interessante criar António Miranda, uma personagem com a mesma vocação e funções do engenheiro Maia, também ele ao serviço do rei, mas que decidira deixar os documentos dos seus estudos e obras escondidos dentro de uma cápsula do tempo, ao adivinhar que a prova dos nove relativa aos monumentos que ajudara a construir durante a sua vida estava prestes a ter lugar.

Outra das personagens reais, também esta um pouco adaptada, é Gil Magens, cuja vida tanto mistério me inspirou, por ter sido o último habitante de um dos palácios mais surpreendentes do acervo nacional.

Diogo Alves, o *serial killer* do Aqueduto das Águas Livres, um dos últimos condenados à morte em Portugal e uma personagem tão enigmática que os cientistas do século XIX pediram que lhe fosse decepada a cabeça para a estudarem, não só não poderia ter sido excluído, como acabou por se revelar um elemento fundamental na história.

Agradeço ao embaixador Manuel Corte-Real, o melhor conhecedor do Palácio das Necessidades, tanto pela disponibilidade como pelas valiosas informações que me forneceu. De igual forma agradeço ao assessor diplomático da presidente da Assembleia da República, o Dr. Pedro Carneiro, um grande amigo dos tempos universitários, pela ajuda célere e por me ter posto em contacto com as pessoas certas.

Agradeço igualmente à Dra. Isabel Yglesias de Oliveira, pela ajuda fundamental que me prestou relativamente ao Palácio Nacional de Mafra, sobretudo pelos pormenores sobre a vida de Gil Magens, e ao soldado David, da Escola Prática de Infantaria, pelos segredos e narrações tradicionais relacionados com o complexo histórico.

Da mesma forma, um grande agradecimento à Dra. Bárbara Bruno, pelos esclarecimentos sobre a arquitetura do Aqueduto das Águas Livres, nomeadamente pela explicação relativa às pedras, nos paramentos dos arcos, que serviram de suporte aos andaimes e que o *Dicionário da História de Lisboa* dava como simples mistério. Obrigada também ao vigilante José Lourenço, «os meus olhos» no Passeio dos Arcos do aqueduto, visto que este não se encontrava aberto ao público durante o período em que *A Mensagem Secreta de Lisboa* foi escrita (e estava fora de causa uma visita clandestina ao monumento, reservada unicamente a **Os Primos**).

Obrigada também ao Sr. Ricardo Máximo, guia do Museu da Igreja de S. Roque, pelas informações fornecidas.

Last but absolutely not least, agradeço especialmente aos meus pais, Isilda e Abel Moutinho, desta vez ajudados pela Inês e pelo Vasquinho, por terem precedido os passos da Ana, da Maria e do André, investigando os locais descritos em busca de dados extremamente específicos, graças aos quais *A Mensagem Secreta de Lisboa* pôde contar com um número ainda mais elevado de pormenores verdadeiros, sem que eu tivesse necessidade de os inventar.

Agradeço aos meus revisores habituais, à Xana e ao Carlos, ao Manuel Coelho, à minha editora Carla Pinheiro, sempre tão querida, e à Rita Cruz. Agradeço também ao Umberto Stagni, cujas ilustrações me surpreendem cada vez mais; e um obrigada especial aos fãs de **Os Primos**, cujas mensagens enviadas ao *site* www.osprimos.com não cessam de encorajar.

Mafalda Moutinho
Milão, 25 de Abril de 2012

I

O BAÚ HISTÓRICO

– Arghhh! Hoje a água tem um sabor esquisito! – queixou-
-se Pedro, com um esgar de repulsa.

Intrigado, despejou a caneca dentro da pia talhada em lioz e
examinou-a, aproximando o nariz da mesma. Dado o resultado
pouco elucidativo, espreitou para dentro do cântaro, não fosse
o caso de algum animal mais atrevido se ter enfiado pelo gargalo
abaixo e conferido ao líquido um sabor pouco agradável.

– Uhmm… Que raio?! Não vejo nada de estranho.

A água, com efeito, mostrava-se tão límpida e cristalina
como sempre.

Sentado à mesa da cozinha, iluminado pela luz ténue de
uma candeia de azeite, António Miranda desviou o olhar dos
projetos que estivera a examinar sem interrupção nas últimas
duas horas e pousou-o no filho.

– A água não te sabe bem? – perguntou.

Pedro sempre fora um rapaz observador, atento aos pormenores, e António costumava dar atenção aos seus comentários,

embora conhecesse bem a necessidade de se acautelar e evitar demasiadas perguntas. O filho era um grande falador.

Apesar da época do ano, o último dia de outubro estava estranhamente quente, por isso a lareira ainda não tinha sido acesa, não obstante fosse já quase hora de jantar.

– Não, meu pai. Hoje a água não me sabe mesmo nada bem – disse o rapaz, seguro de si.

Algo no timbre da sua voz fez o pai levantar-se de sobrolho encrespado e dirigir-se até ao cântaro, ao lado da pia.

– Pensava que a tinhas trazido do chafariz de Dentro esta manhã...

– E trouxe – respondeu Pedro, encolhendo os ombros. – É fresquinha. Mas tive de a ir buscar ao chafariz de Apolo. O de Dentro, sabe Deus porquê, secou.

– Secou?! – repetiu o pai, perplexo. – Mas é um dos mais antigos da cidade...

– Não será mais antigo o d'El Rei? – contestou Pedro. – Disse-me noutro dia D. Bernardo que já vem do tempo dos mouros. Mandou-o construir El Rei D. Afonso III...

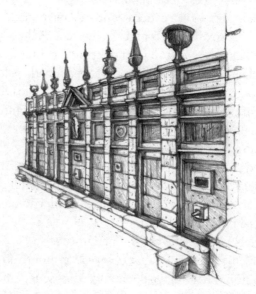

António passou os dedos pelos cabelos lisos, bem arranjados e presos num rabo de cavalo, e delongou-se por fim na barba espessa e negra que lhe cobria as faces.

Preferindo eximir-se a comentários, que com grande probabilidade aumentariam as explicações do filho, António continuou a observar o cântaro com a mesma expressão acabrunhada no rosto.

– Pois olhe que é verdade! – insistiu Pedro. – Esta manhã o chafariz de Dentro estava tão seco como os paus de canela de Ceilão!

Com ou sem resposta, o rapaz avançou com os seus esclarecimentos:

– Deve estar a perguntar-se por que razão não fui eu buscar a água ao chafariz d'El Rei, que fica muito mais perto de nossa casa do que o de Apolo, não é verdade?

António, porém, não dava mostras de estar a ouvi-lo. Pedro, ligeiramente contrariado, decidiu levantar um pouco a voz.

– Não a trouxe do chafariz d'El Rei pois quando ali passei havia uma fila tão grande que quase chegava ao rio! E com os motins que por lá houve na semana passada, e a fúria estampada na cara de toda aquela gente, preferi nem me aproximar.

Nada. O pai parecia ter-se tornado surdo. Continuava especado ao lado da pia, de olhos postos no cântaro e semblante pensativo.

– Parece que o chafariz de Dentro não é o único sem água – continuou o rapaz. – É claro que o da Praia, sendo abastecido pelo de Dentro, também secou, mas ouvi dizer que ao do Carmo aconteceu o mesmo.

A notícia logrou finalmente uma reação, pois António voltou a aproximar-se da mesa onde repousavam os seus papéis, agora com uma certa ansiedade patente no rosto.

– Tens a certeza do que estás a dizer? – perguntou, pegando numa planta da cidade com a mão esquerda, e num dos estudos em que trabalhava há vários meses com a direita.

Percorreu, com olhar impaciente, os traços delineados nos papéis amarelecidos à sua frente. As mãos tremiam-lhe e as pernas davam sinal de fraquejar. A certa altura viu-se obrigado a sentar-se de novo na cadeira de madeira a seu lado.

– Então, meu pai? Sente-se mal? – perguntou Pedro, torcendo as mãos, aflito.

As pupilas dilataram-se-lhe, amalgamando-se com o interior dos seus grandes olhos pretos. Desde que a mãe falecera, anos antes, o pai era tudo o que lhe restava. Via nele um exemplo a seguir e, sobretudo, um grande amigo, algo de que nenhum dos seus companheiros podia vangloriar-se.

A relação entre ambos era, de facto, única. O pai ensinara-o a ler, a escrever e a fazer contas desde muito novo e sempre o habituara a ser curioso e a procurar respostas para as perguntas que lhe iam surgindo. Procurava-lhe livros e relatos dos melhores cronistas da época para lhe estimular a imaginação e fomentava-lhe o sentido crítico em todas as oportunidades.

Não obstante tivesse trabalhado para o rei D. João V como *magister operis* real, e o fizesse desde há cinco anos para o seu filho e sucessor, D. José, António era um homem simples, cuja única ambição era executar o seu trabalho da melhor forma possível, e percorrer os caminhos tortuosos da ciência, a sua grande paixão, que amava esquadrinhar e à qual se dedicava com alma de fiel estudioso, como tinham feito também seu pai, seu avô e outros antepassados seus.

Há já alguns meses que Pedro notava no pai um estranho desassossego. Apesar de ter sido sempre um indivíduo enérgico, António tornara-se menos sereno do que era costume e, por vezes, quando caminhavam juntos pelas ruas da cidade, Pedro notava-lhe os olhares receosos e insistentes por cima do ombro.

– Pai? – repetiu o rapaz, camuflando a preocupação com um sorriso esbatido. – Dava-lhe um púcaro de água, mas esta sabe tão mal que ainda o faria sentir-se pior.

António levantou-se e aproximou-se então do filho. Respirando fundo, colocou-lhe as mãos nos ombros e inclinou-se para a frente até que os olhares de ambos se acharam ao mesmo nível. Durante escassos momentos, que pareceram a Pedro intermináveis, fitou-o com ar sério, mantendo-se em silêncio, como se procurasse as palavras mais adequadas. Só depois de as encontrar lhe perguntou:

– Ouviste mais alguma coisa que te parecesse fora do normal, hoje, meu filho?

O rapaz encrespou a testa, indeciso. Na verdade, o que lhe parecia fora do normal era a pergunta do pai. Todavia, para não ser indelicado, preferiu morder o lábio, desviar o olhar para o teto, e dar-lhe a entender que se estava a esforçar para recordar se ouvira, de facto, algo estranho nessa manhã.

– Pensa bem! – incitou o pai, sacudindo-lhe os ombros.

– Diabos me levem?! – exclamou o rapaz, ao fim de alguns instantes, surpreendido com o desfecho inesperado da sua curta representação. – Agora que penso nisso, há pouco, quando regressava a casa, ouvi outra coisa estranha, sim senhor...

– E o que foi?

– Na altura nem lhe dei importância, pensei que não passava de patranhas de gente do mar...

– Gente do mar? – inquiriu o pai, trémulo de impaciência.

– Sim, pescadores e marinheiros. Alfama está cheia deles, mas estou a referir-me ao pai do José. Se calhar estava a pensar no nevoeiro imprevisto que se levantou esta tarde, vindo do mar.

– Do mar?... – balbuciou António, cada vez mais confuso, olhando pela janela.

A casa ficava no Largo de Sto. Estêvão, ao lado da igreja com o mesmo nome, e era uma das mais altas do bairro de Alfama, o que lhe oferecia uma vista desimpedida até à outra margem do rio.

De facto, um estranho nevoeiro entrevia-se para ocidente, vindo do mar, coisa rara naquele mês do ano. António, distraído com os seus projetos durante toda a tarde, nem conta dera.

– Sabe que gostam muito de inventar histórias, os pescadores.

– E o que disse o pai do José?

Pedro franziu o sobrolho, mostrando novo esforço, desta vez genuíno, para refrescar a memória.

– Disse... Se bem recordo a frase exata...

– Ora! Deixa lá a frase exata! – explodiu António, readquirindo a energia que o caracterizava. – O que disse ele?

– Disse que hoje à tarde a maré se atrasou duas horas para os lados de Sintra.

– Santo Deus! – exclamou o pai, voltando a pegar nos papéis que abandonara pela segunda vez em cima da mesa. – Duas horas...

Pedro juntou-se-lhe, hesitante, tentando em vão compreender as anotações, os cálculos e os projetos esboçados nas folhas à sua frente.

– E que significado tem isso, meu pai?

– Duas horas... – repetiu António, enquanto remexia nos seus cadernos, abria livros, refazia contas e anotava novas observações.

Depois, alertado por algum apontamento mais relevante, voltou a fixar os olhos preocupados do filho e perguntou-lhe:

– E cheiros estranhos, Pedro? Sentiste algum cheiro estranho pelas ruas?

– Bem... – refletiu Pedro, indeciso. – Estranho, estranho... não. Senti apenas os mesmos cheiros de sempre, se se refere à fruta e à verdura podre que os lisboetas lançam ao meio da rua... Ou ao peixe que as peixeiras não venderam e deixam a apodrecer debaixo das bancas até que algum gato esfomeado passe para o levar. Bem... Talvez fosse um pouco estranho o cheiro da água das lavagens que Diogo, o carpinteiro de S. Miguel de Alfama, trazia na roupa por não ter ouvido o aviso «água vai!», antes de atravessar o Arco de Jesus.

Ao terminar a exposição de maus cheiros citadinos, Pedro deixou escapar uma breve risada, divertido com a imagem mental que acabara de gerar do carpinteiro. Esperou em vão pela gargalhada do pai, contudo, pois este limitou-se a fitá-lo com ar cada vez mais preocupado.

– Toda a gente se queixava na fila, ao lado dele – prosseguiu – mas imagine que o homem nem se tinha apercebido de que cheirava tão mal. Parece que anteontem se lhe abriu na rua um buraco profundo, de onde emana um forte cheiro a enxofre. O nariz do pobre coitado desde quarta-feira que nem sensibilidade tem.

Ao concluir a frase, Pedro notou um brilho estranho nos olhos do pai. Acabava de lhe fornecer a informação que ele receava ouvir.

– Enxofre... – murmurou António, espetando o indicador na página de um dos seus cadernos mais anotados. – Dizes que se abriu um buraco na rua do carpinteiro há dois dias? Ele não mora na Rua da Judiaria, aqui em Alfama?

As mãos tremiam-lhe, frenéticas, enquanto pegava no mapa da cidade do famoso arquiteto João Nunes Tinoco, calculando distâncias que anotava depois de molhar a pena no tinteiro.

– Sim, mora. Já quase a chegar à Igreja de S. Miguel.

António não ergueu o rosto, mas Pedro não precisou de lho observar para perceber que o caso era sério. Estaria o pai prestes a fazer alguma descoberta importante relativa aos seus projetos e pesquisas? Se assim era, talvez pudesse ajudá-lo, tentando fornecer-lhe mais informações importantes.

De repente, lembrou-se de um pormenor que se esquecera de mencionar no dia anterior. Resolveu criar também ele um pouco de suspense, antes de lho referir:

– Se acha que esta história é estranha, então venha comigo até à cave...

Sem mais demoras, o rapaz pegou na candeia e encaminhou-se para os degraus de pedra húmidos que levavam da cozinha a uma pequena adega onde guardavam carne, vinho, azeite e outros géneros alimentícios.

– O que tem a cave? – indagou o pai, receoso, começando a segui-lo.

– Lembra-se da parede que andámos a arranjar no ano passado?

Os corpos de ambos desenhavam sombras disformes e irrequietas nas paredes cinzentas das escadas e as botas ressoavam nos degraus com um som sinistro, quase intimidante, interrompido apenas pela voz do rapaz:

– Pois ontem à noite voltaram a aparecer novas fendas, está a ver? – disse, assim que chegou à adega, apontando para uma longa brecha na qual por pouco não conseguia enfiar o dedo mindinho.

O pai passou a mão direita pela brecha para a analisar com a sua experiência de artífice e comprimiu os lábios.

– Veja! Desde ontem já apareceram mais duas aqui ao lado! – exclamou Pedro, iluminando a área contígua.

António pegou na candeia que o filho segurava e aproximou-a das fendas profundas que rasgavam os alicerces da sua velha casa em Alfama. Pertencera ao seu avô, também ele mestre de obras no tempo de D. Pedro II, e tanto este como seu pai a tinham mantido em muito boas condições, beneficiando do mester dos Mirandas. Embora fosse pequena e muito estreita, era uma bela casa de três andares.

Pedro notou-lhe o rosto cansado e identificou nele um olhar triste, quase resignado.

– Tanto trabalho para nada, não foi? Mas podemos voltar a arranjá-las – comentou, tentando minimizar o incidente.

– Tens razão, meu filho – respondeu António, com um suspiro. – Devia ter usado outra argamassa. Mas sabes que mais? Vamos repará-las agora mesmo! Assim aproveitamos para fazer outra coisa que há tempos queria fazer contigo.

Pedro fitou-o, curioso. O rosto do pai continuava a denotar um semblante pouco risonho, mas o timbre da sua voz mudara, deixando transparecer agora uma nota mais animada.

– Vamos, mãos à obra, meu rapaz! Acende mais duas candeias, que precisamos de luz.

– Luz para fazer o quê? – perguntou Pedro, cada vez mais interessado.

Pegou na candeia que o pai lhe estendia e em menos de um minuto já tinha acendido outras duas, um pouco maiores, que pendurou em pregos, em paredes opostas.

A luz dentro da adega melhorou bastante, permitindo a António, que começava a dar mostras de grande atividade, remexer mais facilmente em caixas e prateleiras, à procura de algo.

Pedro devolveu-lhe a pequena candeia e voltou a perguntar:

– Afinal o que vamos nós fazer?

Interrompendo por alguns segundos a sua estranha busca, António iluminou a própria face e, com ar misterioso, respondeu:

– Vamos construir um *baú histórico*!

– Um quê, meu pai? – questionou Pedro, fazendo um esforço para recordar se já anteriormente lhe ouvira o termo, ou se o lera nalgum dos livros que o pai lhe dera. Em vão. A expressão era para si totalmente desconhecida.

– Um *baú histórico* – repetiu António, voltando à pesquisa.

O entusiasmo do pai rapidamente contagiou o filho, ainda que para este a obra a empreender se apresentasse mais obscura do que nunca.

– Onde puseste tu a caixa com as minhas ferramentas de alvenaria? – perguntou António, iluminando os quatro cantos da adega e continuando a esquadrinhar prateleiras empoeiradas e repletas de teias de aranha.

– Está aqui, meu pai – disse o rapaz, removendo um pano que cobria uma caixa de madeira tão bem tratada e de tais dimensões que mais parecia um pequeno baú deixado na adega por engano.

António fez-lhe sinal para que a abrisse e, assim que o filho ergueu a tampa, deu uma olhadela apressada aos compartimentos no seu interior.

– De que ferramenta precisa? – quis saber Pedro.

– Precisamos da maceta e do cinzel. E depois esvazia todo o conteúdo da caixa para dentro deste saco.

– Esvazio a caixa? – perguntou Pedro, receando não ter ouvido bem.

– Sim, precisamos dela para construirmos o nosso *baú histórico*.

A resposta do pai fez Pedro sentir-se cada vez mais desorientado, e pior ficou quando o viu remover todas as prateleiras da parede danificada, pegar na maceta e no cinzel e começar a esburacar a alvenaria com pancadas firmes.

– Mas, meu pai… Pensei que íamos arranjar as brechas e não piorar a situação, escavando buracos ainda maiores – comentou, zombeteiro.

António largou uma gargalhada. Sempre apreciara o sentido de humor do rapaz. Enquanto desferia pancadas fortes para alargar o orifício que iniciara, disse-lhe por cima do ombro:

– Pedro, enquanto eu continuo o que estou a fazer, vai lá acima e junta todos os objetos que gostarias de deixar a quem nos *substituirá no futuro longínquo*.

O rapaz fitou-o, com ar interrogativo e preocupado.

– Perdoe-me, meu pai – articulou – mas não compreendo. Quem é que nos substituirá no futuro longínquo?

António parou de macetar, pousou as ferramentas numa prateleira próxima de si e respirou fundo.

– Tens razão, rapaz. Terei de explicar-me melhor. Senta--te aqui a meu lado – disse, apontando para o escabelo à sua esquerda.

Pedro assim fez.

– Aqui há uns anos atrás, mais precisamente em 1748, quando estávamos a terminar o Aqueduto das Águas Livres, veio-me à cabeça uma ideia que desde então nunca mais me saiu da lembrança. Chegou a altura de a concretizar.

– E que ideia foi essa, meu pai?

– Estava eu a admirar a magnificência da construção, cujo traçado, como já te tinha explicado, foi retomado da obra romana original...

– Sim, lembro-me de o pai mo ter dito – acenou Pedro, interrompendo-o. – Uma das nascentes do aqueduto já era usada pelos romanos, o manancial da Água Livre, que fica para os lados de Belas. Mas... o aqueduto não deveria ter resolvido os problemas de abastecimento de água de Lisboa? Bem caro nos tem saído, com o *real de água* que nos impõe D. José I!

– É um imposto que El-Rei nos obriga a pagar, de facto, mas o *real de água* já vem do tempo dos Filipes – precisou António.

– E sim, o aqueduto foi construído para resolver os problemas de abastecimento da cidade.

Por instantes pareceu ignorar o que o filho lhe contara pouco antes, mas depois, recordando-o com ar triste, continuou:

– Apesar de os chafarizes terem secado durante a noite...

Antecipando nova consternação, Pedro mudou rapidamente de assunto:

– Estava a falar-me da ideia que teve ao admirar o Aqueduto das Águas Livres, meu pai?

– Sim, sim. Voltemos, pois, à questão: pensei na altura que estaria disposto a colocar as minhas mãos no fogo quanto à estabilidade daquela admirável construção – coisa que não poderei afirmar quanto a outras obras recentes, em que não participei... A Ópera do Tejo, por exemplo, construída em dois anos e acabada de inaugurar em Março, não é tão sólida e estável como muitos anunciam. E nessa, sim, esbanjaram-se rios de dinheiro!...

– A ideia, meu pai... A ideia... – insistiu Pedro.

– Sim, claro. A ideia veio-me à cabeça nessa altura. Acreditei que tínhamos acabado de construir algo que ficaria para a posteridade. Algo que os nossos descendentes poderiam admirar, que os faria sentir-se orgulhosos de nós.

«Então pensei que essa gente do futuro estaria, quiçá, igualmente interessada em saber como eram os seus antepassados. E para isso lembrei-me que seria uma ótima ideia criar *baús históricos*, ou seja, recetáculos nos quais poderíamos introduzir informações sobre nós, sobre o que fazemos, o que pensamos, o que sabemos...

– Mas, meu pai... Esses recetáculos já existem... Chamam-se bibliotecas – lembrou Pedro, divertido.

– Sim, tens razão, mas só até certo ponto. Há muita informação que nem as bibliotecas podem conter... – contestou António com ar misterioso.

– A que se refere, meu pai? – perguntou Pedro, alertado pelo tom enigmático. – Que tipo de informação não podem as bibliotecas conter?

António pigarreou, comprometido.

– Uhmm... Bem... Estava a referir-me a um tipo de informação mais pessoal.

O filho olhou-o com interesse e uma certa suspeita. Por algum motivo indefinido, não conseguia evitar a sensação de que o pai se tinha esquivado a responder à sua pergunta.

– Não sei se estou a seguir o seu raciocínio... – protestou, de testa franzida.

– Isto está difícil, mas vou tentar colocar as coisas de outra forma, para que me percebas: não gostarias de saber como vivia um lisboeta há duzentos ou trezentos anos atrás? O que fazia no seu dia a dia, como se vestia, o que comia, o que pensava de si, dos seus amigos, dos seus governantes?

– Uhmm... Estou a ver... – admitiu Pedro, pensativo.

– Imagina que este tal lisboeta, nosso antepassado, nos tinha deixado uma caixa escondida dentro desta parede que acabámos de abrir – prosseguiu António, apontando para o buraco iniciado – e na qual colocara objetos que nos ajudariam hoje a compreender como vivia e quem era como pessoa...

– Poderia até ter pensado em deixar-nos um texto escrito por ele… – sugeriu o filho.

– Exato! Estou a ver que finalmente percebes o que quero dizer. Não seria uma surpresa incrível, encontrar essa caixa cheia de mistérios, esse…

– *Baú histórico* … – concluiu Pedro, sonhador. – Sim, seria incrível! Imagine se tivesse pertencido a um velho marinheiro, ou a um navegador das Índias, que nos tivessem deixado objetos jamais vistos em Portugal… Ou a um explorador vindo do Brasil, ou da África… Poderíamos ser ricos!

António deteve-o, fazendo-lhe sinal para que não se excedesse. O filho bem poderia ficar ali toda a noite a imaginar possibilidades sem sequer dar pelo passar do tempo.

– Pois bem! – rematou o jovem, decidido, estalando os dedos. – Já sei o que escolher para colocar dentro do nosso baú!

– Ótimo! – exclamou o pai. – Então agora vai buscar todos esses objetos e trá-los cá, enquanto eu acabo de alargar a cavidade de forma a podermos colocar o baú dentro dela. Depois fechamo-la com a argamassa que usámos no aqueduto.

– Aquela que seca muito depressa e fica mais dura do que a pedra?

– Sim, a que inventaram os Mirandas – respondeu o pai, vaidoso. – Se a tivesse usado para reparar as brechas, não tinham voltado a abrir-se.

– Então nesse caso… – disse Pedro, reticente. – Terei de pensar muito bem nos objetos, porque depois não posso mudar de ideias. Uma vez fechado, ninguém vai conseguir voltar a abrir aquele buraco.

– Não teremos tempo para mudar de ideias, meu filho… – respondeu António, abatido.

Pedro fitou-o, convencido de que, pela primeira vez na sua vida, o pai estava a esconder-lhe algo.

* * *

Pedro levou menos de um quarto de hora a selecionar os objetos que decidira deixar a quem o substituiria no futuro longínquo, como dissera o pai. Satisfeito com a sua escolha, voltou à cave e exclamou:

– Aqui estão!

António pousou a maceta e sacudiu o pó das mãos.

– E eu terminei finalmente o buraco. Deixa cá ver o que escolheste… Uhmm… Muito bem – apreciou o pai, colocando os objetos que o filho trouxera dentro do *baú histórico*. – E… Isto o que é?

– São três moedas de prata – respondeu Pedro.

– Mas… Estas são as tuas economias, meu filho. Tens a certeza de que desejas pô-las no baú? Lembra-te de que daqui a duas horas a parede terá secado e não poderás mudar de ideias.

– Bem sei, meu pai.. Quem sabe se com elas faremos alguém muito rico, no tal *futuro longínquo*… – notou, sorridente.

– Levaste tanto tempo a ganhar estas moedas, meu rapaz…

– Não se apoquente porque terei tempo de ganhar muitas outras! – respondeu Pedro, com uma gargalhada à qual o pai, mais uma vez, correspondeu apenas com silêncio.

Em seguida, e embora com alguma timidez, o rapaz formulou novo desejo:

– Se o senhor não se importar… Gostaria também de inserir no baú um texto sobre nós …

António só então reparou nas folhas de papel, na pena e no tinteiro que o filho trouxera consigo. Emocionado e esquivo, respondeu:

– Escreve tudo o que quiseres enquanto eu vou buscar os meus objetos lá acima. Mas não te esqueças de falar bem de teu pai nesses teus escritos…

Pedro sorriu e rapidamente pôs mãos à obra, mas quando o pai regressou trazendo consigo os objetos selecionados, a *Mensagem Aos Meus Sucessores Longínquos*, como a intitulara, ainda não estava terminada.

– Então, rapaz? Ainda não estás pronto?

O filho mordeu o lábio inferior, atrapalhado.

– Não consegui escrever tudo o que queria, meu pai.

– O que escreveste há de bastar. Agora é preciso fechar o baú e tapar a parede.

Curioso como era, Pedro depressa esqueceu a sua missiva e focalizou a atenção na escolha de objetos do pai. No entanto, para seu grande espanto, estes resumiam-se a cadernos, mapas e folhas de papel repletas de estudos e anotações.

– Mas... Meu pai... Estes são os projetos em que tem estado a trabalhar nos últimos anos. Vai colocá-los dentro do baú? Não precisa deles?

António respirou fundo e olhou para o rapaz com um sorriso forçado. Todavia, não respondeu.

– Está a esconder-me alguma coisa, não está? – perguntou Pedro, enchendo-se de coragem.

O pai começou por desviar o olhar, mas depois, mortificado, voltou-se de costas, entregando-se à preparação da argamassa necessária para fechar o buraco na parede.

– Alguém anda a persegui-lo, não é verdade? – adivinhou Pedro, insistente.

– Uhmm... – murmurou António, encolhendo os ombros.

– Não negue, por favor. Sei que alguém anda a fazer perguntas sobre o seu trabalho.

A revelação inesperada levou António a suspender de imediato o que estava a fazer e a largar a argamassa, voltando--se de frente para o filho.

– Perguntas? Quem? E a quem andam eles a fazer perguntas? – quis saber, agarrando o rapaz pelos ombros sem sequer sacudir as mãos, cobertas de argamassa. – Falaram contigo, foi?

– Comigo não, mas o filho do padeiro disse-me que já não é a primeira vez que o interrogam, a ele e aos outros vizinhos da rua, sobre o senhor e sobre o seu trabalho. Trata-se de pessoas bem vestidas, de camisas de folhos ao pescoço, calções justos, coletes bordados, enfim, de um certo estatuto, talvez mesmo nobres... Falam baixo e não gostam de dar nas vistas, mas não sabemos quem são.

– E quando foi isso, Pedro? Porque não mo disseste?

– Foi na semana passada. E não lho disse pela mesma razão pela qual me escondeu que o andavam a seguir.

– Não te queria preocupar – justificou-se António, largando, por fim, os ombros do filho.

– E eu tampouco – respondeu o rapaz, sem conseguir esconder o nervosismo. – Afinal o que querem eles?

António baixou os braços e deixou-se ficar imóvel, sem responder, os olhos pregados no chão.

– É *isto* que querem? – adivinhou Pedro, apontando para os papéis amontoados em cima da mesa, à espera de serem introduzidos no baú.

António ergueu o queixo e acenou, concordante.

– Devem ser importantes, para virem até à nossa casa à procura deles... – comentou Pedro.

– Vi... Vieram até à nossa casa? – perguntou o pai, atónito.

– Sim, agora sei que vieram. E mais do que uma vez – admitiu o rapaz, pensativo. – A princípio tratava-se de uma simples impressão... Objetos que, ao sairmos de casa, deixávamos num certo sítio e numa certa posição, mas que, ao regressarmos, tinham sido remexidos. A partir de certa altura, comecei a tomar mais atenção e, agora que me confirma que o andam a seguir, poderia jurar que alguém vem a nossa casa quando estamos ausentes, na esperança de obter algo que nunca encontra. Querem os seus estudos, não é?

– Trago-os sempre comigo... – murmurou António. – Nunca os encontrariam em casa.

– E por isso começaram a segui-lo.

O pai assentiu, comprometido.

– Mas tenho cuidado, escolho sempre ruas com muita gente. Não se atreveriam a atacar-me em público.

– O que aconteceria se lhos roubassem?

– Talvez fossem destruídos... – considerou António. – Esta gente não está pronta para compreender certas coisas. Se calhar o melhor é esquecer tudo e esperar que os nossos sucessores sejam mais abertos à ciência.

Pedro suspirou, vencido pela falta de novos argumentos e António colocou os papéis dentro do baú, por cima da carta do filho.

– Não se irão estragar, com o passar dos anos, ou... dos séculos? – inquiriu o rapaz.

– Esperemos que não. O interior do baú é de ferro e vou selá-lo com gotas de cera para não deixar entrar ar, ou humidade. Passa-me a candeia e a vela que deixei em cima dessa prateleira.

Pedro estendeu-lhas e depois deixou-se ficar de olhos esbugalhados, absorto, observando o pai a selar o *baú histórico*, a inseri-lo na parede e a fechar o buraco com a argamassa que havia preparado.

– Vamos para cima – disse António, por fim, colocando o braço nos ombros do filho. – Está a ficar frio.

* * *

No dia seguinte, pouco depois das nove da manhã, Pedro levantou-se e desceu até à cozinha, alertado pelos sinos da Igreja de Sto. Estêvão.

Não tinha dormido quase nada durante a noite com os pesadelos que o haviam atazanado e nos quais dois nobres, de chapéus altos e cabeleiras bem cuidadas, o perseguiam a ele e ao pai pelas ruas de Alfama, até se introduzirem dentro de sua casa, obrigando ambos a revelar o esconderijo do *baú histórico*, depois de atrozes torturas.

Por causa das sinistras peripécias noturnas, acabara por cerrar os olhos já quase de madrugada, e o sono profundo que finalmente conquistara levara-o a ficar na cama até àquela hora, impedindo-o de notar a saída furtiva do pai.

Estranhando a ausência de António, com quem deveria assistir à missa de Todos os Santos das nove e meia, e preocupado com as revelações da véspera e com os vaticínios desfavoráveis dos seus pesadelos, Pedro correu até à cave.

Todavia, as suas preocupações depressa se mostraram infundadas: como previsto, a singular argamassa dos Mirandas tinha tapado o buraco com tal solidez que difícil seria voltarem a abri-lo nas décadas ou, quiçá, séculos seguintes.

Os sinos da igreja voltaram a tocar, anunciando a iminência da celebração eucarística, e nesse preciso momento o rapaz ouviu a porta de entrada bater.

– Pai? É o senhor? – perguntou, subindo pelas escadas até à cozinha.

– Sim, meu rapaz – respondeu António, com voz exausta, já no andar de cima. – Sou eu, sim.

Pedro subiu até ao quarto e viu então o pai sentado numa das conversadeiras, de braços caídos sobre o regaço e cabeça ligeiramente inclinada, contemplando o rio através da janela. Estava tão absorto que se esquecera de tirar o chapéu da cabeça. Rompendo a sua quietude, António voltou-se para lhe esboçar um sorriso e estender-lhe a mão.

–Vem – disse. – Senta-te aqui a meu lado.

As olheiras profundas e escuras que lhe marcavam o rosto, e os cabelos invulgarmente esguedelhados, mostraram a Pedro que o pai há muito se levantara e que talvez também ele tivesse sofrido a insónia.

– Devíamos estar na missa, já passa das nove e meia. Onde esteve o senhor? E o que andou a fazer? – perguntou-lhe o rapaz.

A resposta perdeu-se num estrondo prolongado e distante que surgiu das entranhas da terra e se elevou até à superfície, como um trovão irreverente que abandonara o natural meio celeste.

– O que foi isto? – gritou o rapaz, assustado, levantando-se.

– Um terramoto – respondeu o pai, permanecendo sentado, com um ar abatido, mas sem dar mostras de surpresa.

– Um terramoto?! – repetiu Pedro, atordoado. – Como o de 1746, em Lima, de que todos falam?

António, de lábios comprimidos e olhos lúcidos, anuiu com um aceno.

– Temos de escapar! Venha!

Os estrondos aumentaram, cada vez mais ferozes, agora aliados a tremores que sacudiam tudo e abriam fendas profundas, como se a terra tentasse liberar-se com esforço de um corpo estranho no seu interior, enquanto, ávida, desmoronava e engolia o peso que há muito a sufocava no exterior.

Tanto de perto como ao longe, colunas de fumo depressa se tornaram visíveis em vários pontos da cidade, agora atacada também pelo fogo. As ruas estreitas da Baixa não tardaram em converter-se numa gaiola em chamas, e quando já se ansiava pela frescura salvadora da água, o Tejo retirou-se, exibindo aos mais próximos nada mais do que lama, cargas e destroços de navios esquecidos no seu leito. Três ondas gigantescas se formaram, como cavalos endemoniados e a velocidade espantosa invadiram a orla marítima, catapultando-se como um penhasco imenso sobre a cidade indefesa.

Os gritos da população, dentro de suas casas, ou escapando pelas ruas, revelavam um desespero inaudito, mas o intensificar da tragédia com o passar do tempo trouxe às vozes de todos a sensação de que o fim, além de muito próximo, era inevitável.

* * *

– Afinal quem é este teu amigo? – perguntou Maria a André, enquanto contemplava as retrosarias da Rua da Conceição pela janela do velho elétrico n.º 28. – Ainda esta manhã chegámos a Lisboa, nem tempo tivemos para desfazer as malas, e à tarde já andamos a visitar amigos.

O primo encontrava-se no banco da frente, de costas para ela e para Ana, sentada ao lado da irmã, distraído a ler uma nota sobre Alfama no guia de Lisboa que o tio Hugo Torres lhe tinha emprestado.

– Diz aqui que Alfama é o bairro mais antigo de Lisboa e que deve o nome aos mouros – disse o rapaz por cima do ombro, como se não tivesse ouvido a pergunta e o comentário de Maria.

– *Al-hamma*, ou seja, fonte termal – explicou Ana, enrolando os caracóis castanho-claros no indicador direito. – Como diz aí no guia do pai, Alfama tem termas desde os tempos dos mouros.

– Sim – corroborou André, lendo a página em questão. – «... Graças às nascentes de águas sulfúreas, que depois se vieram a chamar *alcaçarias*. Infelizmente estão fechadas desde 1963, porque se revelaram poluídas».

– O teu amigo, André! – exclamou Maria, sentindo-se excluída da conversa. – Quem é ele?

– Chama-se Miguel Amorim – revelou o rapaz, voltando-se finalmente para trás e olhando Maria de frente. – Se calhar, vocês até já o conhecem.

– Nós? Então porquê? – quis saber Maria, curiosa.

– Faz vela comigo, mas é filho de diplomatas, por isso o Dr. Amorim é colega do vosso pai. Devem conhecer-se de certeza.

– Então se calhar já nos vimos! – exclamou a prima mais nova, dando uma cotovelada a Maria.

– Não acho nada provável – respondeu a irmã, afastando o braço. – Passamos tão pouco tempo em Lisboa, por causa dos destacamentos do pai, que é raro conhecermos gente nova por estas bandas.

– Ele também não é destas bandas... – declarou André, interrompendo-se de propósito e voltando-se para a frente.

– Ah não? – inquiriu Maria, caindo na ratoeira. – E de onde é?

O primo deixou passar alguns momentos, à espera que a curiosidade da prima a levasse a repetir a pergunta, coisa que a rapariga fez de imediato, apertando-lhe o ombro para enfatizar a sua impaciência.

– É do Rio de Janeiro e viaja tanto como vocês – informou ele, falando por cima do ombro. – Mas o pai foi destacado para Lisboa e a família mudou-se para aqui há cerca de seis meses.

– Brasileiro? Então deve ser simpático, não é? – quis saber a rapariga, fingindo ajeitar as calças de ganga justas dentro das botas até ao joelho para disfarçar o interesse.

– Maria – disse André, muito sério. – Ele é meu amigo, mas tu és minha prima, por isso o meu conselho é: esquece!

A jovem corou, mas a advertência provocou-lhe uma curiosidade inesperada.

– Então porquê?

– Desde que conheço o Miguel, vejo-o sempre rodeado de raparigas – explicou o primo, fitando-a.

– Uhmm… Estou a ver – murmurou a prima, considerando o desafio. – Mas afinal é simpático ou não?

– Muito simpático, mas não é por isso que vamos ter com ele…

– Não? Então por que é? – insistiu ela, despenteando-lhe os cabelos ruivos na brincadeira.

André agarrou nas mãos da prima e voltou-se de novo para trás, para lhe agradecer o favor:

– Obrigado, gosto mesmo deles despenteados. Ficam melhor com as minhas sardas – disse, esboçando um sorriso maroto que indicava às primas a iminência de algo muito mais interessante do que poderiam imaginar.

– Vá, conta lá! – suplicou Maria.

– Os Amorins compraram uma das casas mais antigas de Alfama e andaram a fazer obras recentemente…

– Eeeeeee?… – insistiu Maria, roída de curiosidade.

– E ontem à tarde o Miguel deu com um baú escondido dentro de uma parede! – revelou, abrindo as palmas das mãos aos céus.

Ana e Maria entreolharam-se, espantadas.

– Estás a falar a sério? – perguntou Ana, duvidosa.

– Claro que estou – assegurou o rapaz. – O Miguel está morto por abrir o baú e telefonou-me para o ajudar. Vocês, por acaso, estão interessados em assistir?

– Que pergunta... É claro! – exclamou a rapariga, respondendo pelas duas. – Mas explica-me lá uma coisa... Como é que o Miguel foi dar com o baú escondido dentro da parede? Não deveriam ter sido os homens das obras a encontrá-lo?

André pousou o queixo no cotovelo que entretanto apoiara em cima das costas do seu banco e sorriu, enigmático, tardando em responder.

– E porque te pediu ajuda a ti? Não era mais lógico pedir--lhes ajuda a eles? – continuou Ana, pensando em voz alta. – E os pais dele, onde estão?

Maria olhou-a, atónita.

– Tantas perguntas, rapariga! – e depois, voltando-se para André, enquanto alisava os cabelos castanho-escuros com ambas as mãos, admitiu: – Mas a Ana tem razão. Esta história não faz muito sentido... O teu amigo Miguel não estará a pregar-te alguma partida?

André desatou a rir às gargalhadas.

– Caramba! Com vocês não se pode deixar nenhum pormenor de lado! A verdade é que os pais do Miguel foram há uma semana para o Brasil em trabalho, assistir a um evento qualquer. E as obras em casa dos Amorins acabaram há um mês, por isso já não há ninguém a trabalhar naquela casa. Para nossa grande sorte, o Miguel está sozinho...

– Ok, agora ainda fiquei a perceber menos... – queixou-se Maria. – Então se as obras acabaram e já lá não está ninguém, como é que o Miguel foi dar com o baú escondido dentro da parede?!

– Simples questão de sorte, minha cara, ou melhor, como vos expliquei no início do caso que resolvemos no México, de *serendipidade*[1] – prosseguiu André, cada vez mais misterioso. – A casa dos Amorins tem um pequeno pátio interno no qual os homens das obras deixaram uma parte do entulho que só irão retirar para a semana.

– Eeee?... – perguntou Maria, inquieta.

– E ontem à tarde, o Miguel, que estava a morrer de tédio e não sabia o que fazer, pôs-se a atirar uma bola de ténis à parede, no pátio, até que a bola foi parar ao monte de entulho.

«Ele fartou-se de a procurar, mas a bola tinha-se enfiado por um buraco, obrigando-o a remover alguns restos de tijolos e outros escombros. O coitado até ia caindo, e já estava quase a desistir de recuperar a bola, quando um dos fragmentos maiores rebolou pelo monte de entulho abaixo e se estatelou no chão. Nem imaginam a surpresa dele ao ver que dentro dele se escondia um baú antigo...»

– Um baú... Será mesmo muito antigo? – inquiriu Maria.

– Não te esqueças do que te disse há bocado... – respondeu o primo, apontando para o guia que acabara de erguer no ar. – «Alfama é o bairro mais antigo de Lisboa»...

– Que fixe! – exclamou Ana, satisfeita. – Acabámos de chegar a Lisboa e já temos um caso para investigar!

– As férias do Natal só duram duas semanas... Acham que chegam para o resolvermos? – perguntou Maria, piscando-lhes o olho.

---

[1] Ver *O Símbolo da Profecia Maia*, no qual a bibliotecária da escola de André lhe explica a diferença entre *sorte e serendipidade*. (*N. da A.*)

II

A CÁPSULA DO TEMPO

Ana, Maria e André abandonaram o elétrico n.º 28 na Rua das Escolas Gerais e seguiram para este. Observando as instruções de Miguel, viraram à direita até embocarem na Rua Braga Guilherme, ao fundo da qual se encontrava a Igreja de Sto. Estêvão, um edifício que no século XVIII se erguera sobre os alicerces de um templo do início da nacionalidade portuguesa.

Situada a meio da colina de S. Vicente, uma das lendárias[2] sete colinas de Lisboa, a casa de Miguel erguia-se em três andares voltados a sul e a oeste, e exibia as típicas janelas alfacinhas, de vidraças recortadas com esquadrias brancas e caixilhos verdes, cantarias em granito e varandins rendilhados. Cheirava a novo, pois as paredes

---

[2] As sete colinas de Lisboa não são exatamente reais, mas é essa a impressão que podem causar a quem observa a cidade do rio Tejo. E foi assim que Frei Nicolau de Oliveira, no seu *Livro das Grandezas de Lisboa*, de 1620, as descreveu, referindo-se especificamente a S. Vicente (Alfama), Sto. André (Graça), S. Jorge (Castelo), Chagas (envolvente do Largo do Carmo), S. Roque (Bairro Alto), Santa Catarina (a oeste do Bairro Alto), e Santa Ana (Anunciada, a oeste do Castelo). (*N. da A.*)

do edifício tinham sido caiadas há pouco tempo, durante as obras de remodelação, e espelhava a luz do Sol com tal fulgor que por pouco não os fazia esquecer de que estavam em pleno inverno.

Tocaram à campainha, enquanto davam uma olhadela às casas adjacentes e, assim que Miguel lhes abriu a porta com o intercomunicador, entraram para um patamar com uma porta do lado direito e um lance de escadas do lado esquerdo, conduzindo ao apartamento do rapaz.

– Oi! – disse ele, com um magnífico sorriso e uma forte pronúncia brasileira, enquanto descia as escadas para os receber. – São duas da tarde, que pontualidade, gente!

A presença alegre de Miguel fez-se notar de imediato. A covinha na face direita era, sem dúvida, o traço mais notável do seu rosto atraente, pois transmitia a conivência de uma piscadela maliciosa. A tez morena, os olhos verdes amendoados, os lábios carnudos e a franja comprida, que lhe cobria transversalmente a testa, constituíam um somatório de elementos de tal forma agradáveis à vista, que impossível seria não prolongar uma primeira observação cognitiva. Tinha estatura média e vestia roupa desportiva, algumas peças com aspeto propositadamente gasto, como as calças de ganga escuras, uma camisola de malha azul-marinho às riscas por cima de uma *T-shirt* cinzenta e ténis esverdeados.

– Tudo bem? – perguntou-lhe André, dando-lhe um aperto de mão e um abraço.

– Tudo ótimo! – respondeu Miguel, demorando-se na saudação, enquanto sorria a Maria, que assomava por trás do primo.

– O... Olá – disse ela, atrapalhada. – Eu sou a...

– Maria, claro! – interrompeu ele, largando André sem cerimónias e rodando o pescoço com um movimento rápido, para assim desviar a madeixa de cabelos que lhe tapava parte do rosto.

Revelando extremo à-vontade, Miguel colocou a mão esquerda no ombro direito de Maria e puxou-a a si para lhe dar dois beijinhos, mas antes de passar ao segundo deteve-se no ouvido da rapariga e disse-lhe:

– O teu primo contou-me tudo sobre ti.

– Hã... Sim? – disse ela, cada vez mais embaraçada.

O admirável esforço do rapaz para lhe falar com dicção portuguesa, tratando-a por *tu*, além do mais sussurrando-lhe as palavras ao ouvido, apanhou-a desprevenida.

Ana interveio para salvar a irmã da gaguez imprevista.

– Olá, eu sou a Ana!

Miguel cumprimentou-a com simpatia e em seguida voltou-se para trás, fixando de novo Maria. Pediu-lhe licença com um sorriso meigo, passou notavelmente perto dela nas escadas estreitas, e por fim ultrapassou André, dizendo:

– Venham! Estamos no pátio.

– *Estamos?* – repetiu Maria, baixinho, beliscando o braço do primo. – Mas não devia estar sozinho?

André encolheu os ombros, tão surpreendido como ela, e limitou-se a seguir o amigo.

Divertida com o incontestável efeito que Miguel suscitara na irmã, Ana empurrou Maria por brincadeira, fazendo-a voltar-se para trás, envergonhada e perfeitamente ao corrente da cumplicidade daquele empurrão.

Os quatro jovens entraram no apartamento de Miguel e encaminharam-se para o corredor que levava à sala de jantar, um compartimento amplo cujas janelas envidraçadas e voltadas a sul lhes ofereciam uma vista magnífica do rio Tejo e de grande parte da Margem Sul.

A parede oeste, também ela forrada a janelas, dava para uma sacada que conduzia por sua vez a um pátio interior, disposto a um nível inferior. No centro deste, os primos viram um enorme monte de entulho, ao lado do qual se encontrava uma jovem com uma picareta na mão, entretida com o que lhes pareceu ser o famoso bloco de alvenaria.

– Pedi à Charlotte para vir ter connosco porque, tal como vocês, ela também tem jeito para arqueologia – explicou Miguel, saindo para a sacada e dali descendo as escadas de granito até ao pátio.

Maria disfarçou um esgar de desagrado que não soube explicar a si mesma e seguiu os rapazes, caminhando ao lado da irmã.

Ao vê-los chegar, Charlotte pousou a picareta e levantou-se para os cumprimentar.

– *Hi!* – disse, revelando a sua pronúncia inglesa. – *I'm Charlotte.*

Alta, magra, loura, de cabelos compridos e finos, rosto diminuto de tez muito clara, sardas e olhos azuis, Charlotte era o protótipo do estilo inglês. Vestia uma camisola de gola alta azul-clara que se entrevia por baixo da parca e calças de ganga por cima das botas pretas.

– Olá! – disse André, cumprimentando-a com dois beijinhos. – Eu sou o André e estas são as minhas primas, Ana e Maria.

As jovens cumprimentaram-se por breves instantes, pois a ansiedade do rapaz não lhes deu tempo para mais.

– Então é este o famoso baú? – perguntou, pondo-se de cócoras em frente ao enorme pedregulho acinzentado.

Examinou-o com atenção e reparou que no interior da argamassa se entrevia um dos lados de uma presumível caixa de ferro.

Um pouco duvidoso, levantou-se e disse:

– Pensei que estivesse mais à vista. Tens a certeza de que se trata de um baú? Não será uma simples trave de ferro?

Seguro de si, Miguel aproximou-se dele e com pouca dificuldade empurrou o bloco com o pé direito, abanando-o fortemente.

– Estás a ouvir? – perguntou, antes de o voltar a colocar no chão. – Tem qualquer coisa lá dentro! Deve ser um baú, ou uma caixa que alguém enfiou na parede para guardar ou esconder qualquer coisa.

A palavra *esconder* teve o condão de estimular o ânimo de André, estampando no rosto do jovem um amplo sorriso sardento. O rapaz abriu então a mochila que trazia às costas e dela extraiu um par de óculos de segurança, uma maceta e um cinzel.

– Com isso não vais a lado nenhum – explicou ele a Charlotte, piscando-lhe o olho e apontando para a picareta que a jovem continuava a segurar.

A inglesa pousou a picareta e ofereceu-lhe um sorriso sardónico que aliou a um cruzar de braços igualmente trocista.

– *Ok, let's see what you can do with that* – disse ela, chegando-se para trás e apreciando os instrumentos escolhidos por André com um olhar de descrédito.

– Isto vai ser giro… – riu Miguel, sussurrando de novo ao ouvido de Maria, enquanto lhe pousava as mãos na cintura.

A jovem estremeceu, novamente apanhada de surpresa, mas desta vez conseguiu formular uma frase, ainda que curta:

– Então porquê?

Serviram-lhe de resposta as quatro ou cinco pancadas que André desferiu com a maceta no cinzel, sem que a argamassa cedesse um milímetro, e apesar da força aplicada.

O rapaz estacou, surpreendido com a resistência imprevista do material. Pelo canto do olho pôde observar o ar divertido de Charlotte. Decidiu por isso não se virar, permanecendo de costas, compenetrado a pensar em qual seria a próxima ação a empreender.

– Pois é, cara! É isso aí… – riu Miguel, enquanto revertia propositadamente ao sotaque brasileiro mais acentuado que até ali lhe tinham ouvido. – A gente já tentou tudo, mas tudinho mesmo, e não dá pra acreditar, mas é verdade: tá difícil de quebrar!

André torceu os lábios e encrespou a testa, determinado a não se deixar vencer.

– O que raio conterá o baú? – disse, pensando alto. – Deve ser algo de valioso, para o enfiarem numa parede com uma argamassa tão dura!

Ana e Maria trocaram olhares, divertidas com a impaciência do primo para abrir o baú e desvendar o mistério.

– Talvez sejam joias! – exclamou ele, enquanto voltava a martelar a argamassa, sem resultados. – Ou moedas de ouro antigas… Quem sabe, um livro raro e supervalioso?

Enquanto o primo continuava a desferir golpes no bloco acinzentado e a oferecer palpites sobre o eventual conteúdo do baú, Ana resolveu aclarar alguns pormenores que lhe tinham suscitado curiosidade.

– Sei que encontraste o baú aqui no monte de entulho, mas sabes de que parede provém? – perguntou a Miguel.

O jovem concentrou-se, refletindo pela primeira vez no pormenor que até ali não considerara.

– Da cave, penso eu – replicou, ao fim de uns segundos. – Foi a parede mais grossa que se deitou abaixo durante as obras, quando se uniram dois apartamentos que antigamente estavam separados.

– E de que ano é o prédio?

– Boa pergunta… Isso é que eu não sei.

De repente, André teve uma ideia que o fez estalar os dedos.

– Ouve lá – perguntou ao amigo. – Os homens das obras não terão por aí deixado um berbequim equipado com um disco de cortar pedra?

Miguel fitou-o, pasmado consigo próprio por não se ter lembrado daquilo antes. Deixou os amigos no pátio durante uns instantes e quando voltou trazia consigo exatamente aquilo que André lhe pedira.

– Agora, sim! – exclamou o rapaz, pegando no berbequim.

– Ouve lá, André, essa coisa tem um ar muito perigoso! – notou Maria preocupada. – Tu sabes trabalhar com isso?

– Não te preocupes – assegurou o primo, pondo o berbequim a funcionar. – Daqui a dois minutos temos o baú aberto.

* * *

Uma hora mais tarde, e depois de várias interrupções e tentativas falhadas, a argamassa finalmente cedeu às investidas persistentes de André e do berbequim, abrindo-se em dois pedaços e deixando à vista a caixa de ferro que os jovens tanto desejavam. Tratava-se, com efeito, de um baú com cerca de cinquenta centímetros de comprimento por trinta de largura e de altura.

Abrir o baú foi outra façanha complicada e morosa, pois o ferro tinha-se enferrujado, impedindo os jovens de abrirem a tampa.

– E nem chave tem! – queixou-se André, de novo às avessas com a maceta e o cinzel, que tentava desesperadamente enfiar na fenda entre a tampa e a base do baú. – Imaginem se tivesse!

Só ao fim de quarenta minutos, os esforços do rapaz deram os frutos esperados. Ou quase.

– O que é isto?! – perguntou ele, sem acreditar no que os seus olhos viam.

Maria, que por esta altura já tinha reparado nalguns olhares indiscretos vindos de algumas janelas vizinhas, aproximou-se do primo e disse, sem sequer olhar para o conteúdo do baú:

– E se o levássemos para dentro de casa? Assim podemos examiná-lo mais à vontade.

Ana e Charlotte confirmaram a utilidade do pedido e o baú foi transferido para a mesa da sala de jantar, em cima da qual Miguel colocou um cobertor para evitar danos desnecessários.

Maria, André e Miguel ficaram de um lado da mesa e Charlotte e Ana do outro, para mais facilmente poderem assistir à grande revelação.

André, mudo como uma rocha, voltou a levantar a tampa que entretanto fechara e deixou-se ficar especado a olhar para o interior da misteriosa caixa. Levou alguns segundos até pegar no primeiro objeto à sua frente:

– Isto… Isto o que é? – perguntou, erguendo-o com as duas mãos no ar e receando a resposta.

Miguel desatou a rir.

– Eu diria que é um par de ceroulas!

– E isto é um par de calças! – exclamou Maria, a seu lado, pegando no segundo objeto.

André não sabia o que pensar. A prima e o amigo encarregaram-se de ir esvaziando o baú, expondo, peça por peça e debaixo do seu nariz, todo um conjunto de vestuário antigo.

No final, André olhou para as peças estendidas em cima da mesa e comentou, desolado:

– Tanto esforço para encontrar umas calças, umas ceroulas, uma camisa, um colete, meias de lã e um par de tamancos?!

Os outros não puderam evitar alguns risinhos abafados.

– Bem, pelo menos agora já sabemos como se vestia o dono do baú – lembrou Charlotte, sorridente.

André suspirou, apertando os lábios e alargando as narinas, enquanto cruzava os braços ao peito.

– Raios! O que vale é que são antigos – disse, tentando animar-se. – Podemos levá-los ao Museu do Traje! Acham que valem alguma coisa?

Miguel pegou no colete de fazenda cinzento e liso, sem pormenores dignos de grande registo, e encolheu os ombros, pouco convencido.

– Que estranho!... – murmurou Ana, à sua frente, brincando com os caracóis entre os dedos, como fazia sempre que pensava em voz alta. – Porque esconderia alguém estas roupas dentro de um baú na parede?

– Esperem, esperem! – tranquilizou Miguel. – Ainda há mais coisas aqui dentro.

O rapaz tirou então uma folha de papel amarelada, cujo título, escrito a tinta esbatida, dizia:

Mensagem Aos Meus Sucessores Longínquos

– *It's a time capsule!* – exclamou Charlotte, excitada.

– Uma cápsula do tempo? – repetiu André, largando as ceroulas e concentrando-se na folha de papel que Miguel segurava.

– *Yes!* Devem ter metido as roupas aqui dentro para que nós, os *sucessores longínquos*, soubéssemos como se vestiam na altura! – explicou ela.

– Acho que a Charlotte tem razão – disse o brasileiro. – Parece que a carta foi escrita por um tal Pedro Miranda e está datada de 31 de outubro de 1755. Ou seja, Ana, respondendo à tua pergunta de há bocado: este prédio já existia no século XVIII.

Os Primos fitaram-no, estupefactos, e depois entreolharam-se, pensando no mesmo. A conclusão simplista de Miguel e a falta de reação de Charlotte revelavam que nenhum deles estava a par dos acontecimentos históricos daquela fatídica data.

– Gente! O que é que deu em vocês? – perguntou o brasileiro, ao ver os primos tão sérios.

Foi Ana quem ofereceu a informação que faltava aos dois estrangeiros:

– Essa foi a véspera do Grande Terramoto de Lisboa de 1755: 1 de novembro, dia de Todos os Santos...

– Noooooossa! Tá falando sério, cara?

André voltou a fitar o achado, agora com novos olhos.

– Incrível!... Uma cápsula do tempo que sobreviveu a um dos maiores terramotos do planeta escondida dentro de uma parede... Como é possível?

– Lembra-te de que Alfama não foi tão afetada pelo terramoto como a Baixa, que depois teve de ser toda reconstruída pelo marquês de Pombal – recordou Ana. – Além disso, trata-se de uma parede da cave, muito mais resistente do que se estivesse num andar superior.

– Agora que penso nisso, parece-me que já tinha ouvido falar no vosso terramoto – disse Charlotte, refletindo em voz alta. – Falam dele nas notícias, quando se referem ao *tsunami* de Sumatra, de 2004.

Os primos concordaram, com um aceno.

– Teve magnitude próxima de nove, na escala de Richter, e durou entre sete a dez minutos – referiu Maria. – Imaginem o que são sete minutos de terramoto em que tudo se desmorona à nossa volta e não sabemos para onde fugir... Deve parecer uma eternidade!

– E não se esqueçam do *tsunami* e dos incêndios logo a seguir! – lembrou André. – Foram três ondas altíssimas, há quem fale de mais de quinze metros de altura, umas a seguir às outras. O mar retirou-se e depois abateu-se sobre a parte mais baixa da cidade, arrasando-a. E diz-se que os incêndios que se seguiram duraram uma semana, ateados pelos fogos das lareiras acesas nas casas. Para não falar dos saqueadores, que atacaram de imediato, tentando roubar tudo o que podiam dos destroços.

– Pois... Lisboa era a metrópole do grande império português e uma das maiores cidades europeias – recordou Ana.

– Havia mais riquezas naquela época do que em qualquer outro momento da nossa história, pois os cofres estavam a abarrotar com o ouro e os diamantes descobertos nas minas do Brasil.

– Infelizmente, ao mesmo tempo, a população vivia na miséria, pois essas riquezas eram desviadas para realizar os sonhos magnânimos de D. João V, canalizados para a cultura, obras de arte... – acrescentou André.

– Morreram dezenas de milhares de pessoas. Há quem refira mais de quarenta mil, embora os números não sejam exatos – contou Maria, prosseguindo com a lição de História.

– Grande parte estava a assistir à missa, porque era sábado e dia de Todos os Santos. Devem ter achado que tinha chegado o fim do mundo.

– Mas não foi só em Lisboa, foi em todo o país! Morreram imensas pessoas no Algarve, por exemplo, e o terramoto sentiu-se também no Norte de África e na Europa, incluindo em Itália – disse o primo.

– E não te esqueças da Martinica, nas Caraíbas – recordou Maria. – Onde nós já estivemos[3].

– Foram destruídos edifícios incríveis, como a Ópera do Tejo, talvez o mais rico teatro europeu, com um palco onde cabiam vinte e cinco cavalos – disse Ana. – Acabadinha de construir e nem seis meses durou! E desapareceram bibliotecas antigas, com manuscritos raros e preciosíssimos, como as dos conventos de S. Francisco e de S. Domingos, que tinham sido fundados no século XIII, ou a do Paço da Ribeira, que D. João V tanto enriquecera e que o terramoto fez desaparecer com o luxuoso palácio real. Uma perda incalculável... Reduzidas a pó!

Charlotte e Miguel ficaram calados durante alguns momentos, sem saber o que dizer perante os terríveis relatos de perdas de vidas e de bens que Ana, Maria e André acabavam de lhes fornecer.

---

[3] Ver *O Diamante da Ilha das Caraíbas*, no qual a aventura d'Os Primos começa precisamente na Martinica. (*N. da A.*)

Para quebrar o vazio provocado pelo silêncio repentino, Miguel espreitou para dentro do baú em busca de novas descobertas. Ao fim de poucos instantes, esboçou um sorriso que anunciava uma boa notícia:

– Até parece que adivinhavas, André! – exclamou, erguendo dois livros, um em cada mão. – Estou enganado, ou esta é uma edição de 1720, d'*Os Lusíadas*? E esta não é uma cópia da Bíblia, de 1730?

André esbugalhou os olhos, sem confiar no que via.

– Não acredito! A sério?! – perguntou, pegando na Bíblia que Miguel lhe passara para as mãos e que examinou com muito cuidado. – Que fixe! Agora era bom se encontrássemos também as tais moedas de ouro!

Só lhe faltou dar saltos de alegria e fazer o pino quando, logo a seguir, encontrou um saquinho de veludo cujos cordões abriu e do qual extraiu três moedas de prata.

– Não são de ouro, mas são de 1730! – gritou, ao ler a data inscrita na face das moedas. – E são perfeitas! Devem valer bastante dinheiro hoje, não achas, Miguel?

Os rapazes bateram ruidosamente com as mãos direitas uma na outra, num estrondoso *high five*, rindo às gargalhadas, enquanto irradiavam cifrões dos olhos.

– E desta vez ninguém vai poder contestar a propriedade deste achado: estamos dentro de uma casa privada! – lembrou André, recordando a última aventura[4].

– Ehmm... Desculpem interromper, mas... O que diz a mensagem? – perguntou Ana, mais interessada em desvendar o mistério da cápsula do tempo do que em quantificar os pequenos tesouros numismáticos que a mesma continha.

– Uhmm... É melhor serem vocês a ler – disse Miguel, passando-lhe a folha de papel para as mãos. – Não consigo perceber metade do que está aí escrito. Além disso, acho que está cheio de erros.

---

[4] Ver *O Símbolo da Profecia Maia*, no qual André se vê obrigado a entregar às autoridades mexicanas parte de um enorme tesouro asteca. (*N. da A.*)

Ana sentiu um arrepio, ao pegar na carta. A ideia de ler algo que alguém escrevera há mais de duzentos e cinquenta anos e que não tinha sido lido, ou mesmo tocado, em todo aquele período, era emocionante.

– Não são erros – explicou, agitada. – É português arcaico.

Atentos, os jovens ouviram a leitura pausada da carta, na qual Pedro Miranda lhes indicava, como seus *sucessores longínquos*, as razões pelas quais ele e seu pai tinham decidido criar aquela cápsula do tempo. Explicava-lhes quem eram, o que faziam no dia a dia, o que comiam, os nomes dos amigos e a profissão do pai, mestre de obras do rei D. João V e de D. José I, como também o tinha sido o avô, e o bisavô para D. Pedro II. Fazia ainda referência à memória da mãe, que haviam perdido anos antes, e à escolha dos objetos que Pedro tinha decidido introduzir no *baú histórico*.

– Tinhas razão, Charlotte – admitiu Maria. – As roupas serviam mesmo para ficarmos a saber como se vestiam, mas… Não percebi uma coisa: afinal só o Pedro é que colocou objetos dentro do baú?

– Realmente, na carta não há referência aos objetos do pai – admitiu Ana, verificando se se teria esquecido de ler alguma linha. – Não há mais nada aí dentro?

– Sim, há… – respondeu o primo, com um monte de folhas na mão que acabara de retirar do baú.

– O que é isso? – perguntou a prima mais velha. – Mais cartas?

– Não, não são cartas… – disse André, de sobrolho franzido, enquanto estudava o conteúdo das folhas.

– Então o que são?

O rapaz permaneceu mudo durante alguns instantes, enquanto os amigos o fitavam, aguardando com impaciência.

– Uhmm… – murmurou, por fim, acariciando o queixo com ar de detetive. – Percebo que o tal Pedro Miranda tenha enfiado as ceroulas e os tamancos aqui dentro. Ao fim e ao cabo são objetos dignos de uma cápsula do tempo, que nos ajudam a compreender o passado, mas... O que eu não entendo é a escolha do pai. Porque teria ele decidido colocar no baú os seus projetos de trabalho?

Os outros olharam-no com ar interrogativo.

André apresentou-lhes os documentos, espalhando-os em cima da mesa em quatro montes separados, fazendo-lhes notar que estavam repletos de anotações e que, talvez por serem projetos mandados fazer pelo rei D. João V, todos tinham uma coroa a encabeçá-los.

– Estão a ver? São projetos de quatro monumentos em Lisboa e arredores onde António Miranda terá trabalhado. Todos eles contêm pormenores sobre materiais, plantas, planos de construção... Mas porque os meteu aqui dentro? Talvez naquela altura os edifícios já estivessem construídos, mas haveria outros a construir, com o mesmo tipo de informações. Não acham natural que voltasse a precisar deles? Ou era mais importante deixá-los aos seus *sucessores longínquos* porque...

Ana compreendeu imediatamente a dúvida por trás da questão de André e completou-lhe a frase, quando o primo se interrompeu:

– ... Porque ele próprio não poderia voltar a utilizá-los?

Os outros três fixaram André, receosos.

– Achas... Achas que ele sabia que estava para se dar o terramoto? – inquiriu Maria, enchendo-se de coragem.

A jovem sentiu um nó na garganta ao colocar a questão, como se esta envolvesse algo de imoral e obsceno.

André fitou-a, a seu lado, e mordeu o lábio.

– Não sei, mas não consigo deixar de pensar na incrível coincidência de estes dois terem criado uma cápsula do tempo na véspera de um dos maiores terramotos da história!

– Ora! Ele não podia adivinhar! – contestou Charlotte.

– Os animais adivinham… – contrapôs Miguel. – Normalmente até fogem.

– Mas António Miranda não fugiu… – recordou Maria. – Se estás a dizer que talvez ele tivesse descoberto uma forma de prever terramotos, por que razão não fugiria? Porque ficaria ele em Lisboa naquele dia? Poderia ter colocado o seu *baú histórico* em qualquer outra cidade, em vez de o deixar na que o terramoto devastaria, não achas?

– Uhmm… Talvez… – admitiu André, embora pouco disposto a desistir da sua teoria. – Mas por outro lado, se ele tivesse realmente descoberto uma forma de prever terramotos, quem é que iria acreditar nele?

– O André tem razão – comentou Ana. – Não se esqueçam de que estamos em pleno auge da Inquisição portuguesa.

– Exatamente! – teimou André. – Se ele se lembrasse de contar a alguém que sabia como prever terramotos, sem dúvida seria condenado por heresia. Ou seja, não tinha outra opção senão ficar calado e deixar os seus projetos numa cápsula do tempo, para os seus *sucessores longínquos*.

– Esperem lá! Não acham que, se calhar, estamos a tirar conclusões precipitadas? – perguntou Maria. – No fim de contas, estamos a basear-nos em documentos que ainda nem tivemos tempo de analisar.

Os outros concordaram e André viu-se obrigado a admitir que era cedo demais para concluir fosse o que fosse e que o melhor era analisarem todos os objetos com calma.

– Eu e a Charlotte podemos ficar com as coisas do Pedro, enquanto vocês analisam as do pai – propôs Miguel. – De certeza que não íamos perceber patavina desses documentos, sendo estrangeiros…

Os primos concordaram e ficou decidido que o material seria dividido.

– É muito interessante descobrir que este conceito das cápsulas do tempo criadas de propósito já vem de tão longe – comentou Maria. – Pensava que fosse uma ideia recente, mas afinal já existia no século XVIII.

– Por acaso li um artigo, aqui há tempos, que falava de um dos maiores projetos de cápsulas do tempo jamais empreendidos: o satélite Keo – informou Charlotte.

– Ah, sim! – exclamou André. – Também li esse artigo. Provavelmente vai ser lançado no espaço dentro de dois anos e os organizadores já andam a receber as mensagens que os *sucessores longínquos* dos atuais habitantes da Terra hão de ler daqui a cinquenta mil anos.

– Cinquenta mil anos?! – espantou-se Maria. – Isto se ainda houver sucessores nessa altura! Da maneira como estamos a tratar o nosso planeta, quem sabe quanto tempo é que a espécie humana vai poder aqui viver?

Charlotte tossicou para chamar novamente a si as atenções:

– As mensagens podem ser enviadas para o *site* do satélite Keo – informou, mostrando-se entendida no assunto. – Que obviamente será construído com materiais muito mais resistentes do que este *simples* baú de ferro...

– Simples? – perguntou Maria, que não apreciara o tom presumido da inglesa.

– Simples, pois! É um material muito pouco adequado para construir uma cápsula do tempo, visto que se corrói facilmente.

Maria arqueou as sobrancelhas, um pouco indignada, e sentindo-se estranhamente compelida a defender o criador do *baú histórico*.

– Pode ser simples, mas resistiu a um terramoto e a mais de duzentos e cinquenta anos dentro de uma parede – contestou. – E se o André tiver razão e este tal António Miranda tiver previsto o terramoto, se calhar também previu os incêndios! Talvez até tenha escolhido o ferro de propósito, porque outros metais até podem ser menos corrosíveis, mas têm um ponto de fusão mais baixo.

Ana e André entreolharam-se, abismados. Desde quando é que Maria conhecia os pontos de fusão do ferro, ou de outros metais?

O espanto da irmã e do primo, aliados ao de Miguel e de Charlotte, que ficara literalmente de boca aberta, levaram Maria a esboçar um sorriso enigmático. E para aumentar a curiosidade de toda a gente, decidiu mudar de assunto sem dar mais explicações.

– Bem, já não há mais nada dentro do baú, pois não?

Miguel, ainda impressionado com os conhecimentos inesperados da rapariga, deitou uma última espreitadela para dentro da caixa e disse:

– Nadinha, está vazio.

André, porém, preferiu verificar ele próprio que não lhes tivesse escapado alguma coisa.

– Uhmm… Nada – confirmou, enquanto passava as mãos pelas paredes internas do baú, apalpando todos os centímetros e certificando-se de que não havia divisórias escondidas. – Além destas peças de madeira aqui nos cantos, está vazio.

De facto, os quatro cantos inferiores do baú tinham sido rematados com pedaços de madeira que preenchiam o ângulo reto de cada um.

Ana esticou o pescoço para ver melhor e sugeriu:

– Vê lá se não são ocas.

– Não me parece, mas por via das dúvidas, deixa cá ver… – respondeu o primo, batendo com os nós dos dedos em cada peça. – Não, não são ocas. Só devem servir para decoração.

– Todo o cuidado é pouco, nestas coisas – comentou a rapariga.

– Bem – disse Maria, reunindo os documentos de António que teria de analisar com Ana e André. – O melhor é dividirmos os objetos e vermo-nos amanhã, que tal?

Os outros concordaram e os cinco jovens despediram-se depois de combinarem um novo encontro no dia seguinte.

– Se entretanto alguém descobrir alguma coisa importante, telefone imediatamente, ok? – instruiu André.

– Ok! – anuíram os outros.

* * *

– Priminha – enunciou André, assim que saíram para a rua, colocando o braço no ombro de Maria. – Desde quando é que conheces os pontos de fusão do ferro, ou de outros metais?

Maria desatou a rir às gargalhadas, como se a pergunta do primo tivesse funcionado como uma agulha que acaba de furar um balão.

– Ah, ah, ah, ah! Foi lindo, não foi? – perguntou, entre risadas. – Mas a Charlotte estava mesmo a precisar duma resposta daquelas, com aquele ar de sabichona. *Simples baú de ferro?* Quem é que ela se julga? Alguma arqueóloga famosa? Ouve lá, Ana, achas que entre ela e o Miguel existe alguma coisa, ou são apenas amigos?

– Então? Vais-nos explicar a história dos metais, ou não? – interrompeu André, cada vez mais curioso.

– Ora – começou por dizer Maria. – Foi uma questão de sorte. Por acaso naquele momento olhei para os documentos de António, e não é que à minha frente havia precisamente uma tabela com os pontos de fusão de vários metais? Foi só dar uma olhadela rápida…

– Uauh! Que coincidência, rapariga! – espantou-se a irmã.

– Sim, foi uma coincidência olhar para lá no momento certo – justificou-se a irmã. – Embora não me pareça fora do normal que um mestre de obras tenha esse tipo de informação nos seus projetos. No fim de contas, são coisas importantes para qualquer construção, não acham?

Ana encolheu os ombros, duvidosa.

– Hoje em dia sim, mas quem sabe se naquela altura também já o eram?

– Sabem… – disse André, preparando-se para mudar de assunto – estava aqui a pensar na história do terramoto… Vocês já imaginaram as riquezas que devem ter ficado enterradas em Lisboa depois da catástrofe? Deve haver tesouros incríveis que nunca serão descobertos…

– É bem possível – admitiu Ana. – Olha que não se trata apenas de mais uma das tuas fantasias de caçador de tesouros.

Enquanto caminhava até à paragem do elétrico, André observou a prima discretamente pelo canto do olho, sentindo-se um pouco confuso com a sua resposta. Falara-lhes nos tesouros sem imaginar que lhes pudessem dar importância, mas agora já não tinha tanta certeza.

– Estás a falar a sério? – perguntou, interessado.

– Eu não vos disse que antes do terramoto se vivia em Portugal numa opulência tremenda, com o ouro do Brasil? Se pensarmos no dinheiro que D. João V gastou com todos os monumentos que mandou construir… – disse Ana, sabendo que estava a contribuir para estimular a imaginação do primo. – Era talvez o monarca mais rico da Europa, na altura. O Aqueduto das Águas Livres, o Convento e o Palácio Nacional de Mafra… Até a Capela de S. João Baptista, na Igreja de S. Roque, que custou um balúrdio e foi mandada vir de Itália de propósito!

Apertando a mochila na qual guardara os projetos de António Miranda e que colocara ao peito para evitar surpresas desagradáveis de algum larápio no elétrico, o jovem sorriu e disse:

– Vocês é que são as alfacinhas, mas antes de voltarmos para casa vou levar-vos a uma esplanada incrível, que ainda não devem conhecer. Assim começamos já a dar uma olhadela a estes documentos, enquanto vemos o pôr do Sol, para ver se percebemos alguma coisa.

– Bem, se não percebermos, podemos sempre perguntar aqui à nossa querida Maria, que decifra tabelas enquanto o diabo esfrega um olho! – riu Ana.

* * *

A esplanada, ao lado do miradouro das Portas do Sol, era, de facto, impressionante. Os primos sentaram-se nos sofás mais próximos da balaustrada que dava para o Tejo e para os telhados de Alfama, e que lhes proporcionava uma das vistas mais bonitas da cidade e do rio que tinham visto até ali.

– Realmente tinhas razão, André. Ainda não conhecíamos esta esplanada. – admitiu Ana. – A música é ótima, estes sofás são superconfortáveis, o chá de anis-estrelado é incrível, o pôr do Sol fantástico e a vista… Bem, já esgotei todos os adjetivos para a poder descrever!

– Ou seja, é absolutamente indescritível! – riu Maria, concordando com a irmã e oferecendo-lhe o adjetivo que lhe faltava.

O primo sorriu, satisfeito por ter conseguido surpreender duas alfacinhas de gema, não obstante ele próprio fosse eborense, e espalhou os documentos de António Miranda na mesa à sua frente.

Os três jovens analisaram os projetos com cuidado, enquanto o Sol mergulhava nas profundezas do mar, a ocidente, mas ao fim de meia hora, deram-se por vencidos.

– Não percebo nada disto! – exclamou André, arreliado. – Estes documentos não parecem conter nada de especial. Só têm referências a alguns monumentos e o resto é uma salgalhada de números e esquemas incompreensíveis.

– Só devem ser incompreensíveis para nós, que somos leigos na matéria – justificou Ana. – Para um arquiteto ou um mestre de obras, devem fazer muito sentido.

– Arghhhh! – exclamou o primo, sentindo a paciência esgotar-se e pegando no jornal que ainda não tivera tempo de ler desde manhã.

– Não te aborreças por causa disso – disse Maria, maravilhada com os frutos da *Illicium verum*, em forma de estrela, que continuavam a bailar dentro da sua enorme chávena de chá. – *Enjoy the moment!* Como diria a nossa nova amiga Charlotte.

– Ou *curte o momento*, como diria o nosso novo amigo Miguel – disse André, trocista. – Ou devo dizer o *teu* novo amigo Miguel? Depois não digas que não te avisei…

Maria fingiu que não o ouviu, mas nem por isso deixou de corar.

– Realmente, está-se aqui muito bem – comentou Ana, pegando num dos suplementos do jornal do primo. – Ah, já viram isto? Mais um acidente provocado pelo *planking*!

André acenou, aborrecido, mostrando que já imaginava o que ali vinha.

– Estes tipos são uns obcecados, é o que eles são! – exclamou Ana, enfurecida. – Fazem de tudo para se tornarem heróis, tirando as fotografias mais disparatadas que se possa imaginar, desde que estejam deitados de barriga para baixo, com os braços ao longo do corpo e imóveis. Umpf!

– Também acho – concordou Maria, imitando os outros e pegando no suplemento económico, que começou a folhear com interesse. – Tenho visto cada fotografia mais idiota! E perigosa!

– Vá lá! – riu André. – Têm de admitir que algumas até são engraçadas, como aquela do guarda nacional britânico deitado no chão no meio da parada.

– Ora! Aposto que é uma fotografia fabricada. O *planking*, tal como outros disparates do género, é uma daquelas coisas que não vai ficar para a história e que não traz nada de novo ao mundo! Em vez de gastarem as energias com aqueles absurdos, porque é que não inventam qualquer coisa que ajude a superar esta crise mundial? – continuou Maria, apontando para os títulos dos artigos do seu suplemento económico. – Bem jeito dava ao nosso país, por exemplo, que anda tão mal de finanças...

André riu-se, divertido com os exageros da prima, sempre dada a teatralidades.

– Ah, ah! Então o que tu estás a dizer é que os tipos que fazem *planking* deviam deixar-se disso e empenhar-se a inventar qualquer coisa que ajudasse a salvar a economia, é? Talvez dedicarem-se à pesca?

Maria fechou o jornal e fitou o primo com ar altivo, pronta a defender-se:

– O que eu estou a dizer é que em vez de heróis de meia tijela, hoje em dia são necessários heróis a sério, que salvem pessoas ou mesmo um país inteiro!

– Como aconteceu connosco no Cairo[5]... – lembrou Ana.

– Exatamente! – exclamou a irmã.

– Pffff... – disse André, soprando por entre os lábios entreabertos, preparando-se para dizer uma piada. – Hoje em dia, minhas caras, nem a descoberta de um enorme tesouro *nacional* poderia ajudar o nosso país a salvar-se, pagando as dívidas do Estado!

– Ah, ah! Tens razão, priminho. Por outro lado – acrescentou Ana, prestes a tocar num ponto sensível – a julgar pelo último que encontrámos no México, também não seria possível descobrirmos um tesouro nacional e deixarem-nos ficar com ele...

André torceu o nariz, preferindo esquecer a triste conclusão daquela história.

– Então, André? Olha, se te puseres a escavar em qualquer lado, aqui em Lisboa, pode ser que encontres as tais riquezas que o terramoto soterrou em 1755! – riu Maria, divertida.

André já não estava a achar grande graça à galhofa que as primas tinham iniciado à sua custa e voltou a enfiar o nariz no jornal, em busca de alguma notícia que o ajudasse a mudar de assunto. Por sorte, não levou muito tempo a encontrá-la.

– Ena, já viram isto? – perguntou, antes que Ana e Maria se lembrassem de mais alguma chalaça irritante. – Parece que voltaram a dar com mais escavações estranhas aqui em Lisboa.

Infelizmente, só se apercebeu de que a notícia escolhida não era a mais adequada quando já era tarde demais.

– Ah! Estás a ver? – exclamou Maria, entre novas gargalhadas. – O melhor é começares a cavar depressa! Parece que já há mais gente na fila para encontrar o tal tesouro!

---

[5] Ver O *Segredo do Mapa Egípcio*. (N. da A.)

Ana juntou-se-lhe nas risadas que a face apimentada do primo só ajudou a estimular ainda mais.

– Ora, estou a falar a sério! – defendeu-se ele, apontando para a fotografia do jornal. – Estas escavações já começaram há vários meses! Aparecem de noite, em vários locais, e ninguém percebe quem as faz, nem porquê!

Ana e Maria interromperam gradualmente as gargalhadas, enquanto limpavam as lágrimas que entretanto lhes tinham caído pelo rosto abaixo.

– Mas... Isso não são sepulturas? – perguntou Ana, observando a fotografia.

– Sim, são – confirmou o primo. – Estas são nas traseiras da Igreja do Menino Deus, aqui em Alfama, mas já houve outras.

– Não serão atos de vandalismo de alguma seita esquisita? – perguntou Maria. – Escavar sepulturas não é muito normal...

– As escavações não têm sido só em sepulturas – corrigiu o primo. – Uma delas foi no Aqueduto das Águas Livres, e ali não há sepulturas. Agora que penso nisso, parece-me que fizeram um buraco na parede de um dos arcos...

Ana arrebitou as orelhas, ao ouvir a última informação fornecida por André.

– E em que outros sítios se encontraram escavações esquisitas? – perguntou.

– Esta já é a quarta notícia que vejo sobre isto, e sempre numa página meio escondida de algum jornal, porque a televisão nunca referiu o sucedido – explicou André. – A primeira vez aconteceu no Palácio das Necessidades, mais tarde na Igreja de S. Roque, depois no aqueduto, e agora na Igreja do Menino Deus.

– Uhmm... Que estranho!... – disse Ana, mordendo o lábio. – Já repararam que três desses monumentos aparecem entre os projetos de António Miranda?...

André e Maria fitaram-na, perplexos, ao vê-la apontar para três dos quatro montes de papéis espalhados em cima da mesa.

III

A ENTREVISTA

– Ok... Sou só eu, ou vocês também começam a achar que estas duas coisas estão relacionadas? – perguntou André, apontando para a notícia do jornal e para os projetos de António Miranda.

– Realmente, parece que se trata de coincidência a mais – admitiu a prima mais nova.

– E se esses tais escavadores de monumentos... Como é que havemos de lhes chamar? – perguntou Maria, à procura de um nome adequado. – E se lhes chamássemos *mações*?

– Bem... Realmente o termo vem do francês *maçon* e significa *pedreiro-livre* – recordou Ana, compreendendo a analogia da irmã. – De certa forma, as escavações que têm feito podem ser consideradas atividades de pedreiros, mas daí a dizermos que fazem parte da Maçonaria... Não há nada que o indique.

– Ok, então passam a chamar-se *escavadores desconhecidos* – decidiu Maria. – E se esses *escavadores desconhecidos* andarem à procura do nosso *baú histórico*?

– Uhmm… Também já tinha pensado nisso – disse André, com ar enigmático, enquanto tirava o telemóvel do bolso das calças. – Deixem-me só verificar uma coisa na Internet.

– Usa o meu *Kindle*! O ecrã é muito maior – disse Maria, feliz por poder mostrar ao primo mais uma pérola da tecnologia.

– Tens o último modelo do *Kindle*, ainda por cima 3G? – exclamou André, com uma pontinha de inveja, pondo de lado o seu telemóvel e pegando no *gadget* da prima. – Que sorte!

– Pois – disse a rapariga. – Foi a prenda que os pais me deram pelos anos.

– E já te habituaste a ler livros aqui?

– Claro que já! – exclamou ela, mostrando-lhe como funcionava o aparelho. – Os livros leem-se exatamente como num livro em papel, só que as palavras do ecrã estão escritas a tinta eletrónica.

Ana torceu o nariz, pouco convencida. A ideia de substituir os livros em formato tradicional por um *tablet* que os apresentava em formato eletrónico ainda não a tinha persuadido. Gostava demasiado de bibliotecas e do cheiro do papel, sobretudo se fosse antigo, para o substituir por algo tecnológico. Mas não havia dúvidas de que o *Kindle* da irmã tinha as suas vantagens, como Maria se apressou a ilustrar.

– Imagina que estás a ler um livro (já agora, hás de ler este, que é ótimo, e o filme vai sair este ano) – disse, abrindo a *A Vida de Pi*, do autor Yann Martel – e não sabes o significado de uma palavra.

O primo achou o tema muito interessante e chegou-se para a frente, para ver melhor.

– Basta clicares na palavra e aparece-te logo um dicionário a explicar o que ela quer dizer!

– Uauh! A sério? – exclamou André, extasiado. – Isso dá imenso jeito!

– E também podes ouvir a tua música preferida, enquanto lês. Ou podes pedir ao *Kindle* para ler o livro por ti em voz alta, enquanto fazes outra coisa.

– Incrível! – murmurou André, pensando na quantidade de situações em que podia continuar a seguir a história de um livro, enquanto estava ocupado com outra coisa qualquer.

– E o *Kindle* lembra-se sempre da página em que estás, por isso mostra-ta assim que abres o livro. E ainda tens a possibilidade de consultar a Internet com a ligação *Wi-Fi*.

– Vamos já testar isso! – disse André, voltando à pesquisa que tinha em mente e aproveitando o *hotspot* da esplanada.

As primas esperaram uns momentos, enquanto o rapaz digitava algumas palavras no motor de busca e lia para si próprio a informação obtida.

– Pois! Eu já estava a desconfiar disto! – exclamou ele, ao completar a tarefa. – Vocês sabiam que todos os monumentos mencionados nos projetos de Miranda resistiram ao terramoto de 1755?

– A sério?! – perguntou Maria, surpreendida. – Todos?

André confirmou com a cabeça, enquanto relia em voz alta as linhas de texto no ecrã do *Kindle*:

– Ora ouçam: Aqueduto das Águas Livres: construído entre 1732 e 1748, *resistiu incólume ao terramoto*… Palácio das Necessidades: construído entre 1745 e 1750, *resistiu incólume ao terramoto*… Palácio Nacional de Mafra, construído entre 1717 e não se sabe exatamente quando, *resistiu incólume ao terramoto*… Igreja de S. Roque, construída entre 1565 e 1573, *resistiu incólume ao terramoto*!

– Incrível!… – murmurou Ana.

– Tenho a certeza de que não se trata de coincidências! – exclamou André, continuando a expor a sua teoria. – Talvez Miranda, interessando-se pelo estudo dos terramotos, tivesse podido influenciar a localização e também a construção destes monumentos, usando técnicas antissísmicas!

– Uhmm… – murmurou de novo Ana, pensativa, enrolando e desenrolando os caracóis entre os dedos. – A tua teoria faz sentido para os primeiros três monumentos, pois todos eles foram construídos no reinado de D. João V, para quem António Miranda trabalhou como mestre de obras. Mas ele não pode ter participado na construção da Igreja de S. Roque que, como tu próprio disseste, começou a ser construída dois séculos antes dos outros.

André coçou a cabeça, confuso e desapontado por ter deixado escapar aquele pormenor.

– Mas então porque é que um dos projetos dele se refere precisamente à igreja? – perguntou.

Apostado em não desistir, o rapaz continuou a esquadrinhar a informação na Internet.

– A não ser que ele tenha participado na construção da Capela de S. João Baptista, dentro da Igreja de S. Roque, entre 1742 e 1750! – exclamou, vitorioso, poucos segundos depois. – Essa sim, foi obra de D. João V.

– É possível – ponderou Ana. – Mas nesse caso ele não teria tido qualquer influência na escolha da localização do monumento, uma vez que ele já existia.

André suspirou, começando a ver-se obrigado a renunciar, mas Maria veio de novo em seu auxílio:

– A menos que António tenha estudado a construção da igreja e se tenha baseado precisamente nela para projetar os outros monumentos!

– Ou então… – disse Maria, com ar misterioso, pegando nas folhas de Miranda que se referiam à igreja e comparando-as com as dos outros três projetos.

– Ou então o quê? – perguntou o primo.

– Uhmm… – murmurou a rapariga. – Já repararam que os documentos da igreja têm uma caligrafia um pouco diferente da dos outros documentos?

Os outros inclinaram-se para a frente, para verem melhor.

– Sim, tens razão – anuiu André. – Não tinha reparado nisso.

– E o papel também me parece mais antigo – acrescentou Maria, cada vez mais enigmática. – Não é o mesmo, estão a ver?

– Sim, mas não estou a perceber onde queres chegar – queixou-se o primo.

– A mensagem de Pedro não dizia que o avô e o bisavô também tinham sido mestres de obras reais?

– Sim – disse a irmã, tentando recordar a frase exata da carta do rapaz. – Parece-me que o bisavô trabalhara para D. Pedro II, enquanto o pai e o avô trabalharam para D. João V.

– Se se tratava de uma família de mestres de obras reais, não será difícil imaginar que também o trisavô, o tetravô e por aí fora, tivessem a mesma profissão, pois não?

– Tens razão, Maria – concordou Ana, começando a seguir o raciocínio da irmã. – Antigamente era muito normal que os filhos seguissem as profissões dos pais.

– Então nesse caso, e dado que os documentos da igreja parecem bastante mais velhos do que os outros, não será legítimo pensar que pertenceram aos antecessores de António? – concluiu Maria.

– Claro que sim! – exclamou André, contente por ver ressuscitar das cinzas a sua teoria. – Talvez a previsão dos terramotos ou as técnicas de construção antissísmica já viessem de trás. Não se esqueçam de que Lisboa, situando-se numa zona de risco vulcânico, já tinha sido abalada por outros sismos.

– Estou a ver... – murmurou Ana, enquanto o primo voltava a consultar a Internet. – Então talvez toda a família Miranda se interessasse por terramotos há muitas gerações.

– Até porque tinham muitos exemplos para estudar! – exclamou André, completando a nova pesquisa. – Vocês sabem que Lisboa é uma das cidades mais antigas da Europa, não sabem?

– Claro! – exclamou Maria, interrompendo-o. – Era fenícia e foi fundada em 1200 a.C., como revelaram as escavações arqueológicas feitas recentemente na Sé de Lisboa.

– Os fenícios chamavam-lhe *Alis Ubbo*, e os romanos, no século II a.C., passaram a chamar-lhe *Olisipo*, em latim – disse

Ana, que conhecia muito bem a história da sua cidade e não fazia tenções de ficar calada.

– Logo a seguir vieram os suevos e os visigodos, no século V, que lhe chamaram *Ulishbona*, seguidos, em 714, pelos muçulmanos que aqui permaneceram durante quatro séculos, chamando-lhe *al-Ushbuna* – prosseguiu Maria.

– Só mais tarde se passou a escrever *Lixboa* em português antigo, e daí a abreviatura *Lx*, que depois se converteu em *Lisboa* – concluiu Ana.

André fitou-as, pasmado. Aquelas duas eram mesmo apaixonadas por História. Como é que uma simples pergunta podia dar azo a um rol tão extenso de informação?

– Mas quem é que precisa da Internet quando está ao vosso lado? – disse, com ar brincalhão.

Ana e Maria sorriram uma para a outra, orgulhosas, pensando logo em mais dados que pudessem acrescentar à lista.

– Ok, ok! Voltemos ao que interessa – exclamou André, antes que as primas se lembrassem de mais alguma coisa. – O que eu vos queria dizer é que Lisboa está situada numa zona de intensa atividade sísmica, e nestes séculos todos sofreu mais de vinte terramotos, alguns deles tão fortes que provocaram milhares de vítimas. Por isso é provável que a família Miranda já os estudasse há muito tempo…

– Nesse caso faz todo o sentido que os projetos da Igreja de S. Roque que Miranda tinha consigo tivessem sido usados como exemplo de construção antissísmica para os outros monumentos – refletiu Maria, em conclusão.

Os três primos mantiveram-se em silêncio durante alguns instantes, cada um deles entregue aos seus próprios pensamentos e considerações.

– E a Igreja do Menino Deus? – perguntou Ana, de repente. – Já agora, vê lá se essa também…

– Não acredito! – exclamou André, que se tinha antecipado à prima e acabava de confirmar a informação na Internet. – Foi construída entre 1711 e 1737 e *resistiu incólume ao terramoto*!

– Uhmm… – murmurou Ana, começando a ver tudo com uma nova perspetiva. – Então, no fim de contas, o fator comum entre os monumentos referidos nos projetos do baú e os monumentos danificados pelos *escavadores desconhecidos* não é António Miranda, porque ele não participou na construção da Igreja do Menino Deus, mas… O facto de todos terem *resistido incólumes ao terramoto?*

– Isso e o facto de todos eles estarem relacionados com D. João V. Não se esqueçam de que embora a Igreja de S. Roque tenha sido construída dois séculos antes, a Capela de S. João Baptista também foi obra de D. João V – lembrou Maria.

– E isso convence-me cada vez mais de que estou no caminho certo – reiterou o primo. – António Miranda possuía informações que lhe permitiam prever terramotos e construir edifícios que lhes resistissem, coisa que, no século XVIII e por causa da Inquisição, nunca teria sido aceite. Tê-lo-iam queimado numa fogueira em praça pública, como fizeram com tantos inocentes! Mas agora alguém anda à procura dessas informações…

– A qualquer preço e sem olhar a meios – acrescentou Maria, pensando nos danos provocados aos monumentos pelo misterioso grupo de escavadores.

– E muito provavelmente essas informações estão *aqui*, à nossa frente… – disse Ana, apontando para os projetos de Miranda. – Bem… Na verdade, não podemos ter a certeza de que seja esse o conteúdo destes documentos. Não percebemos patavina do que lemos, e para termos a certeza, teríamos de os mostrar a algum entendido na matéria.

– Nem pensar nisso! Não sabemos em quem confiar – notou o primo. – Eu, por mim, vou continuar a pensar que se trata realmente de informações secretas relacionadas com terramotos, e que estes *escavadores desconhecidos* estão a tentar obter, procurando-as nos monumentos mandados construir por D. João V e que resistiram incólumes ao terramoto.

– Ok. Só não percebo como é que alguém pode ter sabido que elas existiam, visto que ficaram escondidas num baú dentro de uma parede, desde o século XVIII até ontem à tarde – recordou Ana, pensativa.

– Talvez Miranda tenha falado sobre elas a alguém e esse alguém tenha por sua vez feito com que as informações chegassem aos nossos dias por outra via, além da nossa cápsula do tempo – sugeriu André.

– Talvez um seu colega de trabalho, ou alguém com quem estudava os terramotos – acrescentou Ana.

– Temos de ter cuidado e avisar os outros! – exclamou Maria, repentinamente alarmada. – Não podemos mencionar a existência do baú e dos documentos a ninguém até percebermos bem o que se passa.

Os três jovens trocaram olhares de cumplicidade e, por segurança, certificaram-se de que nenhuma das pessoas sentadas na esplanada atrás deles podia ouvir a conversa. Sem precisarem de o dizer em voz alta uns aos outros, decidiram falar mais baixo dali para a frente.

De repente, ouviu-se um alerta de mensagem recebida vindo do telemóvel de André, que os sobressaltou.

– Será o Miguel? – perguntou Maria, curiosa.

– Bem, até parece que vocês os dois estão ligados por telepatia! Adivinhaste! – exclamou o primo, sorrindo. – Acaba de me dizer que a Charlotte encontrou um bilhete de António Miranda dentro d'Os Lusíadas.

– Um bilhete? Então afinal ele também deixou uma mensagem na cápsula do tempo? – perguntou Ana, excitada. – E o que diz?

– Pois… Essa é a parte menos interessante – queixou-se André. – É um papel pequeno, por isso não o vimos antes, e além da coroa que aparece em todos os projetos de Miranda, parece que só tem uma palavra. Ainda por cima, acho que o Miguel devia estar um bocado distraído quando a escreveu…

– Distraído? – perguntou Maria, sem dar conta de que se estava a desviar da questão. – E quem é que o estava a distrair? A Charlotte?

– Ó Maria! O que é que isso interessa? – exclamou a irmã, sem conter a curiosidade. – O que diz a mensagem?

– Era o que eu vos estava a explicar – disse André, absorto, mostrando-lhes o texto no ecrã do telemóvel. – Não se percebe nada porque deve ter sido digitada à pressa. Julgo que ele queria escrever *mensagem*, mas enganou-se e enfiou uma série de letras pelo meio. Vejam lá se não tenho razão:

Mens agitat molem

Ana suspirou e deu uma palmada amigável no joelho do primo.

– Já pareces o Miguel, quando disse que a carta de Pedro estava cheia de erros!

– O quê?! – ofendeu-se o primo, olhando de novo para o ecrã e relendo o texto. – Não me digas que isto também é português arcaico!

– Não, não é… – riu Maria, que já tinha percebido tudo. – Mas é latim. E já sei porque pensaste que o Miguel quisesse escrever a palavra *mensagem*.

André fitou-a, sem compreender, mas para evitar dizer algum disparate, deixou-se ficar em silêncio. Foi Ana quem colocou a questão a Maria:

– Então porquê? E o que é que a frase quer dizer, tu que percebes um bocado de latim?

– Ok, vamos por partes – enunciou Maria, vaidosa por poder oferecer-lhes mais explicações. – *Mens agitat molem* é uma frase da *Eneida*, que como sabem foi uma epopeia romana escrita por Virgílio no século I a.C., inspirado na *Odisseia* e na *Ilíada* de Homero, do século VIII a.C., e que por sua vez inspirou vários poetas ao longo dos tempos. Camões foi um deles, ao escrever *Os Lusíadas*, dezassete séculos depois.

– E o que quer dizer? – perguntou André, ansioso por passar à segunda parte.

– Quer dizer que *o espírito dá vida à matéria* – respondeu ela, sabendo que a frase ativaria de imediato as células cinzentas de André e de Ana.

– *O espírito dá vida à matéria?...* – repetiu o primo, pensativo, fixando a prima como se esperasse ler o resto da explicação no seu rosto.

– Bem... – continuou Maria, criando suspense de propósito. – Pelo menos era isso que Virgílio queria dizer quando a escreveu, referindo-se à existência de um princípio capaz de dar vida e forma às coisas no universo.

– Mas depois o significado deixou de ser esse, não foi? – adivinhou Ana.

– Sim, hoje em dia a tradução é um pouco diferente – confirmou Maria. – Significa que *a mente move a matéria*. Por outras palavras, passou a focalizar-se sobre o facto de o espírito *vencer* a matéria, e não de lhe *dar vida*.

André franziu a testa e semicerrou os olhos, tentando perceber o que teria tudo aquilo a ver com terramotos. Ao fim de alguns segundos, ofereceu a sua tradução pessoal:

– Ouve lá, Maria: *a mente move a matéria* não pode ser outra forma de dizer que *a inteligência domina a matéria*?

Maria acenou, concordante.

– Sim, pode. Aliás, algumas universidades até a utilizam como lema, empregando esse mesmo sentido.

– E se esta frase for uma mensagem em código, que António Miranda usou para nos dizer que descobriu como prever os terramotos? – continuou ele. – Vejam lá se não faz sentido: *a inteligência humana dominou a matéria descobrindo como prever os terramotos*.

– Talvez tenhas razão – disse Ana, admitindo a lógica do raciocínio do primo. – Se calhar é isso mesmo. Mas, ó Maria... O que é que a palavra *mensagem* tem a ver com tudo isto?

– É apenas uma curiosidade, mas o André não foi o único a vê-la escrita no meio da frase *mens agitat molem* – disse a irmã, sublinhando as letras utilizadas com o dedo. – Vejam:

<u>Mens</u> <u>ag</u>itat mol<u>em</u>

Os outros acenaram de imediato.

– *Mens-ag-em* – leu André. – E quem mais deu conta disto?

– Fernando Pessoa – revelou Maria. – E foi por isso que deu o título *Mensagem* ao famoso livro de poesia que escreveu sobre Portugal.

– Não sabia disso – comentou André, pegando de novo no *Kindle*. – Mas não me espanta nada que tu soubesses.

– Ora – disse a prima, fingindo-se envergonhada – saiu uma vez numas palavras-cruzadas...

– Ok, voltando ao nosso António Miranda – disse André – deixem-me cá investigar se, desde que começaram estas escavações misteriosas, saiu mais alguma notícia interessante nos jornais sobre os quatro monumentos.

Ana e Maria aprovaram a ideia, mas aproveitaram o tempo da pesquisa para tirarem fotografias à excelente vista do miradouro e aos últimos raios de sol.

– Não acredito! – exclamou o primo, minutos mais tarde, acenando-lhes para que se aproximassem rapidamente.

– O que foi? – perguntou Maria. – Descobriste alguma pista interessante?

– Ouçam isto – disse ele, preparando-as para o que prometia ser uma grande revelação. – Vocês sabiam que no Palácio de Mafra vivia um senhor chamado Gil Magens?

As faces das primas mostraram-lhe que não só não o sabiam, como também não imaginavam o que poderia ter aquilo a ver com a história de António Miranda, ou com a misteriosa cápsula do tempo.

– Segundo este artigo, Magens era o único habitante do palácio e provinha de uma família que tinha ido para Mafra no século XVIII, para ajudar à construção do mesmo – prosseguiu o rapaz, ciente de que o novo elemento iria atrair a atenção das duas irmãs.

– Curioso!... E porque é que ele morava no Palácio? – quis saber Maria.

– Não só morava, como nasceu e viveu sempre ali dentro desde 1927 – explicou André. – Parece que tanto o seu pai como o seu tio, além de tipógrafos na vila, eram também guardas do museu. Magens habituou-se desde pequeno àquele espaço, e sobretudo aos livros da biblioteca, na qual trabalhou como voluntário depois de ele próprio se ter reformado como tipógrafo.

– Mas isso é superinteressante! – exclamou Ana, pensando na sorte que Magens tivera em passar tanto tempo a trabalhar com os livros de uma das bibliotecas mais incríveis do país.

– Enganas-te! – contestou André, com ar enigmático. – O mais interessante vem agora! Estive a analisar as datas e... Imaginem que as escavações misteriosas começaram exatamente após a sua morte, em novembro de 2010!

Ana e Maria trocaram olhares pasmados entre si, enquanto cantarolavam o *tu-ru-ru-ru*, *tu-ru-ru-ru*, *tu-ru-ru-ru* da música de abertura da velha série americana *The Twilight Zone*, sobre ocorrências paranormais e inexplicáveis, ao qual não podiam renunciar sempre que se deparavam com algo estranho.

– E não é tudo! – assegurou o rapaz, cada vez mais entusiasmado com as suas descobertas. – Diz aqui que Gil Magens, antes de morrer, doou parte do seu espólio à biblioteca do Palácio de Mafra, e estes documentos serviram para organizar uma exposição dentro do mesmo... Exposição que começou há um mês!

– Então temos de ir vê-la! – propôs Maria, igualmente animada. – Se Magens viveu mais de oitenta anos dentro do palácio, e se a sua família para lá foi no século XVIII, talvez soubessem algo sobre António Miranda. Pode ser que encontremos alguma coisa interessante.

– Pois, aí é que está... – disse André, pronto para rematar com chave de ouro. – Quem sabe se ainda vamos a tempo de *encontrar alguma coisa interessante...*

– O que queres dizer com isso? – perguntou Ana, pressentindo, pelo tom do primo, que algo não estava bem. – A exposição já acabou?

– A exposição só acaba no final de fevereiro, mas... Agora vem a melhor parte da história: houve um roubo, muito pouco noticiado, diga-se de passagem, na véspera da inauguração. E ninguém sabe quem foi ou o que levaram...

– O quê?! Mas como é que isso é possível? – espantou-se Ana.

– O Palácio de Mafra está em obras, o que provoca muita confusão. Além disso, trata-se de uma exposição com mais de mil e quinhentos documentos, com livros, fotografias da família real portuguesa, catálogos, etc.

– Vocês acham que podem ter sido os *escavadores desconhecidos* à procura das informações de Miranda sobre a previsão de terramotos? – deduziu Maria, tentando somar dois e dois. – Temos de pôr estes documentos a salvo!

– Mas o que é que o espólio de Gil Magens pode ter a ver com os documentos de António Miranda? – perguntou Ana, pouco convencida com a dedução da irmã.

– Não sei, mas concordo com a Maria – disse o primo, recolhendo os papéis em cima da mesa, e olhando à sua volta, inesperadamente receoso. – Na dúvida, temos mesmo de pôr estes documentos a salvo.

Igualmente preocupada, Maria pousou o olhar no monte de projetos que André se preparava para guardar na mochila. De um momento para o outro, o rosto iluminou-se-lhe. A testa, antes lisa, registou duas rugas paralelas e a jovem abriu a boca de espanto.

Antes que qualquer um deles pudesse inquirir sobre a causa de tanta admiração, Maria esticou o indicador e colocou-o num ponto específico da primeira folha do monte de papéis.

Ana e André tiveram exatamente a mesma atitude ao contemplar o alvo da atenção da rapariga. Na margem esquerda da folha, não muito distante da coroa real e do título do documento, o nome *Magens* figurava como uma anotação misteriosamente desligada de tudo o resto. Até ali nenhum deles tinha reparado nela, pois nunca tinham ouvido aquele nome antes. Agora, porém, teria sido impossível não o reconhecer.

— Podemos não saber se a família Magens conhecia António Miranda — comentou Maria, relembrando a sua dúvida anterior — mas agora temos a certeza de que António Miranda os conhecia a eles.

— Está a fazer-se tarde — disse André, embrenhado em mil pensamentos. — O melhor é irmos andando.

* * *

No dia seguinte, os primos encontraram-se com Miguel no Campo Grande, na paragem do autocarro que os levaria a Mafra, dando assim continuação ao plano elaborado e comunicado na noite anterior por SMS: visitar o monumento nacional e a exposição de Magens e entrevistar alguém que pudesse dar-lhes informações sobre o último habitante do velho palácio ou, melhor ainda, sobre a antiga família da qual o mesmo descendia.

— A Charlotte não vem? — perguntou André, ao ver Miguel aparecer sozinho.

— Não — disse o amigo, apertando-lhe a mão. — Parece que tinha de ir a qualquer lado com os pais e não pôde vir.

— Ah, que pena! — disse Maria, fingindo-se desanimada com a notícia. — Sempre era mais uma cabeça, para ajudar a desvendar este mistério.

Por mais que tentasse, não conseguia deixar de sentir uma pontinha de inimizade pela rapariga, depois da tirada da véspera. Reconhecia, no entanto, que talvez tivesse ficado com uma impressão totalmente errada de Charlotte, uma vez que estivera com ela tão pouco tempo, mas naquele momento a ideia não a preocupava.

– Não há problema – apressou-se Miguel a dizer, aproximando-se dela para a cumprimentar e olhando-a fixamente nos olhos. – Temos o dia inteiro para descobrir *tudo* o que houver para desvendar.

Maria riu-se do seu tom malicioso e fez-lhe notar que ele tinha expetativas um pouco exageradas. No fim de contas, era improvável que o caso, aberto apenas no dia anterior, se pudesse concluir em menos de vinte e quatro horas. Sobretudo dadas as múltiplas facetas que começava a apresentar e o número interminável de dúvidas que lhes tinha suscitado.

– A Maria tem razão – disse André, que apanhara a conversa a meio. – Ontem à tarde descobrimos umas pistas novas...

– Ah, sim? – perguntou Miguel. – Que pistas?

O autocarro apareceu nesse preciso momento, interrompendo os esclarecimentos de André, por um lado, mas oferecendo a Miguel nova oportunidade de abordagem com Maria, por outro. Com efeito, tanto fez, metendo conversa, ora com André, ora com Ana, que acabou por conseguir entrar logo a seguir aos dois, deixando o lugar a seu lado disponível para Maria, na última fila do autocarro.

André, porém, não lhe deu tempo para nada, pois assim que se sentaram passou de imediato a relatar ao amigo as conclusões a que os três tinham chegado na tarde do dia anterior.

– Então vocês acham que António Miranda conhecia algum antepassado desse tal Magens? – perguntou Miguel, no final da exposição dos factos. – E se for apenas uma coincidência?

– Magens não é um nome português – recordou-lhe Maria. – Porque havia Miranda de o escrever precisamente nos documentos sobre o Palácio de Mafra, em cuja construção sabemos que trabalharam membros daquela família, ainda por cima na mesma altura, a menos que estivesse a referir-se a algum deles? Não, não pode ser coincidência.

Os outros anuíram. Não podia ser coincidência. De alguma forma, António Miranda e os antepassados de Gil Magens estavam relacionados entre si. Restava-lhes descobrir como e porquê, e esperavam que a visita daquela manhã os ajudasse a desvendar o novo mistério.

Maria recordou-se de uma outra dúvida que precisava de esclarecer:

– Ouve lá, Miguel: em que página d'*Os Lusíadas* é que vocês encontraram a mensagem de António Miranda?

– Não fui eu que a encontrei, foi a Charlotte – retificou ele. – Mas acho que ela não reparou na página.

– Imagino – disse Maria, num tom ligeiramente áspero. – Devia estar distraída.

Miguel não percebeu a que se devia o repentino sarcasmo da jovem, mas achou por bem não indagar naquele momento. Talvez Maria, ao contrário do que ele pensara, não estivesse minimamente interessada nele. Também não seria isso que o faria desistir dela. «É gatinha demais», pensou.

– Por falar na mensagem de Miranda – disse Ana. – Trouxeste-a contigo? Podemos vê-la?

– Não, não trouxe – disse Miguel. – Preferi deixá-la em casa para não a perder.

Os primos estavam tão curiosos para verem o bilhete de António que ficaram um pouco dececionados com a notícia, mas compreenderam a precaução do rapaz. Também eles tinham decidido deixar os projetos de Miranda guardados em casa, para evitar imprevistos.

– Queria ver se continha alguma mensagem secreta, além da frase que nos mandaste – disse Ana, esmorecida. – Alguma coisa que só se possa ler à transparência ou usando outro truque qualquer.

– Mas a mensagem do bilhete não tinha apenas uma frase – comentou Miguel, confuso.

– Ah, sim, disseste que também tinha uma coroa, não foi? – recordou André, sem dar grande importância ao assunto.

– Sim, mas eu não me estou a referir à coroa – insistiu o brasileiro.

– Não? – perguntou Ana, excitada. – Então estás a referir-te a quê?

– Aos versos que enviei ao André no SMS. Não me digam que não os leram?

– Mas o SMS que me enviaste só tinha uma frase! – queixou-se André, pegando no telemóvel, à procura da mensagem em causa.

– Só? Tenho quase a certeza que escrevi também os versos – insistiu Miguel, tentando recordar o que fizera.

– Mas afinal que versos são esses?! – exclamou Ana, a morrer de curiosidade.

– Se me derem uma folha, mostro-vos exatamente o que diz o bilhete.

Maria, que já tinha pensado no mesmo, passou-lhe de imediato o seu bloco de notas.

– Toma, escreve aqui – pediu.

Miguel pegou no caderno e na caneta que a rapariga lhe estendia, e ao fazê-lo deslizou a mão pelos dedos de Maria, que estremeceu e por pouco não deixou cair tudo ao chão.

Ana, que começava a impacientar-se, não resistiu e disse, sorrindo:

– Vá lá, Miguel! Deixa-te de cenas e escreve lá os versos!

Chamado ao dever, o rapaz obedeceu. Esboçou a coroa em poucos segundos, começando pelo contorno e passando depois, com um traço único, às linhas internas, mostrando não só uma excelente memória visual, mas também muito jeito para desenho. Fez, porém, um esforço evidente para se recordar das frases do texto, logo a seguir. No final, levantou o caderno para que todos eles pudessem ver bem o que escrevera.

– Só me lembro destas palavras:

Mens agitat molem

.... braços aos céus
sob a abóbada.....
.... vereis ....
.... transparência ......

Os primos leram as poucas palavras dos versos que Miguel recordava, fascinados. A menos que o rapaz se tivesse esquecido de alguns vocábulos-chave, parecia-lhes evidente que não só António Miranda deixara, tal como o filho, uma mensagem aos seus *sucessores longínquos*, como provavelmente decidira fazê-lo em código.

A excitação de descobrir porquê estava a deixá-los em pulgas. Queriam descodificar os versos imediatamente, mas precisavam das restantes palavras e, além disso, o autocarro acabava de chegar ao seu destino. Tinham passado uma hora e dez minutos de viagem completamente distraídos com os pormenores do caso, absorvidos a discutir as opiniões de cada um e consumindo todo o tempo disponível. Agora não lhes restava outra opção senão esperar e interpretar o significado das frases de Miranda no regresso a casa.

Saíram do autocarro e só então repararam que tinham feito o percurso desde Lisboa a Mafra praticamente sozinhos. Além de duas ou três pessoas que abandonaram a praça e se dirigiram cada uma para seu lado, em direção à vila, não havia turistas, nem ninguém que, como eles, se propusesse visitar o palácio.

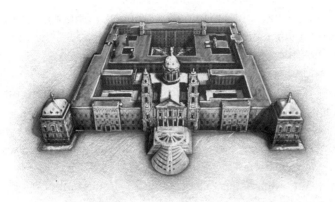

O Terreiro D. João V e toda a zona adjacente estavam repletos de tapumes que cobriam as obras em curso e tiravam visibilidade a parte do monumento. Por falta de indicações sobre o local de ingresso ou das bilheteiras, resolveram subir a imponente escadaria central, que do parque de estacionamento esperavam conduzisse ao interior do palácio. Todavia, depressa se aperceberam de que aquela era a entrada para a basílica, ladeada por duas majestosas torres que alojavam dois carrilhões da Flandres, com noventa e dois sinos, pesando mais de duzentas toneladas, e que, segundo o folheto informativo do monumento, constituíam o maior conjunto histórico do mundo.

Ana começou a suspeitar de que algo estranho se passava quando, já na nave central do magnífico templo, reparou que as escassas pessoas ali dentro estavam todas sentadas ou ajoelhadas nos bancos, a rezar o terço. Não havia turistas, ou alguém que deambulasse de máquina fotográfica ao pescoço por entre os corredores de mármore ou sob os arcos da basílica.

Preocupada, decidiu tirar as dúvidas a limpo com uma senhora que se encontrava sentada a uma secretária, do lado esquerdo da entrada, de braços cruzados sobre o regaço e olhar perdido num dos enormes órgãos da igreja.

– Bom dia – disse, com um sorriso.

– Bom dia, minha menina – respondeu a senhora, voltando a si num ápice e comprovando as vantagens de saber dormir de olhos abertos.

– Onde são as bilheteiras do palácio?

– As bilheteiras, menina? Ora, as bilheteiras hoje estão fechadas!

– Fechadas? Então onde é que se compram os bilhetes para visitar o palácio e o convento? – insistiu Ana, como se quisesse negar as evidências.

– A menina não está a perceber – notou a senhora. – Hoje está tudo fechado. Só a basílica é que está aberta.

– Não acredito! – exclamou ela, voltando-se para os outros, que entretanto se tinham aproximado. – Está fechado!

– Afinal de contas, tanta tecnologia, com tantos telemóveis, *Kindle* e Internet, e ninguém se lembrou de verificar se o Palácio de Mafra estava aberto à terça-feira? – riu André, com ironia.

– E quem é que ia imaginar que estava fechado? Os museus normalmente fecham às segundas-feiras – justificou-se Maria, sentindo-se um pouco culpada por não ter telefonado a perguntar, uma vez que tinha sido ela a propor a visita. – E agora? Levantámo-nos tão cedo, e afinal só viemos cá perder tempo...

– E a exposição de Gil Magens? – perguntou André à senhora, que seguia a conversa dos jovens com manifesto interesse.

Com um bocadinho de sorte, podia ser que se tratasse de uma exposição anexa à basílica, e por isso também ela aberta ao público todos os dias.

Mas a resposta da senhora depressa lhe dissipou todas as esperanças.

– A exposição do senhor Magens fica dentro do palácio, na Antecâmara da Biblioteca, a seguir ao Salão dos Frades, no Piso Nobre – explicou ela, estranhando a pergunta. – Mas não me digam que vieram cá de propósito para a verem?

André não percebeu se o comentário provinha de uma funcionária intrometida ou de uma simplesmente simpática, mas pelo sim, pelo não, preferiu responder com ar casual:

– É para um trabalho que andamos a fazer na escola.

– Na escola?! – perguntou ela, fixando Ana e Maria com ar de admiração e esclarecendo as dúvidas de André quanto à classificação que merecia. – Por causa do *Memorial do Convento*, do prémio Nobel, o Sr. Saramago? Mas isso é só para os que estão quase a ir para a universidade. Que idades têm vocês? Não são muito novinhos para andarem a ler esse livro?

Maria não viu a utilidade da observação da senhora, mas notando-lhe a verborreia, decidiu aproveitar-se da situação.

– Como é que a senhora se chama? – perguntou-lhe com gentileza.

– Rosária, menina.

– Então e a Sra. Rosária conhecia o Sr. Magens?

– E quem é que não o conhecia? Pois se ele já fazia parte da mobília do palácio! – riu, divertida. – Era um bom homem. Muito metido consigo, mas um bom homem.

– Vivia dentro do palácio, não vivia?

– Vivia, sim, minha menina. Num entrepiso, que os turistas não podem visitar. Aqui nasceu e aqui viveu toda a vida! Pertencia a uma família francesa que para aqui veio nos tempos da construção do Real Convento. Os últimos foram guardas do museu, tal como o Sr. Gil Magens, que servia também de guia aos turistas, contando-lhes histórias antigas do palácio, do convento e da basílica.

– E a exposição? – quis saber Maria, prosseguindo com a entrevista. – O que contém?

– Ai, menina! Tanta coisa! – disse a senhora, alargando os braços. – O senhor Magens era muito metido consigo mesmo, como vos disse. Imagine que nem televisão tinha! Mas sendo apaixonado por história, colecionava livros, postais, algumas fotografias da família real portuguesa no século XIX, catálogos e tudo o que tivesse a ver com palácios, fossem eles russos, ingleses, italianos, portugueses, etc. São milhares de documentos e deixou a maior parte em testamento ao palácio.

– E eram coisas de valor?

A pergunta deixou a senhora incomodada, pois baixou os olhos para as mãos, que cruzava e descruzava no regaço, mordeu o lábio e pensou duas vezes antes de abrir a boca.

– Não sei se lhes hei de contar isto, mas... – disse, interrompendo-se e olhando à sua volta.

Maria adivinhou-lhe os receios e decidiu ajudá-la.

– Sabemos que houve um roubo na véspera da inauguração, Sra. Rosária... – disse baixinho.

A confidência teve o resultado esperado e a senhora suspirou, aliviada por saber que afinal não estava a revelar-lhes segredo algum.

– É verdade, sim, menina. Um roubo muito estranho. Até hoje não percebemos o que levaram os gatunos e a Polícia nunca os apanhou. Não forçaram a entrada e ninguém os viu entrar ou sair.

– E então como é que deram conta do roubo? – perguntou Maria, perplexa.

– O que nós vimos foi a sala onde estavam a acabar de preparar o espólio do senhor Magens num desalinho tremendo – contou ela, em voz baixa, chegando-se para a frente e pousando as mãos em cima da escrivaninha. – Os técnicos aqui do palácio tinham deixado os documentos em pequenos montes na sala onde trabalham, prontos para serem inseridos nas mesas de vidro na antecâmara da biblioteca, onde hoje se encontram expostos. Mas quando regressaram no dia seguinte, a papelada estava toda revirada e no meio do chão, como se tivesse havido um enorme vendaval. Muito estranho, muito estranho. O que poderia ele possuir que provocasse tanta cobiça, ainda ninguém percebeu.

– E a senhora nunca viu ninguém suspeito a falar com o senhor Magens? – insistiu Maria.

A pergunta da jovem revelou-se talvez demasiado indiscreta, pois a senhora fechou-se em copas e jurou a pés juntos que não sabia mais nada sobre o assunto.

– Visitem a basílica, meninos! – disse, em jeito de conclusão. – Vão ver que é linda!

Os quatro jovens assim fizeram, atravessando os corredores magníficos do enorme templo, observando os seis esplêndidos órgãos perto do altar e as admiráveis estátuas italianas de santos e apóstolos. Todavia, a reação da senhora não lhes saía da cabeça. Parecia-lhes que sabia algo que não lhes queria contar.

Quando saíram para o exterior, sentiam-se ainda mais confusos e curiosos do que ao entrar, e sem vontade alguma de regressar a Lisboa sem novas pistas.

– E agora? – perguntou Maria. – O que fazemos a seguir?

– Eu tenho uma ideia, mas não sei se vai funcionar – disse Miguel, com ar de quem estava compenetrado a esboçar um novo plano. – Deixem-me só fazer um telefonema.

Os primos entreolharam-se, espantados.

– O que é que ele andará a tramar? – perguntou André, ao ver o amigo afastar-se de telemóvel no ouvido para falar com alguém.

A expressão de contentamento patente no rosto de Miguel, ao regressar instantes depois, devolveu-lhes a esperança.

– Sigam-me – disse ele, enigmático. – Saiu-nos a sorte grande!

Encolhendo os ombros Ana, Maria e André assim fizeram. Miguel caminhou a passos largos e apressados paralelamente ao monumento, e quando ultrapassou o Torreão Sul virou à esquerda, embocando naquilo que lhes pareceu uma estrada privada que ladeava toda a fachada sul do palácio.

– Vamos entrar pelas traseiras? – perguntou Maria, um pouco apreensiva. – Não nos vamos meter em problemas, pois não? Olha que é de dia e qualquer pessoa nos pode ver!

André empolgou-se, ao pensar no risco que tal façanha implicava, mas o amigo acalmou-lhes os ânimos:

– Não se preocupem que não vamos fazer nada de mal. Lembrei-me que tenho um amigo que está a fazer a tropa aqui na Escola Prática de Infantaria, que partilha as instalações com o museu. Telefonei-lhe a pedir se podíamos entrar para visitar a parte do palácio que os turistas nunca veem…

– E ele disse que não, claro! – adivinhou Maria. – Não querias mais nada!

– Enganas-te – sorriu Miguel, dando-lhe um beliscão carinhoso na cintura – Disse que sim, depois de pedir autorização ao oficial de dia, claro. Por isso vamos ter uma visita guiada à parte este do palácio.

André levantou a mão para mais um *high five* com Miguel e exclamou:

– Boa!

– Além disso, o meu amigo David disse-me que conhecia muito bem o senhor Gil Magens, por isso estamos cheios de sorte! Talvez nos conte algo interessante.

Os quatro jovens seguiram até à entrada da Escola Prática de Infantaria e, depois de deixarem os bilhetes de identidade com as praças de serviço, seguiram David pelos largos corredores em arco.

O silêncio que os envolvia era interrompido apenas pelo som das botas de cada um repisando os grandes blocos de pedra do chão, ecoando, incessante, nas extensas paredes brancas, que ombreiras de granito, portas espaçadas entre si e algumas passagens transversais recortavam, aqui e além.

– Brrrrr! – queixou-se Maria, a certa altura, esfregando os braços. – Que frio!

– E isto não é nada! – assegurou David, um rapaz alto, de cabeça rapada e olhos grandes e alegres. – Acreditem que agora, durante o inverno, quando atravessamos estes corredores durante a noite, a névoa chega-nos até aos joelhos!

Maria olhou à sua volta e arrepiou-se. Por razões desconhecidas, imaginou-se por instantes a percorrer aqueles espaços frios e desertos, sozinha, no escuro, e fez uma careta de desconsolo que David, caminhando a seu lado, notou de relance. «Porque haveria alguém de caminhar por aqui durante a noite?», perguntou a si própria.

— Mete medo, lá isso é verdade! — exclamou ele, como se lhe tivesse lido os pensamentos. — Mas há coisas piores!

Maria preferiu nem perguntar, mas David, que por alguma razão tinha engraçado com a jovem, continuou com o seu papel de guia competente.

— Sabiam que há subterrâneos, por baixo da basílica, não sabiam?

— Não nos vais contar nenhuma história de ratos, pois não? — perguntou Maria, começando a sentir-se menos corajosa a cada passo que dava.

— Porquê? — perguntou David, parando de repente para a olhar de frente. — Já as conhecem?

Maria perdeu a pouca cor que lhe restava nas faces devido ao frio e engoliu em seco, rezando para que a pergunta de David não passasse de uma brincadeira. Todavia, quanto mais observava os olhos pretos do rapaz, mais se convencia de que a sua questão tinha sido genuína.

Miguel, que já não estava a achar grande graça à intimidade do amigo com Maria, resolveu marcar bem o seu território, abraçando a rapariga para a aquecer e tentar mudar de assunto.

— Não, David — disse, num tom de advertência. — Não as conhecemos.

O soldado, porém, talvez habituado à rispidez das relações militares dentro da Escola Prática de Infantaria, nem sequer se apercebeu do pedido inerente ao tom de Miguel e prosseguiu com as suas histórias, feliz por continuar o seu papel de guia:

— Os vigilantes do palácio juram a pés juntos que por aqui não há ratos, mas a verdade é que têm ordens para não deixar comida nas salinhas que usam para comer — assegurou. — Eu, felizmente, nunca os vi, mas há muito quem os tenha visto nesta parte do palácio, por causa das messes. E dizem que são bem grandes! Além disso, se não fosse pelos ratos, como é que se explicava o desaparecimento do casal de ingleses que entrou para a cave e nunca mais de lá saiu? A partir daí, mandaram selar os subterrâneos.

Maria sentiu novo arrepio que os braços quentes de Miguel não foram capazes de evitar e fez um esforço para se concentrar em pensamentos alegres. Contudo, a frase mais positiva que lhe veio à mente foi: «Pelo menos não está a falar de aranhas!»

André, que conhecia bem a prima, sentiu pena dela e decidiu mudar de assunto para evitar que a visita acabasse antes do tempo. Além disso, estavam ali por uma razão bem precisa que ainda não tinha sido abordada.

– David, o Miguel disse-nos que conhecias o senhor Gil Magens...

– Sim, conhecia – disse o rapaz, virando à esquerda num amplo corredor. – Sempre que podia sair aqui da Escola Prática de Infantaria à hora do almoço, ia ter com ele. Era um homem muito solitário, apesar de falar com tantos turistas. Gostava de contar as suas histórias sobre o palácio e eu gostava dele porque me lembrava o meu avô.

– E ele disse-te alguma coisa sobre o espólio que deixou à biblioteca antes de morrer? – quis saber André.

David estacou de repente e voltou-se para o rapaz, tentando ler a razão daquela pergunta nos seus olhos.

– Já sabemos do roubo – justificou-se André.

O rapaz aceitou a justificação e prosseguiu a caminhada.

– Nos últimos tempos andava um bocado inquieto, mais calado do que o costume, e até deixou escapar que alguém o andava a importunar. Mas quando lhe perguntei quem era e o que queria, mudou de assunto e nunca mais quis falar nisso – revelou David. – Poucas semanas mais tarde, morreu.

– E quanto ao roubo? Sabes o que roubaram?– inquiriu Ana, imaginando que a resposta não seria diferente da que lhes tinha dado a Sra. Rosária.

– Sim, sei – respondeu David, surpreendendo-a. – Ouvi dizer que levaram todas as plantas do palácio do tempo de D. João V, mas ninguém sabe porquê.

Os primos trocaram olhares entre si, estupefactos. Para que haveria alguém de querer as antigas plantas do Real Palácio de Mafra, quase três séculos após a sua construção?

– E levaram mais alguma coisa? – perguntou Maria.

– Sim… Por acaso, levaram – respondeu David, como se tivesse acabado de se lembrar do que estava para lhes dizer. – Ouvi os técnicos do museu mencionarem que os gatunos levaram também uns recortes de jornal originais do século XIX, sobre um antigo *serial killer* que atacava as vítimas no topo do Aqueduto das Águas Livres…

IV

AS ÁGUAS LIVRES

– Vê lá se encontras alguma coisa sobre esse tal *serial killer* na Internet – pediu André a Maria, no café em que se sentaram antes de regressarem a casa.

– Hiiiiiiiiiiiiiiii! – exclamou a prima de repente, como se algo a tivesse assustado.

Curiosa como era, tinha posto mãos à obra assim que se sentara, mas pela reação, acabava de descobrir a identidade do misterioso assassino de uma forma demasiado direta para o seu gosto.

– O que foi? – perguntou a irmã, ao vê-la encolher os ombros e fazer uma careta, num gesto reflexo.

– Arghhh! – respondeu Maria, com ar nauseado. – O indivíduo chamava-se Diogo Alves e a cabeça dele aparece em todos os ângulos possíveis nas imagens do *Google*...

– A cabeça dele?! – perguntaram os outros, em uníssono.

– A *cara* dele, queres tu dizer! – corrigiu André, rindo-se do engano da prima.

Não era muito normal ser ele a apanhar-lhe erros na escolha de palavras. Normalmente era Maria quem o fazia. Aliás, a jovem dedicava-se de tal modo àquela atividade que quase fizera dela um desporto. O seu bloquinho de notas tinha uma secção especial intitulada precisamente *Os Disparates do André* e, desde provérbios e expressões idiomáticas com palavras trocadas a calinadas várias, a jovem juntara material que chegava para infinitas sessões de galhofa, nas quais André era o único que não se divertia particularmente.

– Não – disse Maria, conservando a mesma cara enojada. – O que eu queria dizer era mesmo *cabeça*!

Quatro pares de olhos fixaram imediatamente o ecrã do *Kindle* na mão de Maria e só então os jovens compreenderam o sentido literal das palavras da rapariga.

– Arghhhh! – exclamou Ana, imitando a irmã. – Que nojo!

– *Superfixe*! – exclamaram os rapazes, por seu lado, excitados com o que viam.

– Vocês ainda me hão de explicar como é que a cabeça mumificada de um assassino, conservada em formol durante mais de cento e setenta anos num frasco de vidro, pode ser superfixe – questionou Maria.

– Ah, priminha! Tens de admitir que, além dos monstros esquisitos que vimos no *Darwin Centre*, em Londres[6], nunca tínhamos visto a cabeça de um ser humano guardada dentro de um frasco.

– Ainda por cima de um assassino! – acrescentou Miguel, defendendo o amigo.

– E de olhos abertos! – riu André, aproximando o nariz do ecrã. – Com esse ar tão sereno, ninguém diria que este tipo era um *serial killer*…

– É horrível! – insistiu Maria. – Parece que está vivo! Imaginem o que seria dar de caras com ele. Espero que o tenham bem guardado e fechado a sete chaves.

– Aqui diz que está no anfiteatro anatómico da Faculdade de Medicina, na Universidade de Lisboa – informou André, que entretanto tomara posse do *gadget* da prima, tão empolgado estava com a cabeça do assassino.

– Ótimo! – exclamou Maria. – Assim não corremos o risco de dar de caras com ele enquanto desvendamos o *nosso mistério*.

– Por falar em nosso mistério – disse Ana, aproveitando a deixa. – Porque acham que os Magens do século XIX estavam interessados em Diogo Alves a ponto de guardarem recortes de jornais sobre ele?

– Provavelmente porque se tratava de um assassino – justificou André, pensando no interesse que Miguel e ele próprio tinham acabado de demonstrar. – Afinal de contas não devemos ter tido muitos *serial killers* no nosso país.

– Uhmm… – murmurou a prima mais velha, pensativa, usando a mão como pente para alisar os cabelos escuros. – Ou seria porque este assassino decidira atacar as suas vítimas precisamente no Aqueduto das Águas Livres, um dos monumentos que D. João V, o rei para quem a família Magens tinha trabalhado em Mafra quase um século antes, mandara construir?

---

[6] Ver *O Segredo de Craven Street*, no qual os Primos visitam o *Darwin Centre do Natural History Museum*, observando parte dos vinte e dois milhões de espécimes recolhidos por cientistas durante vários séculos. (*N. da A.*)

– Sim, talvez fosse por isso – concordou Ana. – Mas o que eu não compreendo é o interesse dos *escavadores desconhecidos* em roubar os antigos recortes de jornal guardados por Gil Magens.

– Bem... Não sabemos se foram eles – notou Miguel. – Pode haver outro culpado.

– Tens razão... – admitiu Ana, com um suspiro. – Mas seja quem for, para que queriam os recortes sobre Diogo Alves?

– Boa pergunta – disse André. – Não faço ideia.

– Realmente ainda não percebemos o papel dele nesta história toda – comentou a prima.

– Vejamos... – disse Ana, concentrando-se. – Maria, emprestas-me uma folha do teu livrinho de notas?

A irmã assim fez e a rapariga começou a anotar nomes à volta dos quais desenhou círculos que uniu depois com as setas apropriadas, à medida que os mencionava:

– Até agora encontrámos uma relação entre António Miranda e a família Magens, uma vez que o nome deles estava anotado no projeto do Palácio de Mafra...

– E uma relação entre Miranda e os *escavadores desconhecidos* – acrescentou Maria. – Que, segundo pensamos, devem andar à procura das tais informações sobre terramotos.

– Sim, mas... Que relação existe entre tudo isto e Diogo Alves? – perguntou Ana.

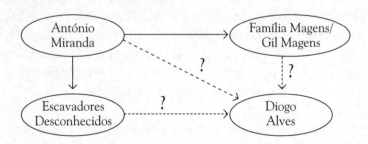

– Aqui diz que Diogo Alves era espanhol – informou André, lendo o artigo sobre o assassino na Internet – e que por volta de 1836, durante seis meses e com a ajuda da sua quadrilha, matou cerca de setenta pessoas, atirando-as do topo do Aqueduto das Águas Livres, depois de as assaltar.

– Setenta pessoas em seis meses?! – escandalizou-se Maria. – E que raio iam fazer as pessoas para lá?

– No *site* do Museu da Água, responsável pela tutela do aqueduto, dizem que por cima do aqueduto existe um caminho público, o Passeio dos Arcos, pelo qual se podia passear naquela altura e que era usado pelos hortelões e lavadeiras que se deslocavam até à cidade todos os dias – explicou André. – Depois disso foi fechado e hoje só se pode visitá-lo com guias e em datas especiais.

– Não estou a referir-me a isso – precisou Maria. – O que eu gostava de saber é porque é que as pessoas iam para lá, sabendo que andava um assassino à solta?

– Na altura pensou-se que se tratava de uma onda de suicídios. Ninguém imaginou que houvesse alguém capaz de matar pessoas atirando-as dali abaixo – justificou o primo.

– Mesmo assim, há aqui qualquer coisa que não bate certo… – notou Maria. – Setenta suicídios em seis meses e todos no mesmo sítio? E na altura ninguém desconfiou de que se tratava de outra coisa?

– Bem… Mais tarde ou mais cedo lá o apanharam – revelou o primo, continuando a ler. – E, por mais estranho que pareça, devido a crimes que nada tiveram a ver com os do aqueduto, que ele nunca chegou a confessar. Aliás, ele foi um dos últimos condenados à morte em Portugal. Enforcaram-no em 1841, e como os seus crimes tinham sido tão insólitos, os cientistas pediram que lhe fosse decepada a cabeça para a estudarem. Mais tarde até se escreveu um livro e se fez um filme sobre ele.

Maria abanou a cabeça, confusa. Havia em toda aquela narrativa uma série de pormenores que não a convenciam.

E o facto de Diogo Alves ter aparecido associado ao enigma que tinham entre mãos ainda lhe parecia mais estranho.

– Desculpem, mas nada disto faz sentido! – exclamou, exalando um profundo suspiro. – Nunca ouvi falar num caso destes. Deem-me um motivo para que um ladrão do século XIX, em vez de se limitar a assaltar pessoas, decidisse matá-las.

– Para evitar que o denunciassem? – sugeriu o primo.

– Então e não seria muito mais fácil mudar de sítio, cada vez que roubava alguém? Ficar no mesmo local durante tanto tempo só ia acabar por levantar suspeitas e conduzir a Polícia até ele! Além disso, que grande dinheiro conseguia ele roubar a lavadeiras e hortelões, ou seja, gente de poucas posses?

Os outros acenaram, concordantes. Não se podia negar que os argumentos da rapariga faziam sentido.

– A não ser… – disse Maria, de repente, franzindo o sobrolho, enquanto passava a mão pelo queixo com ar enigmático.

– A não ser *o quê?* – perguntou Ana, antevendo uma nova teoria no rosto da irmã.

– A não ser que Diogo Alves não fosse ao Aqueduto das Águas Livres apenas para assaltar as pessoas que ali passavam…

– Então o que é que ele ia lá fazer? – perguntou Miguel.

– Uhmm… Ouçam o meu raciocínio – pediu Maria. – Uma vez que os responsáveis pelo roubo da exposição de Magens, sejam eles *escavadores desconhecidos* ou outros, além das plantas do Palácio de Mafra, levaram também os recortes de jornais sobre os assassínios de Diogo Alves, não será justo pensar que andem à procura de qualquer coisa que o *serial killer* também procurava?

– Uhmm… – murmurou Ana, tentando perceber a irmã. – Estás a querer dizer que Diogo Alves andava à procura de alguma coisa?

– Sim, estou. Não faria muito mais sentido que ele andasse à procura de *alguma coisa importante* no topo do aqueduto, e por isso se desembaraçasse das pessoas que o viam quando por lá passavam, do que matar as pessoas que assaltava, arriscando-se a levantar suspeitas?

– Estou a ver... – admitiu Ana. – Não era necessário matá-las, até porque bastava usar uma máscara e elas nunca conseguiriam identificá-lo...

– Além de que, como disse a Maria, podia mudar de sítio e ir assaltar pessoas mais ricas para outro lado qualquer – lembrou Miguel.

– Exato! A única razão que ele poderia ter para eliminar todas as testemunhas, era se precisasse de continuar a procurar o que estava a procurar *naquele mesmo sítio* – explicou Maria.

– Mas o que é que ele poderia procurar de tão importante para o levar a matar alguém? – admirou-se Ana. – A não ser que também andasse à procura das informações de Miranda sobre terramotos...

Os outros entreolharam-se. Com efeito, parecia-lhes pouco provável que o objetivo das buscas de Diogo Alves tivesse a ver com a previsão de sismos.

– Para um assaltante como ele, tinha de ser algo de *grande valor*... – sugeriu André, que de repente começou a pôr em causa algumas das conclusões que tinha tirado até ali.

– Não fica excluído que se trate de informações sobre terramotos – notou Ana, vendo o desespero nos olhos do primo. – Lembrem-se de que até hoje ainda ninguém foi capaz de prever sismos.

– Sim, mas... – murmurou a irmã, pensativa. – E se tivermos andado a dar ênfase à informação errada?

– O que é que queres dizer com isso?

– E se as informações realmente importantes não fossem relativas à previsão de *terramotos*, mas à construção de *casas antissísmicas*? Lembram-se da argamassa duríssima que António Miranda usou e que permitiu que a cápsula do tempo chegasse até nós?

– Realmente é muito mais valiosa a segunda informação do que a primeira… – concordou André. – Saber prever terramotos só ajuda porque se podem evacuar zonas a tempo de salvar os habitantes que as ocupam, mas… Saber construir casas que *resistem incólumes aos terramotos*, como aconteceu aos quatro monumentos de Miranda, enquanto a cidade ruía à sua volta, é um verdadeiro *negócio da América*!

– Da *China*, André! Da *China*! – corrigiu Maria, anotando o disparate do primo no seu bloquinho de notas.

– Então Miranda não escondeu a sua cápsula do tempo por temer a Inquisição, como pensávamos, mas porque temia outras pessoas que lha pudessem roubar! – concluiu Ana.

– Como é que não pensámos nisto antes? – inquiriu Miguel, surpreendido. – Se Miranda pudesse prever terramotos com antecedência suficiente, teria, pelo menos, podido salvar-se a si e ao filho, coisa que não fez. Em vez disso, na véspera do Grande Terramoto, os Mirandas puseram-se a construir um *baú do tempo* e a escrever *mensagens aos seus sucessores longínquos*, enquanto esperavam pelo fim de tudo.

– Tens razão. Que tapados que temos sido! – exclamou André.

– Então é isso que Diogo Alves procurava no século XIX no aqueduto e que os *escavadores desconhecidos* procuram hoje em vários monumentos – concluiu Maria.

– Sim… Quem conseguir obter essa informação vai ficar multimilionário. – concordou o primo. – Basta registarem uma patente internacional, abrirem uma empresa de construções… *et voilà*! Rios de dinheiro durante gerações e gerações!

– Pois claro! Quem é que não quer ter uma casa totalmente à prova de terramoto? – perguntou Ana.

– Mas continuamos a não perceber como é que Diogo Alves e os *escavadores desconhecidos* descobriram que essas informações existiam, visto que as encontrámos nós dentro da cápsula do tempo *ontem*… – questionou Miguel.

Ana, Maria e André foram incapazes de formular uma resposta plausível. O caso estava a tornar-se cada vez mais embrenhado e os novos elementos com que os jovens se deparavam, em vez de ajudarem a fazer luz sobre o mesmo, produziam ainda mais dúvidas e interrogações.

De repente, o telemóvel de Miguel tocou e o jovem atendeu, estranhando o número desconhecido que lhe aparecia no ecrã.

– Estou?... Sim, sou... Olá, como está? – perguntou, de testa franzida. – Como? Não pode ser!...

Os primos compreenderam que não era nenhum seu amigo e, com a continuação do diálogo, depressa perceberam que não se tratava tão-pouco de boas notícias.

– O que foi? – perguntou Maria, assim que Miguel desligou o telemóvel.

– A minha vizinha... – balbuciou o rapaz, tentando assimilar a informação que acabava de receber.

– A tua vizinha? E o que queria?

– Telefonou para me avisar que me devem ter assaltado a casa...

Os primos entreolharam-se, estranhando a frase utilizada.

– *Devem* ter-te assaltado a casa? – perguntou Maria. – O que queres dizer com isso? Ou assaltaram, ou não assaltaram.

– A Sra. D. Rita não tem a certeza – explicou o jovem. – Diz que há pouco, ao sair de casa, olhou para o topo das escadas e viu a minha porta aberta. Pensou que eu estivesse para sair e me tivesse esquecido de alguma coisa, mas quando, passados cinco minutos, eu não apareci, preocupou-se e bateu à minha porta.

– E alguém respondeu? – perguntou André.

– Não, ninguém respondeu. E ela então decidiu fechar a porta e ficar à coca dentro de sua casa, para ver se alguém saía da minha.

– Mas não saiu ninguém... – adivinhou André.

– Não… E agora decidiu telefonar-me, para saber se me tinha esquecido de fechar a porta quando saí de manhã.

– E esqueceste? – perguntou Maria.

– Esse é que é o problema – disse Miguel, com um suspiro, olhando-a com ar interrogativo. – Se esqueci, é a primeira vez que isso me acontece.

– Andas distraído com alguma coisa? – perguntou André.

Miguel encarou-o por breves instantes e depois voltou a pousar o olhar em Maria. Fitou-a, de ar perdido, e por fim baixou a cabeça, como se de repente se sentisse envergonhado.

– Sim, talvez ande um bocado distraído desde ontem – admitiu.

Maria sentiu as bochechas corar de tal forma e a tal velocidade que se viu obrigada a colar o rosto à vitrina do café, perto da qual se sentara, para baixar a temperatura e refrescar pelo menos uma das faces. Teria ouvido bem? Miguel tinha acabado de lhe dar a entender que andava distraído por sua causa? Ou estaria a perceber tudo ao contrário?

A irmã veio-lhe interromper os pensamentos ao tentar fazer o ponto da situação:

– Ou seja – disse ela – não sabemos se foste assaltado, ou se te esqueceste de fechar a porta quando saíste de casa.

– É o que dão as pressas – riu André, divertido.

– O baú! – exclamou Maria, de repente.

Os outros olharam-na, pasmados. Ninguém se tinha lembrado do baú.

– Deixei-o em cima da mesa da sala! – assegurou Miguel. – Acham que…?

– Só vamos saber quando lá chegarmos – respondeu André, preocupado.

* * *

– Não acredito! – exclamou André, apoiando as mãos sobre a mesa da sala, em casa de Miguel. – Ficámos sem a nossa cápsula do tempo...

– Podia ter sido pior – disse Maria, vendo o desespero estampado no rosto de Miguel e tentando que o rapaz não se sentisse culpado. – Estava vazio!

– Sim – admitiu o primo. – Todo o conteúdo está a salvo. Ainda bem que te lembraste de esconder tudo num saco, dentro de um armário da cozinha, Miguel.

– Nem sei bem porque o fiz – disse o rapaz, ainda chocado com os acontecimentos. – Nunca pensei que me assaltassem a casa por causa do baú.

– Pelo menos já podes ficar descansado quanto às distrações – comentou Maria, mordendo o lábio. – Afinal não te esqueceste de fechar a porta.

Miguel olhou-a, confuso, tentando ler-lhe a mente.

– Acho que a razão das minhas distrações não vai desaparecer assim tão depressa – disse ele, sem desviar o olhar.

Maria engoliu em seco, sem saber interpretar na frase um sentido positivo ou negativo.

– Mas ficamos sem perceber para que queriam os ladrões um baú vazio – notou Ana, pensativa.

– Talvez não soubessem que estava vazio – sugeriu o primo.

– Bastava abrirem-no para saberem se o que procuravam estava lá dentro, ou não – contestou Ana. – Não se esqueçam de que o baú nem sequer estava fechado à chave.

– Sim, mas com a vizinha do Miguel à coca, se calhar não tiveram tempo – recordou Maria. – Quem sabe se a senhora não saiu de casa no preciso momento em que eles deram com o baú?

– Mas isso não explica como conseguiram entrar sem arrombarem a porta – disse Miguel, preocupado.

– Podem ter entrado pela sacada que conduz ao pátio interior – lembrou Ana. – Tens a certeza de que fechaste essa porta antes de sair?

Miguel voltou a contemplar Maria, de fugida, antes de responder, cabisbaixo:

– Não, não tenho a certeza.

– Na dúvida, o melhor é chamares alguém para te mudar a fechadura – sugeriu André. – E telefonares aos teus pais para os avisares.

– Nem pensar nisso! – exclamou Miguel. – Se lhes digo o que aconteceu, amanhã estão de volta. Além do baú, não falta mais nada, por isso não vale a pena assustá-los. E vou dizer à Sra. Rita que deixei a porta aberta por distração. Prefiro parecer um cabeça no ar do que levá-la a telefonar aos meus pais para lhes falar no assalto.

– Tens a certeza? – perguntou Maria, preocupada. – Esta gente pode ser perigosa…

– Não acredito… – respondeu Miguel, com pouca convicção. – De qualquer forma, vou telefonar à empresa que nos fez a remodelação da casa e peço-lhes para antecipar para hoje a limpeza do pátio, que tinham combinado fazer na próxima semana. Tenho a certeza de que o mestre de obras me muda a fechadura sem problemas.

Os outros acharam boa ideia.

– Uhmm… Realmente é estranho que os ladrões não tenham levado mais nada – disse Ana, pensando em voz alta e observando as estatuetas e quadros à sua volta. – Objetos de valor é que não faltam por aqui.

– Significa que vieram cá só por causa do baú – assegurou André. – Devem ser os *escavadores desconhecidos*!

– Se forem eles, devem ter ficado furiosos quando viram que o baú estava vazio! – lembrou Maria, pensando no pior. – E isso quer dizer que talvez regressem para levarem o que não conseguiram levar da primeira vez!

– Mas como é que eles chegaram até mim? – perguntou Miguel, perplexo. – Ninguém sabe que encontrámos o baú ontem! Garanto-vos que eu não abri a boca…

Os primos entreolharam-se e em menos de dois segundos transmitiram os seus pensamentos uns aos outros. Teria Charlotte falado com alguém sobre a descoberta da cápsula do tempo? Para não serem indelicados com Miguel, decidiram não lhe dar a entender as suas suspeitas. Afinal de contas, Charlotte era sua amiga.

Ana começou a caminhar à volta da mesa, de mãos na cintura e olhar fixo no chão. Lia-se-lhe no rosto que tentava analisar todos os dados recolhidos até ali, mas não conseguia chegar a conclusão alguma. Por fim, estacou, expulsando o ar dos pulmões com um longo suspiro.

– Ou seja – disse, tentando organizar os pensamentos em voz alta – até agora encontrámos uma cápsula do tempo que António Miranda, o mestre de obras de D. João V, por razões que desconhecemos, escondeu dentro de uma parede na véspera do Grande Terramoto de Lisboa, em 1755.

«Dentro deste baú deparámos com roupas antigas e com os projetos de construção de quatro monumentos onde Miranda trabalhou e que resistiram incólumes ao terramoto.

«Sabemos também que alguém – a quem chamámos *escavadores desconhecidos* – anda a escavar precisamente estes e outros monumentos mandados construir por D. João V no mesmo período, todos eles edifícios que resistiram ao sismo, mas não temos a certeza do que procuram.

«Descobrimos que Miranda escreveu o nome *Magens* no projeto de Mafra, mas não sabemos porque o fez. Sabemos apenas que os Magens eram uma família de pedreiros do século XVIII que participou na construção do monumento joanino e cujo último membro, Gil Magens, morreu no ano passado, depois de ter vivido toda a sua vida no palácio.

«Ao mesmo tempo ficámos a saber que alguém roubou da exposição feita em memória de Magens alguns artigos de jornal do século XIX sobre Diogo Alves, o *serial killer* do Aqueduto das Águas Livres, cuja história, para variar, é também muito estranha.

«Pensamos que Alves andasse à procura de alguma coisa importante no topo do aqueduto, matando as vítimas para não ser descoberto e para poder continuar com as suas pesquisas. Mas, também não temos a certeza de quê, nem porque é que os Magens colecionavam recortes de jornal sobre ele.

«A nossa ideia é que tudo isto tenha a ver com a tentativa de obter antigas informações secretas sobre construções cem por cento antissísmicas, o que, como disse o André, seria um autêntico negócio da China. Mas isto não passa de uma simples conjetura.»

– Excelente resumo, priminha! – aprovou André.

– Pois, só que infelizmente são mais as dúvidas do que as certezas... – queixou-se Ana. – É tudo uma *grande incógnita*.

– Bem... Diogo Alves parecia ter a certeza de que a grande incógnita se encontrava no Aqueduto das Águas Livres – recordou o primo, batizando assim o objetivo das misteriosas buscas ao longo de três séculos. – Visto que não temos mais pistas a seguir, sugiro que comecemos por ali.

– Na verdade ainda temos uma pista para analisar... – lembrou Maria.

Os outros fitaram-na, curiosos.

– O quê? – perguntou o primo.

– Então? Já se esqueceram da mensagem de António Miranda que o Miguel e a Charlotte encontraram dentro d'*Os Lusíadas*? – exclamou Maria.

– Tens razão! Nunca mais me lembrei dela! – admitiu Ana. – Mostra cá, Miguel!

Nesse preciso instante, porém, a campainha da porta tocou, sobressaltando-os.

– Quem será? – perguntou Maria. – Estás à espera de alguém?

Miguel encolheu os ombros, mostrando a sua surpresa. Não, não estava à espera de ninguém.

– Talvez seja a tua vizinha – sugeriu Ana.

O brasileiro abandonou a sala e dirigiu-se até à porta. Demorou alguns minutos, e quando regressou não vinha sozinho.

–Ah, olá… – cumprimentou Maria, vendo Charlotte assomar à porta, seguida por Miguel. – Que surpresa…

– *Dear me*! O Miguel anda mesmo distraído! – disse a inglesa, com um enorme sorriso, abraçando Miguel e dando-lhe um beijinho. – Esqueceu-se de que tínhamos combinado encontrar-nos aqui à hora de almoço.

Enquanto Ana e André cumprimentavam a rapariga, Maria teve a sensação de vislumbrar um véu de dúvida no rosto de Miguel.

O rapaz apercebeu-se de que a jovem o observava e baixou os olhos, envergonhado. Não lhe agradava a ideia que começava a veicular sobre si próprio, de pessoa desatenta e incapaz sequer de se recordar dos encontros que combinava com os amigos. «Devem achar que sou um idiota chapado!», pensou com os seus botões.

Maria, porém, não sabia o que pensar de tudo aquilo. Por um lado, sentia-se feliz por saber que talvez fosse a causa das distrações de Miguel, mas por outro lado, não podia esquecer a presença constante de Charlotte na vida do rapaz. Seria apenas uma amiga, ou haveria algo entre os dois?

– Vens mesmo a tempo de nos ajudares! – exclamou André, e encarregou-se de colocar Charlotte a par dos últimos acontecimentos.

– Vejam: esta é a mensagem de Miranda que enviei ao André no SMS de ontem – disse Miguel, assim que o amigo acabou de contar as novidades sobre o caso.

– Não, seu cabeça no ar. Não mandaste nada – contestou André, abrindo o SMS no seu telemóvel. – Se não acreditas, podes verificar com os teus próprios olhos.

Miguel decidiu dar pouca importância a mais uma prova das suas distrações, acenando rapidamente com a cabeça. Ainda assim, não pôde evitar que as suas bochechas corassem ao olhar de relance para Maria, enquanto desviava a atenção dos outros, apresentando-lhes a mensagem de Miranda.

A pequena folha de papel amarelado tinha sido escrita com uma caligrafia cuidada, diferente da que utilizara Pedro Miranda e indicando, assim, que a mensagem tinha sido escrita pela mão do pai, e não pela do filho.

Mens agitat molem
Erguei os braços aos céus
Sob a abóbada rainha
E vereis a salvação
Da transparência divina

– Uhmm… – murmurou André, mais confuso do que nunca. – E agora? Qual é o significado destes versos?

– Eu bem vos disse que não se percebia nada! – lamentou-se Miguel.

– A coroa é a mesma que aparece em todas as primeiras páginas de cada projeto de Miranda sobre os quatro monumentos – recordou Ana.

– E a frase *Mens agitat molem* parece ser o título – notou André. – *A inteligência domina a matéria…* Mas o que significa?

Um suspiro uníssono saiu dos pulmões dos quatro jovens. Nenhum deles parecia fazer ideia das intenções de Miranda ao escrever aquela enigmática mensagem e muito menos compreendia o sentido do título, da coroa e dos misteriosos quatro versos.

Passaram-se mais de vinte minutos durante os quais os jovens analisaram diversas possibilidades de interpretação, dissecando cada palavra e cada frase, e apresentando hipóteses e suposições. Porém, o esforço não estava a conduzi-los a qualquer resultado compreensível.

Uma vez que chegara a hora de almoço, Miguel ofereceu-se para ir à tasca da esquina e trazer alguns petiscos. Assim, sempre faziam uma pausa e, com um bocadinho de sorte, a comida ajudá-los-ia a aclarar as ideias e a voltar a pegar nos versos com mentes mais inspiradas.

– Não tive tempo para ir às compras – justificou-se ele, quando André lhe perguntou se não seria melhor fazerem umas sanduíches rápidas. – Além disso, adoro os vossos petiscos típicos! Volto num abrir e fechar de olhos! Alguém quer vir comigo?

A pergunta fora discretamente dirigida a Maria, ou pelo menos a rapariga assim o interpretara, mas Charlotte antecipou-se-lhe na resposta:

– Vou eu! – ofereceu-se ela, muito depressa.

Miguel sorriu, enquanto pousava um olhar inquisitivo em Maria, tentando perceber se esta tencionava juntar-se-lhes.

A jovem, todavia, não teve coragem para se agregar aos dois e, em vez disso, deixou-se ficar calada, disfarçando um interesse exaltado pela mensagem de Miranda, colocada sobre a mesa.

– Uhmm… – murmurou, semicerrando os olhos, e esforçando-se por se mostrar totalmente abstraída com o decifrar do mistério. – Será que os versos têm alguma coisa a ver com o aqueduto?

A irmã e o primo, alheios aos olhares trocados entre ela e Miguel, concentraram-se de novo nas linhas escritas pelo velho mestre de obras de D. João V.

– Achas que sim? – perguntou André, relendo a mensagem.

Foi então que Maria, ajudada talvez pelo fluxo de adrenalina provocado pela irritação sentida por não ter conseguido responder a Miguel antes de Charlotte, e contemplando-os a saírem da sala juntos, viu surgir perante si, clara como a água cristalina, a resposta ao enigma dos quatro versos.

– Mas é claro! – exclamou, unindo as palmas das mãos por cima da sua cabeça. – Miranda devia estar *mesmo* a referir-se ao aqueduto!

Miguel, ouvindo a excitação na voz da rapariga, voltou atrás e chamou Charlotte, que entretanto já tinha descido as escadas e se encontrava junto à porta do edifício.

– Como é que sabes? – perguntou Ana, estranhando a posição que a irmã escolhera para os informar da sua descoberta.

– E porque é que tens as mãos juntas por cima da cabeça? – perguntou Miguel, aproximando-se dela e formulando a mesma dúvida de Ana.

– Porque… – balbuciou André, pensando em voz alta. – Porque está a *erguer os braços aos céus*!

– Mas é claro! – exclamou Miguel, abraçando Maria para lhe mostrar o quanto apreciava a sua inteligência. – Erguendo os braços aos céus estás a desenhar uma *abóbada*, como a dos arcos do Aqueduto das Águas Livres!

– Claro! – concordou Ana. – Pois o que é uma abóbada senão uma construção em forma de arco?

Mantendo as mãos juntas por cima da cabeça, Maria sorria, enquanto ouvia os outros proferirem as ilações que ela própria já formulara. Sentia-se orgulhosa daquele lampejo de inspiração, ainda que originado de um breve momento de cólera, aliás, já esquecido, ou não fossem os braços de Miguel à volta do seu pescoço suficientes para manifestar o apreço do rapaz.

– O facto de ser *rainha*, ou seja, uma abóbada importante, deve referir-se ao Arco Grande – prosseguiu Ana, confirmando rapidamente algumas informações sobre o monumento na Internet. – Aqui diz que é o maior dos trinta e cinco arcos que compõem a arcaria do vale de Alcântara. Tem mais de sessenta e cinco metros de altura e até entrou para o *Guiness Book* como sendo o maior arco empedrado do mundo!

– Então só pode ser isso! – exclamou André, plenamente convencido.

Charlotte entrou na sala nesse preciso momento, confusa não apenas por Miguel ter mudado de ideias, mas, sobretudo, por vê-lo abraçado a Maria.

– *Is everything ok?* – balbuciou, tomada de surpresa e tentando perceber o que se passava.

– E talvez *a salvação da transparência divina* se refira à água e ao facto de o aqueduto ter vindo salvar a população lisboeta das enormes carências de que sofria antes da construção do mesmo! – sugeriu Ana, sentindo-se cada vez mais iluminada.

Os jovens estavam tão entusiasmados com a descoberta de Maria que ignoraram a presença de Charlotte e se esqueceram de lhe explicar o que se passava.

– É claro! – aprovava André, excitado. – E assim fica também explicado o título *mens agitat molem*, porque o aqueduto é um excelente exemplo de *inteligência a dominar a matéria*, através da construção de um monumento que permite ao homem obter o que necessita, neste caso a água, um elemento natural importantíssimo para a sobrevivência.

– E a coroa real pode explicar-se simplesmente por se tratar de um monumento mandado construir por um monarca – acrescentou Ana.

– Nesse caso, só nos resta fazer uma visitinha ao Aqueduto das Águas Livres! – propôs André. – Boa, Maria!

A rapariga baixou finalmente os braços e esboçou com eles uma vénia, para agradecer as congratulações.

– E como é que vamos fazer isso? – perguntou ela. – Tu não disseste que o aqueduto só pode ser visitado com um guia e em determinadas alturas? Duvido que façam visitas agora, durante o inverno…

– Durante o inverno? – admirou-se o primo. – *Hoje*, queres tu dizer!

Maria fitou-o, pasmada e receando as intenções do rapaz.

* * *

Pouco depois, enquanto almoçavam uma deliciosa e exageradamente vasta seleção de petiscos típicos portugueses, começando pelos rissóis de camarão, pataniscas, pastéis de bacalhau, chouriço assado, croquetes de carne, e terminando nas empadas de galinha que Miguel acabou por ir comprar sozinho, os cinco jovens sentaram-se à volta do computador e esboçaram o plano a seguir.

– Tenham paciência, mas não podemos esperar três meses para desvendarmos este mistério! – exclamou André, engolindo com satisfação o terceiro pastel de bacalhau.

Com efeito, os jovens depressa descobriram que as visitas ao Aqueduto das Águas Livres se faziam apenas desde o início de março até ao final de novembro, o que os forçaria a efetuar uma visita clandestina ao mesmo.

– Não gosto nada desta história... E se nos apanham? – perguntou Maria, receosa.

– Ninguém nos vai apanhar – tranquilizou-a o primo, percorrendo as ruas da zona por onde tencionava aceder ao aqueduto com a ajuda do *Google Maps*. – Se tudo correr como penso, ninguém vai dar por nós. Quem é que vai olhar para os arcos do aqueduto àquela hora?

– Qual hora? – perguntou Maria, imaginando o pior. – Não me digas que queres ir ao aqueduto a meio da noite! Não podemos justificar uma saída a essa hora com os nossos pais.

– Não te preocupes, estou a falar da hora de jantar. As pessoas vão estar entretidas a comer, ou com pressa para chegarem a casa, e ninguém vai olhar para o ar. Além disso, vamos vestir-nos de preto, para evitar que algum *cabeça no ar* nos veja – assegurou o primo, rindo-se do trocadilho que acabara de fazer. – Dizemos aos vossos pais que jantamos com o Miguel e com a Charlotte, o que será absolutamente verdade.

– Podemos levar alguns destes petiscos connosco – sugeriu a inglesa, aprovando a ideia de André. – O Miguel comprou tantos que vai ser impossível comê-los todos, agora ao almoço.

Maria torceu o nariz, pouco convencida. Aqueles eram os momentos das aventuras que vivia com a irmã e o primo que menos apreciava. Esforçou-se para não pensar nas aranhas e bichos esquisitos com os quais se depararia no topo do aqueduto e lembrou-se que a vantagem de escolherem a noite era precisamente não ser obrigada a ver as criaturas terríveis que com certeza proliferavam naquelas paragens.

– Estes rissóis são mesmo fenomenais, não acham? – perguntou Miguel, deliciado. – Podia comer disto todos os dias!

– E depois como é que conseguias manter esse físico incrível? – perguntou Charlotte, sentada a seu lado, e apertando-lhe os bíceps.

O gesto imprevisto da inglesa e o olhar indignado de Maria, à sua frente, fizeram o rapaz engasgar-se e tossir até ficar vermelho como um tomate. Se não fosse o Compal de pêssego que André lhe passou de imediato, o episódio até poderia ter acabado mal.

Irritada com as investidas cada vez mais evidentes de Charlotte, e confusa com as reações ambíguas de Miguel, que desistira de interpretar, Maria decidiu não perder mais tempo com o rapaz. «Se ele não está interessado em mim, não faz mal. Há mais peixes no mar!», pensou, expelindo uma lufada de ar pelo nariz, adequada a pôr fim a uma história que não chegara a começar. «Paciência, temos muito que fazer para desvendarmos este caso... Meter romance pelo meio só iria complicar as coisas.»

Entretanto André continuava a estudar as ruas do percurso que pensava seguir nessa noite, deslizando o indicador direito pelo ecrã do computador.

– Não sabia que em Lisboa também havia ruas com números, em vez de nomes! – notou Ana, admirada, seguindo o dedo do primo. – Rua 1, rua 5, rua 10... Que giro!

– Pelos vistos há muita coisa que não sabemos sobre a nossa própria cidade – admitiu a irmã. – E com os destacamentos diplomáticos do pai, não temos muitas ocasiões de ficar a conhecê-la melhor.

– Pois hoje vais ter uma oportunidade excelente de conhecer um dos *ex-libris* da tua querida Lisboa *de muito perto!* – exclamou André, que acabara de concluir o seu plano nesse preciso instante. – Muito bem! Preparem as mochilas! Já sei como vamos entrar no Passeio dos Arcos do Aqueduto das Águas Livres…

* * *

Às vinte horas, depois de Miguel ter conseguido que lhe mudassem a fechadura da porta e de os primos terem ido a casa de Ana e Maria preparar as mochilas, os jovens apanharam o autocarro n.º 702 no Marquês de Pombal com destino a Campolide. Em apenas sete paragens, chegaram ao Bairro da Calçada dos Mestres, uma zona residencial de bonitas vivendas muito bem cuidadas e com pequenos jardins adjacentes.

Não podendo utilizar o número 6 da Calçada da Quintinha para aceder normalmente ao aqueduto – como teriam feito com os guias do Museu da Água – saíram na paragem da Rua 10, subiram as escadinhas até cruzarem a Rua 5 e meteram pela Rua 1, fulcro do plano de André.

– Estamos mesmo debaixo do aqueduto! – exclamou Maria, passando sob o primeiro arco. – Mas é tão alto!... Como é que vamos conseguir subir lá para cima?

– Não te preocupes – tranquilizou-a o primo. – Tenho tudo sob controlo.

– O André trouxe equipamento de escalada – informou-a Ana, que vira o primo fazer a mochila depois de deixar a casa de Miguel. – Foi uma sorte ele ter trazido aquelas cordas todas de Évora!

– Ora! Nunca saio de casa sem o meu equipamento de escuteiro – justificou-se André. – Nunca se sabe quando pode servir. Se vocês vissem a quantidade de coisas que trago aqui dentro! Desde binóculos a lupas, chocolate, água... Até um maço de cartas e um saco de berlindes tenho para o caso de ficar preso em qualquer lado e não ter que fazer!

– Berlindes, André?! – perguntou Maria, trocista. – Só se ficares preso nalgum sítio improvável com terra batida. Senão onde é que te pões a jogar aos berlindes?

– Nunca se sabe, priminha. Nunca se sabe! – disse ele. – Tenho é de ver se invento uma aposta qualquer, para um de vocês perder e carregar com a minha mochila, que já está a começar a pesar demais!

– Não querias mais nada, pois não? – riu Maria, tentando aliviar a tensão que sentia com uma gargalhada. – Se bem que, como és quase sempre tu que perdes as apostas, também não corremos grande risco.

– Então, nesse caso, aposto que vamos conseguir subir até ao topo do Arco Grande em menos de um quarto de hora – arriscou o rapaz.

Miguel, que vira a distância no mapa enquanto o amigo elaborava o plano em sua casa e podia avaliar agora a dificuldade de subirem até ao topo do aqueduto na zona onde se encontravam, e deslocarem-se depois até ao Arco Grande, sentiu-se suficientemente seguro de si para aceitar o desafio:

– Um quarto de hora?! Nem pensar! Eu aposto que vão passar pelo menos quarenta minutos até chegarmos lá.

– Apostado! – exclamou André, contente com o despique e imaginando-se já sem o peso da mochila no regresso a casa. – Começamos a contar a partir de... *agora*!

– Tens a certeza? Se perderes tens de carregar com *todas* as mochilas, não só a do André! – precisou Maria, que na verdade confiava plenamente no primo e começava já a sentir pena de Miguel.

– Ele tem físico para isso! – lembrou Charlotte, atirando-se de novo aos bíceps do brasileiro.

Maria, porém, nem sequer a brindou com um olhar. Em vez disso, acelerou o passo e caminhou lado a lado com o primo e à frente dos outros.

– Agora a sério, André – disse, baixinho, ao rapaz. – Como é que vamos conseguir subir lá para cima? Isto é muito alto!

– É alto nesta parte, mas daqui a pouco já fica mais baixo – respondeu-lhe o primo, apontando para um ponto mais adiante. – Daqui vê-se mal, porque está escuro, mas o aqueduto está a tornar-se cada vez mais pequeno.

– Sim, eu reparei – disse ela. – Mas na parte mais baixa, lá ao fundo, há redes com arame farpado.

– Que olhos de lince! – admirou-se André, continuando a caminhar. – Sim, tens razão, eu vi-as na Internet. Mas só há redes até certa altura. Ali à frente já deixa de haver!

– Ali?! Mas é tão alto! – queixou-se Maria. – Devem ser pelo menos três metros de altura. E as paredes são lisas! Onde é que nos agarramos?

– Aqui! – disse o primo, apontando para um cabo que surgia misteriosamente do relvado adjacente ao aqueduto, subia pelos blocos de pedra do mesmo e terminava enfiado no centro de uma pequena torre de cimento, exatamente depois de a rede com arame farpado terminar.

– E conseguiste dar com *isto* no *Google Maps*?! – perguntou Maria, sem poder acreditar nos seus olhos.

– A tecnologia, hoje em dia, é incrível, priminha – riu André, orgulhoso das suas pesquisas.

– Só espero que não seja um cabo elétrico… – murmurou a rapariga, mais para si do que para o primo.

– Se fosse, não o teriam deixado aqui à mão de semear – notou ele. – Mas não te preocupes, só eu é que o vou utilizar. Quando chegar lá acima, lanço-vos as cordas para vocês subirem por elas.

Como o rapaz previra, as ruas do bairro encontravam-se desertas àquela hora e das janelas, já fechadas aos olhares indiscretos de eventuais passantes, ouviam-se vozes de pessoas a jantar, acompanhadas pelo ruído de pratos, copos e talheres.

Por precaução, os jovens tinham-se vestido com peças de roupa escuras e, pelo mesmo motivo, a partir do momento em que André começou a preparar o equipamento de escalada, todos eles mantiveram o mais absoluto silêncio.

O escuteiro foi o primeiro a subir até ao estreito patamar abaixo do qual terminava o cabo preto e onde pôde finalmente encontrar uma base de sustentação firme para os seus pés. Então lançou a corda pela qual os outros subiram, devagar e com muito cuidado.

– Só faltam sete minutos para perderes a aposta! – riu Miguel, o último a subir. – Podia ficar aqui em baixo de propósito…

– Podias, mas seria batota! – sussurrou André, fazendo-lhe sinal para se despachar.

Assim que todos saltaram o pequeno muro acima do patamar e se encontraram finalmente no início do famoso Passeio dos Arcos, na parte sul do mesmo, uma vez que este estava dividido em dois passeios, André arrumou o equipamento dentro da mochila e disse, apontando em direção ao Arco Grande:

– Nem vamos precisar de correr para lá chegarmos a tempo de eu ganhar a aposta – disse, dando uma palmadinha nas costas de Miguel e começando a caminhar. – São menos de quinhentos metros daqui até lá. Pelas minhas contas, basta andarmos a uma normalíssima média de cinco quilómetros por hora e chegamos exatamente dentro do tempo previsto, ou seja, em menos de seis minutos.

– Não acredito! Já tinhas calculado tudo antes de cá chegares?! – indignou-se Miguel.

– Um bom escuteiro nunca sai de casa sem se preparar como deve ser! – riu André.

– E quando lá chegarmos, o que é que fazemos? – perguntou Maria, caminhando atrás dele. – Segundo os versos, o que quer que procuremos deve estar *sob* o Arco Grande e não por cima dele!

– Uhmm... – murmurou o primo. – Essa parte do plano ficou um pouco... digamos... inacabada.

– Ah, sim?!

– Quando lá chegarmos, logo decidimos.

– Ok – riu Miguel, do final da fila indiana. – Então tens seis minutos para pensar no que fazer!

André ainda pensou na resposta a dar ao amigo, porém, nesse preciso momento, teve a impressão de vislumbrar a luz de uma lanterna vários metros à sua frente, o que o levou a estacar.

Maria, apanhada de surpresa, esbarrou contra ele e o mesmo fez a irmã, imediatamente atrás.

– O que foi? – perguntou baixinho ao primo. – Porque é que paraste de repente?

– Shhhiu! – advertiu o rapaz, baixando-se e fazendo-lhes sinal para o imitarem.

A luz ténue dos candeeiros das ruas atrás deles oferecia-lhes alguma iluminação e por isso não tinham ainda acendido as suas próprias lanternas.

– Há alguém por cima do Arco Grande – sussurrou André, voltando-se para trás. – E pelas lanternas, tenho a certeza de que é mais do que uma pessoa.

– A sério?! – perguntou Ana, pasmada, tentando ver por cima do ombro da irmã. – Serão os *escavadores desconhecidos*?

– Seja quem for, não podemos deixar que nos vejam – notou André, pegando nos seus binóculos de visão infravermelha que lhe permitiam ver no escuro.

– Ena! Quando é que compraste isso? – perguntou-lhe Maria. – E sobretudo *quando* é que os usas?

– Hã? Eu? Bem... Uso-os para... Uso-os quando... – balbuciou o rapaz, apanhado de surpresa.

– Quando fazemos vela! – respondeu Miguel, muito depressa, salvando o amigo. – Para que é que achas que haviam de servir?

Maria, Ana e Charlotte optaram por não interferir no que lhes pareceram ser assuntos de rapazes.

– Pelo equipamento que usam, não me parece que estejam interessados em fazer amigos – disse André, mudando de tema e informando-os das suas observações.

– Equipamento? – perguntou Maria, sem compreender. – São tão tecnológicos como tu, é?

– Lá tecnológicos são eles! – concordou o primo. – Têm equipamento de rapel e de fotografia de última geração.

– Achas que as máquinas fotográficas deles são melhores do que a minha *reflex*? – perguntou Miguel, que trouxera consigo a prenda dos pais do último aniversário e à qual toda a gente tecia sempre grandes elogios. – Nah! Ainda não viste bem o *zoom* que isto tem! Olha só para o tamanho desta objetiva!

– Esquece! – riu André. – As destes tipos também são *reflex* digitais como a tua, mas até têm raios X! E não se mexam muito, porque iria jurar que até sensores de movimento e de temperatura eles têm. Mas infelizmente não me estava a referir a isso...

– Então estavas a referir-te a quê? – insistiu a prima, temendo a resposta.

– São cinco e estão todos armados...

– O quê?! – exclamou ela, tremendo como varas verdes. – Ok! Sendo assim podemos voltar para casa imediatamente!

E puxou pelo casaco do primo com veemência.

– Nem pensar! – contestou André. – Estes senhores acabaram de me ajudar a concluir o plano inacabado. Agora já sei o que fazer: basta esperar para ver se eles descobrem alguma coisa.

O silêncio que caiu entre os jovens foi suficiente para ilustrar o seu estado de ânimo.

Ao fim de alguns instantes, porém, Miguel abriu a boca para referir algo em que nenhum deles estava a pensar, talvez a única frase capaz de os fazer sorrir naquele momento:

– Não quero ser desmancha prazeres, André, mas acabas de perder a aposta – disse ele, apontando para o relógio com grande tempestividade, enquanto esboçava um sorriso trocista.

V

A CAPELA MAIS CARA

– Ok, eu posso ter perdido a minha aposta, mas tu ainda não conseguiste ganhar a tua – notou André, recuperando o sentido de humor.

Os jovens continuavam agachados no Passeio dos Arcos, seguindo as instruções que o jovem lhes ia dando, visto ser o único capaz de ver o que se estava a passar entre os cinco desconhecidos, ao longe, graças aos seus binóculos aptos para visão noturna.

– Quanto tempo é que achas que vamos ter de ficar nesta posição desconfortável? – perguntou Maria cinco minutos mais tarde. – Já estou a ficar com a perna esquerda dormente!

– Eu também já não sinto uma parte do corpo! – queixou-se Charlotte, que entretanto se sentara, pensando que a escolha se mostrasse mais oportuna, mas enganando-se redondamente. – Esta pedra é superfria! Não aguento estar aqui mais tempo…

– Só mais um bocadinho! – pediu André, continuando a observar os homens.

– Ainda bem que trouxemos blusões quentinhos, isto está frescote! – notou Miguel, esfregando os braços de Maria, sem que esta lho tivesse pedido.

– Mas afinal o que é que eles estão a fazer? – perguntou Ana.

– Não me digas que se vão pôr a abrir buracos sob o Arco Grande!

– Só se os *escavadores desconhecidos* estiverem a pensar em tornar-se conhecidos de repente! – riu André. – Já estou a ver os títulos de jornal:« Nova onda de suicídios no Aqueduto das Águas Livres! Os corpos de cinco desconhecidos foram ontem à noite encontrados sob…»

– André! – exclamou Maria, baixinho, dando-lhe um beliscão para o trazer de volta à realidade.

– Não, não podem escavar debaixo do arco. Seria demasiado arriscado. Sabem como é que os arcos foram construídos?

– A sério, André? Lições de arquitetura a esta hora, e nós aqui, tão confortáveis, a ouvir-te?

– Ora, bem podem ouvir-me! – disse ele, rindo. – Sempre se passa o tempo. Senão para onde é que havemos de ir?

– Para onde?! – perguntou Maria, impaciente, enquanto transferia o peso do corpo para a perna que ainda não estava dormente. – Para casa, não achas? Temos lá uns sofás muito confortáveis!

– Não saímos daqui enquanto não descobrirmos o que o Diogo Alves e *aqueles senhores* andam à procura! – insistiu ele, apontando de novo os binóculos para a zona em questão. – E já que eles estão a demorar muito, vou aproveitar para vos ensinar como se construiu o aqueduto.

Vendo-se sem alternativa, Maria suspirou e acabou por aceder, dizendo:

– Vá, pronto! Conta lá! Entretanto comemos os petiscos que o Miguel comprou à hora de almoço…

– Boa ideia! Miguel, passa-me aí um rissol! – pediu o rapaz, e então prosseguiu: – Estão a ver aqueles cubos de pedra *lá ao fundo*, nas paredes dos arcos?

– Não, André. É claro que não estamos a ver nada! – queixou-se Maria, com novo suspiro. – O único sortudo que pode ver alguma coisa lá ao fundo és tu...

– Ah, sim, claro – riu ele. – Como estava a dizer, aqueles cubos de pedra são os apoios onde se amarravam as cordas para sustentar os andaimes que serviam para construir os arcos.

– *What*?! Não percebi nada do que disseste – queixou-se Charlotte.

Os outros riram-se, divertidos, mas André não deu sinais de se ofender e prosseguiu:

– Então vou tentar explicar-me melhor: há trinta e cinco arcos na arcaria do vale de Alcântara e apenas catorze, os mais altos, são ogivais. Enquanto os arcos das pontas do aqueduto, como vocês viram antes de subirmos para aqui, são arcos de volta perfeita e foram feitos com caixas de madeira; para os arcos ogivais usaram-se andaimes, para que os trabalhadores pudessem subir por eles para colocarem as pedras por cima, uma vez que eram chanfradas.

– *Chanfradas*? Mas quem é que era chanfrado[7]? – perguntou Charlotte, confusa. – Os trabalhadores?

A pergunta inocente da inglesa provocou uma gargalhada geral, ainda que emitida baixinho, devido ao trocadilho, do qual a jovem nem sequer se apercebeu.

– Estão-se a rir de quê? – perguntou ela, embaraçada. – *Oh, dear*! Agora é que fiquei sem perceber mesmo nada!

Maria ainda pensou em explicar-lhe a causa da confusão entre os dois termos, mas levou tanto tempo a decidir que foi a irmã quem acabou por tomar a iniciativa.

André esperou calado pelo esclarecimento da prima antes de prosseguir. Se, por uma vez que fosse, tinha algo a ensinar aos

---

[7] O termo *pedra chanfrada* significa *pedra talhada em ângulo oblíquo*, mas chanfrado também significa *que endoideceu*, ou *que perdeu a razão*. A confusão de Charlotte justifica-se também por não haver diferenciação de género ou de número nos adjetivos em inglês. (*N. da A.*)

outros, não ia permitir que lhe estragassem a festa, sobretudo depois de todo o trabalho a decorar a lição de arquitetura na Internet.

– Ora era precisamente naqueles cubos de pedra que se fazia a sustentação das madeiras desses mesmos andaimes! – disse, por fim. – Parece que no final das obras e por razões de estética, os arquitetos decidiram deixá-las no aqueduto, embora normalmente possam ser retiradas.

À elucidação seguiu-se um silêncio incómodo, que durou longos instantes.

– Ah, pronto, pronto! – disse, por fim, a inglesa. – Agora faz tudo muito mais sentido. Obrigada por te teres explicado melhor.

O tom jocoso da rapariga provocou nova gargalhada, que, desta vez e por ter sido menos sussurrada, compeliu André, alarmado, a suplicar-lhes para pararem com aquilo imediatamente.

– O fecho do Arco Grande, o último a ser completado sobre a ribeira de Alcântara, deu-se em Maio de 1744 – sussurrou ele, sem se dar por vencido e preparando-se para rematar a conversa. – Isto tudo para vos dizer que se *aqueles senhores* se puserem a escavar a última pedra do arco, arriscam-se a que este se desmorone em cima deles!

– A última pedra... *The keystone*! – anunciou Charlotte, dando finalmente sinal de ter percebido alguma coisa.

– Sim, a pedra angular – traduziu André. – É a última pedra a ser colocada, e aquela que permite ao arco suportar peso, além de bloquear todas as outras pedras no lugar delas.

– Bem, pelo menos agora já temos a certeza do que os *escavadores desconhecidos não vão* fazer – disse Maria, irónica. – Alguma ideia sobre o que *vão* fazer?

– Por enquanto nenhuma – informou o primo, apostado em não reagir às ironias das raparigas e pegando de novo nos binóculos.

– De onde é que acham que eles terão vindo? – perguntou Ana, mudando de assunto para apaziguar o ambiente.

– Espero que não tenham tido a mesma ideia que nós! – disse a irmã, preocupada. – Se tiverem vindo por aqui, vamos ter de desaparecer antes que eles regressem!

– Não se preocupem porque eles são demasiado profissionais para terem usado um plano tão simples como o nosso – comentou Miguel, engolindo uma patanisca.

– Ouve lá, o nosso plano também não foi assim tão simples! – protestou André, sentindo-se ligeiramente ofendido. – Foi até muito bem pensado e está a correr lindamente.

– Ora, eles devem mas é ter usado as cordas de rapel para descerem de algum helicóptero! – insistiu Miguel.

– Pois, porque isso dava muito pouco nas vistas – repostou Maria, sarcástica. – Acho que andas a ver muitas *Missões Impossíveis*... Já agora, André, qual é o teu plano, além do genial *esperar para ver*?

– Psss! – exclamou o rapaz, de repente, ignorando a sua pergunta. – Os tipos estão a descer para debaixo do arco!

– A descer?! – perguntou Miguel, tentando espicaçar a vista, mas sem grande sorte. – Então afinal era para isso que queriam o equipamento de rapel!...

– Olha, outro génio... – troçou Maria, voltando a mudar de posição.

– Tens a certeza de que não estarão a planear esburacar o Arco Grande, como disse a Ana? – perguntou o brasileiro ao amigo, enquanto se metia com Maria, puxando-lhe os cabelos com um gesto que mais parecia uma festinha.

– Já vos disse que seria um suicídio – insistiu André. – O que eles querem é analisar o arco por baixo e é por isso que dois deles se estão a pendurar neste momento com máquinas fotográficas, raios X e outros apetrechos que nem sequer percebo o que são!

– Mas os arcos estão todos iluminados – notou Maria.
– Arriscam-se a que os automobilistas os vejam quando passam

de carro por baixo deles. E não é preciso ser um *cabeça no ar* para reparar em dois homens pendurados em cordas sob o maior arco do aqueduto, com aquela luz toda a iluminá-los!

– Oooops! – exclamou André, deixando os companheiros em suspense por alguns momentos.

– O que foi? O que foi? – perguntou Miguel, a morrer de curiosidade. – Caíram?

– Claro que não! Como tu próprio disseste, aqueles tipos são profissionais – respondeu André. – Mas deixaram de correr o risco que a Maria acabou de apontar. Vejam! Faltava pouco para entrarem na zona que o feixe de luz iluminava… *et voilà!*

– A luz apagou-se! – completou Maria. – Incrível! É verdade, são mesmo profissionais. E agora, o que estão a fazer?

– Estão a apontar as máquinas fotográficas e os outros aparelhómetros esquisitos para a pedra angular do Arco Grande – contou André.

– Claro! – exclamou Ana. – Devem estar a usar os raios X para ver se encontram alguma coisa *dentro do arco*! Assim não precisam de fazer buracos desnecessários e perigosos.

– Incrível! – exclamou o primo. – As máquinas fotográficas deles conseguem fotografar sem *flash*! Vocês deviam ver os ecrãs enormes que aquilo tem!

– Pois devíamos! – exclamou Maria, prestes a perder a paciência.

– Pronto! Já estão a regressar outra vez cá acima – informou André. – Devem ter conseguido o que queriam.

– Já?! – perguntaram os outros, ao mesmo tempo.

– Assim tão depressa? – inquiriu Maria, estranhando a rapidez dos dois homens. – E achas que encontraram mesmo o que procuravam?

– Não sei, não dá para perceber pelas caras deles. Mas… Esperem lá! Acabei de ter uma ideia que talvez nos possa ajudar a responder à tua pergunta – disse ele, enigmático. – Ó Miguel, empresta aí a tua máquina fotográfica.

– Para quê? – perguntou o amigo, desconfiado.

– Não disseste que a tua superobjetiva tinha um *zoom* excelente? Deixa cá ver!

– Tem cuidado! – advertiu Miguel, apreensivo. – Vê lá o que fazes...

André apontou a enorme objetiva na direção das máquinas fotográficas que os dois homens tinham acabado de colocar no parapeito do aqueduto enquanto arrumavam o equipamento de rapel utilizado. Por sorte, o ecrã de uma delas ainda estava aceso e tinha ficado voltado na direção dos jovens. Fora ao reparar nisso que André tivera a sua ideia brilhante.

– Esperemos que tenha resultado – disse ele, depois de ter disparado três ou quatro vezes o botão da máquina de Miguel. – Logo descobriremos, mas conto com o *zoom* e com a alta definição da tua máquina.

– Alta? – troçou o amigo. – Gigantesca, podes tu dizer! São doze megapixéis em HD, ou seja, um brinquedo digno de superespiões!

– Fixe! – disse André.

– Se te tivesses lembrado disso antes, até ma podias ter emprestado para a usar como binóculo – lembrou Maria.

– Pois era... – concordou Miguel, sentindo-se um pouco pateta por não ter tido a mesma ideia.

– Então? Já podemos começar a descer? – perguntou Charlotte, num tom desesperado. – Já vos disse que não aguento estar aqui sentada mais tempo!

– Não podemos sair daqui enquanto eles não se forem embora – disse André. – E parece-me que já percebi de onde vieram!

– De onde? – quis saber Maria.

– Do mesmo sítio que Diogo Alves usava para escapar no século XIX. A galeria das caleiras! – informou ele. – Devem ter uma chave falsa, tal como ele tinha! Ok, quatro deles já entraram, só falta o último.

– Ahhhhhhhh! Finalmente! – exclamou Charlotte, aliviada, levantando-se de repente. – Já estava mesmo a desesperar!

Nesse preciso momento, a lanterna do último desconhecido efetuou um derradeiro reconhecimento do ambiente à sua volta. Contudo, por azar, antes de desaparecer pela porta da conduta, o feixe de luz passou pela zona onde se encontravam os cinco jovens, detendo-se em Charlotte, de pé, a espreguiçar-se para desentorpecer o corpo.

– Nãããããããão! – exclamou André, aterrado.

– Baixa-te! – advertiu Miguel, puxando pelo blusão da rapariga.

– Tarde demais! – alertou Maria.

Tal como todos os outros, a jovem apercebera-se do perigo iminente ao ver que a potente luz da lanterna continuava a fixar a inglesa.

«Raios, Charlotte!», pensou com os seus botões. «Não podias aguentar mais um bocadinho com o traseiro dormente?»

– Levantem-se! Vamos embora! – exclamou Miguel, enfiando a máquina fotográfica dentro da sua mochila.

– Não acredito! Vão apanhar-nos! – gritou Maria, aflita, correndo atrás da irmã em direção ao início do aqueduto.

– *Sorry! Sorry!* – desculpava-se Charlotte, desolada. – Não fiz de propósito!

Em poucos instantes estavam de novo junto do local por onde tinham subido, mas a lanterna do desconhecido começava a apresentar um feixe de luz cada vez mais intenso, indicando que o homem se estava a aproximar deles.

Sentindo a tensão nas vozes dos amigos, cada vez mais assustados e prestes a entrar em pânico, André esforçou-se por manter a calma:

– Não se assustem! – exclamou, enquanto despejava a mochila no chão e voltava rapidamente a preparar as cordas que tinha arrumado antes. – O que é que eles nos podem fazer? Afinal de contas somos apenas uns putos intrometidos…

– E tu já te esqueceste do que os últimos tipos que andavam a tramar alguma coisa no topo do aqueduto faziam aos intrometidos? – perguntou Maria, alvoroçada. – Deitavam-nos daqui abaixo!

O primo fitou-a, interrompendo a sua tarefa por instantes, para perceber se Maria estava a falar a sério ou se a piada lhe saíra involuntariamente.

– Sim, não se vão lembrar de disparar contra nós, lá isso é verdade – admitiu ele, achando que a prima decidira levar a situação na brincadeira. – Senão acordam o bairro todo!

– André! Achas que são horas de te pores com piadas?! – perguntou Maria, mostrando que a interpretação do rapaz estava completamente errada. – Precisas de ajuda com essas cordas? Temos de sair daqui *já*!

Felizmente o primo estava habituado a preparar o equipamento em muito pouco tempo, para colmatar situações de perigo um pouco diferentes daquelas, e anunciou que podiam começar a descer de imediato.

– Eu sou o último! – informou. – Mas despachem-se!

O desconhecido estava cada vez mais próximo, e já não era o único a sentir-se desconfiado. Os seus companheiros, estranhando-lhe o atraso, tinham decidido voltar atrás à sua procura, e vendo-o caminhar em direção oposta, tinham começado a segui-lo.

Miguel fora o primeiro a descer, para poder ajudar as raparigas do passeio e Charlotte tinha acabado de se lhe juntar. Em poucos segundos o mesmo fez Maria.

– Ei! – gritou uma voz profunda, do topo do aqueduto, a poucos metros de distância. – Quem anda aí?

Uma vez terminada a tarefa que os levara até ali, o equipamento tecnológico dos *escavadores desconhecidos* já tinha sido arrumado, por isso os indivíduos não conseguiram distinguir mais do que um simples vulto, ao longe.

– Despachem-se! – voltou a implorar André, vendo que Ana ainda não tinha acabado de descer. – Estão a aproximar-se!

– Ok! – gritou Miguel, do passeio. – Já estamos todos cá em baixo! Só faltas tu!

O desconhecido, porém, já estava a chegar demasiado perto de André para que este pudesse descer em segurança sem ser apanhado.

«E agora?», pensou o rapaz, olhando à sua volta, à procura de uma escapatória. «Os outros vêm mesmo atrás dele, para o ajudar. Vão apanhar-me de certeza! Não posso saltar daqui abaixo, senão parto o pescoço!»

Foi então que uma voz feminina lhe chegou aos ouvidos, como um anjo salvador:

– Os berlindes, André! Usa os berlindes! – gritou Maria.

– Os ber...?! Claro! És mesmo um génio, priminha! – agradeceu o rapaz, abrindo de novo a mochila e o saco de rede com mais de cinquenta esferas de vidro.

– Apanha-o, Faria! – gritou uma voz forte de homem, ao longe. – Não o deixes escapar!

– Já cá canta! – respondeu o desconhecido cada vez mais próximo.

Foi então que André lamentou não ter Miguel perto de si para assistir aos seus últimos movimentos no topo do aqueduto, dignos, poderia argumentar-se, de um dos melhores filmes de aventura dos últimos tempos. Enquanto prendia o mosquetão à corda pela qual desceria até à rua com a mão direita, o rapaz usou a esquerda para lançar os cinquenta berlindes precisamente na direção do homem que o perseguia. E fê-lo com tal destreza que as esferas ocuparam todo o espaço de uma margem à outra do Passeio dos Arcos, como se percorressem caminhos equidistantes preestabelecidos, ou fossem atraídas por uma força desconhecida vinda do lado oposto.

O resultado foi um enorme trambolhão, primeiro do desconhecido, incapaz de prever, ou mesmo ver, a terrível surpresa, e em seguida dos seus companheiros, que caíram por cima dele, permitindo a André e aos amigos escaparem invisíveis e incólumes pelas ruas do bairro.

* * *

– Foi por um triz, ontem à noite! – disse André, colocando as mãos atrás da cabeça, enquanto se refastelava na poltrona da prima mais velha.

– Podes crer! – concordou Maria, agora já mais calma, observando o céu azul pela janela, enquanto vestia um casaquinho de capucho preto por cima da camiseta da mesma cor.

Os jovens encontravam-se em casa dos embaixadores Torres, na Lapa, um fantástico apartamento no alto da Rua do Prior, no último andar de um bonito prédio esverdeado de fins do século XIX, com vista para o Tejo e rodeado de espaços verdes muito bem tratados.

– A tua ideia dos berlindes é que nos salvou! – elogiou Miguel. – Como é que te lembraste daquilo?

– Bem... Para dizer a verdade a ideia já me tinha vindo à cabeça quando o André falou neles – explicou ela, alisando os cabelos escuros por cima do ombro esquerdo. – Pareceu-me um exagero andar com aquele peso todo dentro da mochila só para evitar ficar fechado em qualquer lado sem ter que fazer. Achei que teriam mais utilidade se fossem usados doutra maneira...

– E achaste muito bem! – aprovou o primo. – Eu nunca me teria lembrado deles. Foi uma ideia excelente! Parecia um truque de desenhos animados! Já agora, Miguel, aproveito para te recordar que tu também perdeste a aposta!

– Sim, pois foi – suspirou o amigo. – Mas havemos de fazer outra. O importante foi termos saído do aqueduto sem arranjarmos problemas.

– Esperemos que tenha valido a pena correr todo aquele risco – comentou Maria.

– Por falar nisso, trouxeste a máquina, Miguel? – perguntou André.

– Sim, trouxe, mas não tenham grandes esperanças...

– Não me digas que as fotografias não ficaram boas! Já as viste?

– Sim, vi-as ontem à noite, assim que cheguei a casa, mas não me parece que possam ajudar-nos muito.

– A sério? Tens a certeza? – perguntou Ana, desiludida.

– Parecia outra ideia tão excelente como a dos berlindes...

Miguel classificou as fotografias que André tinha tirado na véspera, encolhendo os ombros e dizendo:

– Vejam com os vossos próprios olhos.

– Mas vê-se perfeitamente! – constatou André, surpreendido. – Pensei que tivesses dito que não prestavam.

– Ele não disse que não prestavam – apressou-se a corrigir Charlotte, em defesa de Miguel. – Disse que não nos podiam ajudar.

– E não podem – corroborou o brasileiro. – Já as viram bem? É o mesmo de sempre...

– O que o Miguel quer dizer com isso é que a coroa e a frase em latim voltaram de novo a aparecer – explicou André, observando a máquina do amigo muito perto do nariz, depois de ter ativado o potente *zoom*. – Vejam!

– Se a ligarmos ao meu computador com este cabo USB ainda vemos melhor – sugeriu Maria.

– Tens razão – concordou a irmã, momentos depois. – Agora vê-se perfeitamente. Mas... Além da frase e da coroa também aparece...

– Um triângulo ... – completou André.

Mens agitat molem

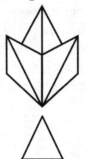

– Ou seja, nada de novo – concluiu Miguel. – Nenhum esconderijo, nenhuma cápsula do tempo. Nada!

– Um triângulo não é *nada* – contestou Maria. – Antes pelo contrário: é algo de novo.

– Sim, é verdade… Mas o que significa? – perguntou Ana, pensativa.

– Terá alguma coisa a ver com a tal *keystone*? – propôs Charlotte. – De certa maneira, a pedra angular até tem uma forma parecida com a de um triângulo… Talvez seja um símbolo relacionado com as tais técnicas de construção antissísmica.

A sugestão da jovem, porém, não pareceu ganhar muitos adeptos.

«Que ideia tão idiota!», pensou Maria, com os seus botões.

– *It was just a thought* – disse a inglesa, meio acabrunhada, como se lhe tivesse lido os pensamentos.

– Será uma seta? – sugeriu André, por seu lado.

– Mesmo que fosse uma seta, estaria a apontar para onde? Dentro do Arco Grande não havia nada! – recordou Miguel. – Tu mesmo viste os dois homens usarem o suprassumo do equipamento eletrónico sem conseguirem obter mais do que simples fotografias…

– Realmente foram-se embora muito depressa – lembrou Charlotte. – Será que para eles a frase em latim, a coroa e o triângulo fazem algum sentido?

– Talvez façam… A questão é que para nós, e por enquanto, não fazem sentido nenhum – admitiu André.

– Também se pode dar o caso de os *escavadores desconhecidos* se terem apercebido de que afinal ali não havia nada de interessante – contrapôs Ana – como aconteceu em todos os outros lugares que escavaram até agora e nos quais não encontraram o que pretendiam.

Os outros ponderaram as suas palavras e acabaram por concordar que a sugestão lhes parecia plausível.

– Uhmm… Se calhar enganei-me – admitiu Maria. – Talvez os versos não se refiram ao aqueduto, como pensei.

Miguel fitou-a, curioso.

– Achas que podem referir-se a outro monumento? – perguntou.

– Não faço ideia – disse ela, sentando-se na poltrona que o primo deixara livre. – E agora? O que fazemos?

– E se fôssemos visitar mais um dos monumentos de Miranda? – propôs Ana, abrindo o motor de busca na Internet, no computador da irmã. – Podemos tirar isso a limpo.

– Podemos ir ao Palácio das Necessidades! – lembrou o primo. – Fica aqui mesmo ao lado. Em menos de dez minutos estamos lá.

– Impossível – atalhou Maria. – O palácio é a sede do Ministério dos Negócios Estrangeiros e por razões de segurança não se pode visitar.

– A Maria tem razão. Eu também já tinha pensado nisso – disse a irmã. – Vamos ter de arranjar uma forma de entrar lá dentro. Mas não vai ser difícil! Não se esqueçam de que o nosso pai, como embaixador, trabalha para o ministério!

– Talvez não seja difícil – concordou Maria – mas hoje vai ser impossível! O pai foi para o Porto e só volta hoje à noite.

– Sim, é verdade. Mas não faz mal: uma vez que precisamos de inventar uma desculpa qualquer para justificar a nossa urgência em visitar o palácio, podemos pensar nela durante o dia.

– Ora, isso é fácil! – contrapôs Maria, ou não fosse ela a *miss-desculpa-pronta*. – Basta dizer que a Charlotte gostaria de visitar o palácio onde morou o duque de Wellington, outro inglês como ela, no século XIX e durante uns tempos.

Charlotte sorriu, encolhendo os ombros, obviamente alheia aos conhecimentos de Maria, mas disponível para corroborar a justificação inventada.

– Se os meus pais não estivessem no Brasil esta semana, podia pedir-lhes a eles – lamentou-se Miguel.

– Então hoje podemos ir à Capela de S. João Baptista na Igreja de S. Roque – propôs Ana, deixando de lado a Internet por instantes e pegando num Dicionário Histórico que trouxera do escritório do pai. – Como já sabíamos, foi mandada construir por D. João V e custou quase dois milhões de cruzados.

– E isso é muito dinheiro? – perguntou Miguel.

– Um balúrdio! – confirmou Ana. – Imagina que deve ter sido a capela mais cara construída na Europa naquela altura, e ainda hoje é considerada uma obra absolutamente única no mundo.

– Pois olhem que eu nunca tinha ouvido falar nela antes de começar a investigar este caso – confessou André, um pouco envergonhado.

– Eu também não. Mas é das tais coisas… – lamentou-se Maria. – Às vezes, sabem mais os estrangeiros sobre os nossos monumentos do que nós, lisboetas…

– Ouçam isto! – alertou Ana, continuando a ler a informação do livro de referência. – A capela foi encomendada por D. João V e foi construída em Roma entre 1742 e 1747…

– Em Roma?! – espantou-se o primo, pensando que Ana se tivesse enganado a ler.

– Sim! Imaginem que foi totalmente construída em Roma pelos melhores artífices italianos, montada na Igreja de Santo António dos Portugueses – lembram-se de a termos visitado enquanto desvendávamos o mistério das catacumbas romanas? – foi benzida pelo papa e depois desmontada e transferida para Lisboa – continuou a explicar Ana. – Embora tenha sido dedicada ao Espírito Santo e a S. João Baptista, era chamada a *Capela Real* e… tem uma abóbada!

– Achas que pode ser essa a *abóbada rainha* de Miranda? – inquiriu Maria.

– Quem sabe?…

– Vê lá se encontras alguma referência a algo que possa ter a ver com o conceito de *transparência divina*! – lembrou André.

– Para isso o melhor é irmos até lá – reiterou Ana. – Nada melhor do que uma visita ao vivo. Só espero que nos deixem entrar porque a capela está a ser restaurada neste momento.

– É melhor despacharmo-nos! – alertou André, de repente cheio de pressa. – Se os *escavadores desconhecidos* pensarem como nós, quem sabe se não estão a dirigir-se para lá neste preciso momento?

Maria sentiu um arrepio que não foi capaz de conter. A ideia de se cruzar uma segunda vez com homens que sabia armados não era minimamente aceitável.

Lendo-lhe os pensamentos, André informou:

– Ah, esqueci-me de vos dizer uma coisa: aquilo que ontem me pareceram armas, afinal eram simples lanternas…

– Lanternas?! – duvidou Maria. – Como é que confundiste armas com lanternas?

– O que eu confundi não foram propriamente as armas – explicou o primo. – Foram os estojos que eles traziam presos nos cintos que me pareceram coldres, mas que afinal serviam para guardar as lanternas…

A prima fitou-o, tentando ler no seu olhar se tudo aquilo não passaria de uma desculpa inventada simplesmente para não a preocupar.

– Então e não nos podias ter dito isso ontem?

– Estão prontos? – disse ele, mudando rapidamente de assunto. – Então vamos!

* * *

Os cinco jovens deslocaram-se em cerca de quarenta minutos até à Rua da Misericórdia, fronteira este do Bairro Alto, bairro quinhentista e um dos mais castiços e animados de Lisboa, sobretudo à noite, partilhado por duas freguesias, a da Encarnação, a este, e a de Santa Catarina, outrora chamada do Monte Sinai, a oeste.

– Tivemos imensa sorte com os transportes públicos! – comentou Miguel.

– Pois eu acho que levámos muito tempo! – contradisse Charlotte. – *We should have taken a taxi*. Já são horas de almoço. Se calhar chegámos tarde demais!

Os primos estranharam a inusitada pressa da rapariga e Maria, duvidando que Charlotte estivesse com fome, não resistiu a perguntar-lhe:

– Tarde demais para quê?

– Para descobrirmos *a grande incógnita*! – explicou ela, usando a expressão que André inventara. – Não ouviram o que o André disse há pouco? Se os *escavadores desconhecidos* estiverem a pensar como nós – e é natural que estejam, a julgar pelo que vimos ontem no aqueduto – já devem andar à procura de outro monumento que corresponda aos versos! E se nós nos lembrámos da Capela de S. João Baptista, eles também devem ter conseguido cá chegar.

O tom da rapariga foi tão persuasivo que, além de convencer os primos da sua argumentação, ainda lhes inculcou uma tal ideia de urgência que nem André, pouco antes, lhes conseguira transmitir.

– Vamos depressa! – instigou o rapaz, chegando ao Largo Trindade Coelho e apontando para várias portas cor de vinho à sua frente. – É aqui!

A igreja, edificada sobre a antiga Ermida de S. Roque, cedida à Companhia de Jesus no século XVI e fazendo parte do património da Santa Casa da Misericórdia desde o século XVIII, apresentava uma fachada de tal forma simples e linear, que os jovens, depois de subirem os cinco degraus que os conduziram à entrada, abriram a boca de espanto, ao notarem o inesperado contraste maneirista e barroco do interior.

O espaço, constituído por uma única nave, encontrava-se vazio, excetuando duas beatas ajoelhadas na primeira fila, uma ao lado da outra, distraídas nas suas preces.

O magnífico templo apresentava uma profusão riquíssima de talha dourada, tanto nas oito capelas laterais, como na capela-mor, além de um sem-número de estátuas de diversos santos e de anjos a subirem por colunas e capitéis dourados, pinturas, azulejos e painéis em mosaico do mais elevado nível artístico, bem como os mais bonitos pavimentos e tetos trabalhados que os jovens tinham visto até àquele momento.

– *Wow! That... is... amazing!* – tartamudeou Charlotte, embasbacada. – É incrível! Nunca tinha visto uma igreja assim...

– E foi D. João V que a mandou construir? – perguntou Miguel, baixinho, igualmente pasmado.

– Não. A igreja foi construída pelos Jesuítas. D. João V mandou construir a Capela de S. João Baptista – corrigiu Ana, passando à frente dos outros e apontando para o santuário em questão, ao fundo da igreja, do lado esquerdo. – É pena estarmos com tanta pressa, porque o Museu de S. Roque organiza programas e visitas especiais a crianças e jovens para dar a conhecer e apreciar as obras de arte e as riquezas do mesmo, sobretudo as da Capela de S. João Baptista.

– Pois, mas infelizmente, hoje vamos ter de fazer a visita sem guias – lamentou-se a irmã, que entretanto lhe passara à frente, morta de curiosidade. – Venham cá ver! Se acharam que a igreja era rica, então agora vejam a capela!

Tal como tinham lido na informação do *site* da igreja, a Capela de S. João Baptista era a quarta capela do lado esquerdo. Estava tão ricamente decorada, que os jovens se sentiram como que acabados de entrar num cofre repleto de tesouros construído em ponto grande.

– Eu sabia que tinha custado uma fortuna a D. João V, mas nunca imaginei que se tratasse de uma riqueza destas! – confessou Maria, perplexa com a quantidade abismal de talha dourada, mármores raros, lápis-lazúli, pedras semipreciosas e peças ornamentais à sua frente. – Não admira que seja única no mundo!

– Andam a restaurá-la – notou André, apontando para alguns utensílios deixados no chão, nos cantos da capela, e para umas fitas que delimitavam o espaço, impedindo o acesso aos turistas.

– Que lampadário impressionante! – notou a irmã.

– E já viram a abóbada? – exclamou Miguel, excitado. – Só pode ser aqui!

– Tem calma – advertiu Maria. – Eu também disse a mesma coisa do Arco Grande do aqueduto e afinal enganei-me.

– Pois eu acho que o Miguel tem razão – comentou André, de olhos fixos no enorme painel à sua frente, por trás do altar. – Aquela pintura não ilustra o batismo de Cristo?

– Não é uma pintura – contrapôs Maria, ignorando a proibição e entrando dentro da capela. – É um mosaico e foi feito com tanto pormenor que parece mesmo um quadro pintado. Representa Cristo a ser batizado no rio Jordão por S. João Baptista…

– Nesse caso, os versos enquadram-se perfeitamente nesta *Capela Real*! – exclamou o rapaz, em polvorosa, seguindo-a. – Que melhor sítio para *erguer os braços aos céus* senão em frente a um altar?

– Sobretudo um altar que se encontra *sob a abóbada rainha* – acrescentou Ana, apontando para o teto, também ela já dentro da capela – ou seja, a abóbada mandada construir pelo rei D. João V!

– E nada melhor para ilustrar a *salvação da transparência divina* do que a água do batismo de Cristo, que vemos ao fundo do mosaico! – concluiu André.

– Boa, priminho! – congratulou-se Ana.

Charlotte e Miguel entraram também eles para dentro do riquíssimo santuário.

– Então sempre estamos no sítio certo? – perguntou a inglesa, olhando à sua volta. – E o que procuramos?

– O melhor é começarmos pelo mesmo de sempre – sugeriu Maria, imitando-a. – A coroa e a frase em latim.

– Há aqui umas coroas – notou Miguel, com satisfação, apontando para as coroas reais nas portas douradas laterais da capela. – Mas não vejo frase nenhuma.

Os jovens procuraram por todos os lados, ignorando os olhares reprovadores das duas beatas que se benziam a cada trinta segundos, aperreadas com as posições pouco elegantes dos cinco jovens durante as suas pesquisas, e a quem tomavam pelos restauradores da capela.

Ao fim de alguns minutos, André emitiu um grito de alegria tão forte que as duas devotas deram um salto no banco onde estavam sentadas, olhando-o com ar de reprovação e desagrado.

As duas levantaram-se de imediato e dirigiram-se para a saída, aceitando a gelada gota de água como um convite para abandonarem a igreja, não pensando regressar até ao dia seguinte.

– Cá está! – disse ele, apontando para uns rabiscos gravados precisamente no interior do arco que se encontrava acima da coroa descoberta por Miguel e que mal se viam a olho nu.

– *Mens agitat molem!*

– Realmente quase não se vê – notou Ana. – Ainda bem que trouxeste a lupa contigo na mochila.

– Um escuteiro nun…

– …ca sai de casa sem ela. Já sabemos! – riu a prima, interrompendo-o. – Uhmm… Tenho a impressão de que alguém deve ter gravado estas palavras depois da montagem da capela e dos painéis em mosaico, obras estas terminadas em agosto de 1752, quando D. João V já tinha falecido[8].

– É provável… – anuiu a irmã. – Não me parece que tenham sido cinzeladas em Roma pelos artífices italianos. E o que acham desta forma? Até se pode dizer que parece um triângulo invertido…

---

[8] O rei faleceu em 31 de julho de 1750 mas não assistiu à inauguração da capela que ocorreu já no reinado de D. José. (*N. da A.*)

A jovem referia-se a um elemento decorativo posicionado sob a coroa, que na verdade, e em termos geométricos, não correspondia exatamente a um triângulo.

Mens agitat molem

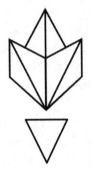

– Bem... Os três lados principais não são linhas retas, mas usando um pouco de imaginação, pode ser mesmo um triângulo invertido – concedeu Maria.

Parecendo ter desistido das pesquisas momentaneamente, Charlotte afastou-se da capela, deslocando-se até à entrada da igreja. Porém, o que viu no exterior surpreendeu-a de tal forma que se viu obrigada a regressar de novo para junto dos amigos, a correr, enquanto exclamava, apavorada:

– Escondam-se! Escondam-se!

– São eles, não são? – perguntou André, que no fundo já contava com algo semelhante, e enquanto procurava à sua volta um local onde esconder-se.

– Aqui dentro da capela não pode ser! – informou Ana, lendo-lhe os pensamentos. – Não há espaço e davam logo connosco porque é para aqui que eles vêm. Vamos ter de nos dividir!

Miguel pegou na mão de Maria e puxou-a até à Capela do Santíssimo, do outro lado da igreja, de forma a poderem esconder-se e ao mesmo tempo observarem o que se passava na capela oposta, de S. João Baptista. A jovem ficou tão surpreendida que nem deu conta de atravessar a nave até às grades atrás das quais se agachou, ao lado do brasileiro.

André, contudo, não seguiu os conselhos da prima mais nova e em vez de sair da capela, forçou precisamente as portas deambulatórias de madeira dourada opostas àquelas onde pouco antes tinham encontrado os símbolos de António Miranda. Compreendendo que atrás delas deveria existir um vão, no qual os dois se poderiam esconder e observar de perto as ações dos *escavadores desconhecidos*, o rapaz puxou por Ana, sem lhe dar tempo para protestar.

– Aqui?! – perguntou ela baixinho.

E, com efeito, André não se enganara. Perscrutando o espaço à sua volta, detetou uma série de instrumentos que os restauradores ali tinham guardado, como pincéis e espátulas.

Ao fundo do espaço de arrumação improvisado, viu também um painel de gesso cartonado com folha de chumbo que o fez ter uma ideia brilhante. Decidiu usá-lo como escudo de proteção visual e sonora, posicionando-se com a prima entre uma das paredes laterais e o próprio painel, enquanto mantinha o ângulo de visão que lhe permitiria observar os cinco homens.

Entretanto Charlotte, vendo-se de repente sozinha, sem par que a protegesse, e tomada pelo pânico de voltar a ser descoberta como acontecera na véspera, decidiu optar por outra estratégia. Em vez de se esconder, até porque já não lhe sobrava tempo para tal, abriu a mochila, tirou dela a sua máquina fotográfica e um boné castanho, colocou a primeira ao pescoço e o segundo na cabeça e encaminhou-se para a saída da igreja a passo rápido, aparentando um ar de turista distraída.

Ainda se cruzou com os cinco homens na porta do monumento, mas como baixou a cabeça para fingir que alterava a configuração da sua máquina digital, impediu que lhe vissem o rosto, conseguindo sair sem provocar suspeitas.

Tanto assim foi que, após transporem a entrada e se dispersaram pela nave única da igreja, um dos homens informou os outros, fechando as portas atrás de si:

– Está vazia! A última turista acabou de sair. Despachem-se, só temos dez minutos até os restauradores voltarem do almoço.

Os cinco homens não perderam tempo a investigar as restantes capelas da igreja, o que permitiu a Maria e a Miguel tranquilizarem-se um pouco, uma vez que não se arriscavam a ser descobertos.

Mas assim que um dos indivíduos apontou para o altar da Capela de S. João Baptista, com o mesmo aparelho radiográfico usado no aqueduto, Ana e André sentiram que o ar lhes fugia dos pulmões a uma velocidade vertiginosa.

Ana tapou a boca com ambas as mãos, para evitar que algum som inadvertido lhe escapasse, e o primo, vendo-lhe os olhos esbugalhados e repletos de ânsia, apertou-lhe o ombro e fez-lhe sinal para não se preocupar, pois tudo iria correr bem. Ali dentro, graças ao painel de gesso forrado a chumbo, estavam muito bem escondidos e nem a tecnologia mais avançada poderia revelar a sua presença, tentou dizer-lhe com o olhar.

Contudo, não deixou de pensar que, em última análise, poderia usar alguns dos instrumentos ali guardados pelos restauradores como defesa, no caso de virem a ser descobertos.

– Espaço vazio! – informou o homem, terminando a análise do altar, enquanto os outros sondavam a restante capela. – Aqui não há nada.

O indivíduo passou então a dedicar-se às colunas da capela e em seguida aos painéis em mosaico, enquanto os comparsas se ocupavam da pesquisa de outros elementos decorativos, batendo neles com os nós dos dedos, como se procurassem espaços ocos nos quais se poderia esconder algo.

– Nada aqui – voltou a informar.

– Nem aqui – respondeu outro.

– A frase em latim e a coroa estão aqui – disse o chefe, apontando para uma das portas em bronze dourado do lado esquerdo do altar. – E este deve ser o triângulo. Deixa cá ver o equipamento radiográfico!

A análise, contudo, mostrou-lhe que não havia nada de interesse por trás da porta e o homem, desiludido, devolveu a maquineta ao comparsa.

Este propôs-se então inspecionar as portas do lado direito, atrás das quais se escondiam Ana e André, que entretanto se tinham praticamente metamorfoseado nas paredes internas do vão, sem respirar. O tempo pareceu-lhes infinito e a análise que o desconhecido fez às portas, e ao espaço por trás delas, interminável. O homem não parecia satisfeito, apontando com os raios X para todos os lados, tentando captar vários ângulos recônditos, repetindo o processo diversas vezes, e abanando a cabeça enquanto procedia.

– Encontraste alguma coisa aí dentro? – perguntou o chefe, aproximando-se. – Estás a levar tanto tempo…

– Uhmm… – murmurou o outro. – Não deve ser nada.

– Tens a certeza, Faria? Verifica outra vez.

Maria e Miguel, imóveis, não sabiam o que fazer para ajudar Ana e André. Não podiam ouvir o que os homens diziam, mas viam-nos muito próximos do esconderijo dos dois jovens.

Maria ainda pensou em criar alguma diversão para os afastar da Capela de S. João Baptista, mas depressa percebeu que tudo o que poderia inventar acabaria por se reverter contra todos eles. Só lhe restava rezar para que a história acabasse rapidamente e sem contratempos. Miguel, por seu lado, sentindo o nervosismo da rapariga, abraçara-a, acariciando-lhe os cabelos e tentando fazê-la sentir-se o mais protegida possível, dadas as circunstâncias. Maria sorriu-lhe, agradecida, e apertou-lhe a mão com força.

– Nada – acabou por concluir Faria, abanando a cabeça com desilusão. – São apenas instrumentos de trabalho que os restauradores guardaram ali dentro.

– Raios, outro tiro no escuro! Nunca mais damos com aquilo! – exclamou o chefe. – Acabou-se o tempo. Peguem em tudo, saímos em trinta segundos.

E em trinta segundos, como se cada movimento tivesse sido cronometrado e testado até à exaustão no passado, os cinco homens saíram da igreja, tão furtivamente como tinham entrado.

Ana, André, Maria e Miguel saíram finalmente dos seus esconderijos, respirando fundo e agradecendo a conclusão final do episódio.

– Charlotte? – chamou Miguel em voz alta. – Já podes sair!

Mas a inglesa não apareceu para responder à chamada.

– Charlotte? – gritou André. – Charlotte? Algum de vocês a viu?

Ana e Maria franziram o sobrolho, apreensivas e um pouco envergonhadas. Com a azáfama de se sumirem rapidamente da vista dos *escavadores desconhecidos*, nenhum deles tinha reparado onde se escondera a inglesa.

– Onde é que a Charlotte se enfiou? – perguntou André, começando a preocupar-se.

– Aqui dentro não está! – afirmou Miguel, que entretanto correra a fazer o reconhecimento de todos os espaços na igreja onde a rapariga se poderia ter escondido.

– Então está onde? – perguntou Maria, alarmada.

VI

UMA SURPRESA INESPERADA

Charlotte saiu da igreja com o coração a bater tão forte no peito que quase parecia querer fugir aos *escavadores desconhecidos* ainda mais depressa do que ela.

A sua grande preocupação ao reconhecer os cinco homens vestidos de preto no Largo Trindade Coelho fora, não só dar o alarme, mas assegurar-se também de que não voltaria a provocar situações de risco como a da véspera.

Contudo, o facto de ter dado por si sozinha na igreja de um momento para o outro, uma vez que os amigos se tinham dividido em pares, apanhara-a desprevenida, fazendo-a perder segundos indispensáveis à seleção de um esconderijo seguro. Além disso, Miguel surpreendera-a, preferindo Maria e esquecendo-se dela completamente, o que a impossibilitara de pensar com clareza.

Bem vistas as coisas, a sua única opção tinha sido sair da igreja fingindo-se uma simples turista. A ideia parecera-lhe a melhor possível naquele momento, mas assim que pôs os pés na rua sentiu um calafrio que por pouco não a fez regressar de novo ao interior do templo quinhentista.

«E se eles precisarem de mim?», pensou, angustiada. «Cá fora não posso fazer nada a não ser esperar. E se forem apanhados?»

Não pôde prosseguir com as suas interrogações ansiosas por muito tempo. Com efeito, bastou-lhe afastar-se alguns metros para compreender que a carrinha branca que via à sua frente, no meio da praceta, só poderia pertencer aos *escavadores desconhecidos*: estava mal estacionada, tinha os quatro piscas ligados e as rodas em cima do passeio. Quem, a não ser eles, teria a arrogância de abandonar um veículo num local tão apinhado de transeuntes onde nem os residentes tinham autorização para tal?

«Nem me admirava se tivessem deixado as chaves na ignição e o motor a funcionar para não perderem tempo na fuga!», pensou, aproximando-se com discrição.

Olhando à sua volta, reparou que ninguém lhe prestava atenção. O mundo continuava a girar com a azáfama de sempre, e a sua presença não era notada por uma única pessoa. Se a ideia a fez sentir-se um pouco desconfortável, por um lado, por outro conferiu-lhe uma coragem invulgar que a jovem aproveitou sem hesitação.

«Uhmm… Quem sabe se deixaram realmente a carrinha aberta?», pensou.

Aproximou-se o suficiente para poder confirmar, através dos vidros anteriores, que não havia ninguém lá dentro.

Enfiando o boné na cabeça o mais para baixo possível, a jovem encaminhou-se para as traseiras da carrinha, cujas janelas opacas lhe impediam de ver o interior da mesma, e abriu as portas de forma decidida.

Não se deteve na rua a observar o conteúdo do espaço à sua frente, preferindo voltar a fechar as portas e proceder à perscrutação da carrinha na tranquilidade do seu interior.

O que viu perante si, quando pôde finalmente respirar fundo, espantou-a e alegrou-a ao mesmo tempo.

– Nem acredito na minha sorte! – exclamou, sorrindo.

– Tinha esperanças de te encontrar, mas não podia imaginar que aqueles idiotas te deixassem ficar aqui sozinho...

A parte posterior da carrinha, além de ter quatro bancos laterais fechados como cadeiras de cinema, estava repleta de caixotes de várias dimensões, uns cheios e outros vazios, pás e picaretas, luvas, bocados de pedras esculpidas, papéis e outros objetos espalhados pelo chão, bem como alguns aparelhos eletrónicos, auscultadores e o que lhe pareceu ser gravadores. Concluiu que os *escavadores desconhecidos* eram indivíduos tão tecnológicos como desorganizados.

Com efeito, esquecido a um canto, encontrava-se algo que Charlotte reconheceu de imediato e que, no seu íntimo, esperava poder utilizar no seio do grupo de amigos para, de alguma forma, se redimir da aselhice da véspera: a cápsula do tempo de António Miranda.

A rapariga levantou a tampa do baú e verificou que este continuava vazio. Após terem-no levado da casa de Miguel, e não encontrando o que esperavam dentro dele, os *escavadores desconhecidos* tinham-no abandonado no meio de toda aquela desordem de objetos aparentemente desprezíveis.

Charlotte empurrou o baú até à porta da carrinha e preparava-se para a abrir quando, por escrúpulo, se voltou para trás, tentando discernir através dos vidros dianteiros se o caminho continuava livre.

O coração caiu-lhe aos pés ao reconhecer de novo os cinco homens agora a caminhar na sua direção. À luz do Sol e àquela distância, podia observá-los sem dificuldade. Eram todos bastante corpulentos, de cútis escura, cabelos muito curtos, de corte quase militar, e usavam óculos escuros. As roupas e sapatos pretos que traziam davam-lhes um ar igualmente intimidatório e, no conjunto, e pela forma como caminhavam, pareciam acabados de sair de uma reunião com uma qualquer organização criminosa.

Charlotte voltou a sentir o peso da responsabilidade de quem comete um enorme disparate. Era óbvio que naquele curto espaço de tempo os *escavadores desconhecidos* tinham entrado na igreja, pesquisado o que havia a pesquisar e regressado ao exterior, muito provavelmente, sem o encontrarem. Não tinham tido tempo para mais nada. E por isso era igualmente óbvio que os amigos se encontravam a salvo e que o episódio terminara sem inconvenientes de maior. Pelo menos até àquele momento.

«*What do I do now?*», pensou, desesperada. «Como é que vou sair daqui? Se abro as portas, dão logo comigo!»

Olhando à sua volta, identificou um caixote vazio a um canto dentro do qual perguntou a si mesma se caberia. Os segundos passavam com uma lentidão absurda e a jovem sentia o pânico aumentar quando, de repente, os homens desapareceram do seu raio de visão.

Charlotte fechou os olhos e suspirou profundamente, aceitando a sua sorte. Seria apanhada dentro de poucos segundos e não havia nada a fazer para o evitar.

O que se seguiu, todavia, não foi o que a jovem esperava. Em vez do som das portas traseiras a abrir, a inglesa ouviu o estrondo de um embate forte entre dois veículos, e sentiu a carrinha estremecer por breves instantes.

Espreitando discretamente pelo para-brisas para ver o que se passava, Charlotte viu os cinco homens a esbracejar, furiosos, discutindo com um sexto indivíduo, o condutor do segundo veículo, também ele alterado e culpando o estacionamento abusivo da carrinha branca pelo acidente que ele provocara.

Em menos de um minuto apareceu também uma patrulha da Polícia, que por acaso se encontrava de passagem, e que estacionou a poucos metros de distância.

– *Thank God!* – exclamou Charlotte, agradecendo a diversão que lhe permitiria escapulir-se.

Fazendo o menor barulho possível e certificando-se de que todos os *escavadores desconhecidos* se encontravam à frente da carrinha, a jovem abriu então as portas da mesma, saltou para o chão, pegou no baú que entretanto cobrira com a sua parca e colocou-o no passeio. Depois voltou a fechar as portas com o mesmo cuidado, e finalmente afastou-se, caminhando devagar para não levantar suspeitas.

Se momentos antes se sentira só no mundo por ninguém notar a sua presença, agora estava infinitamente agradecida pelo facto de poder abandonar a praça sem ser vista, sobretudo carregando nos braços um baú do século XVIII.

* * *

Ana, Maria, André e Miguel sentaram-se nos bancos de S. Roque em silêncio. Nenhum deles sabia o que dizer e menos ainda o que fazer naquela situação. Não podiam sair imediatamente, sem dar tempo aos *escavadores desconhecidos* de se afastarem, pois receavam dar de caras com eles na praça. Mas, por outro lado, precisavam de saber o que tinha acontecido a Charlotte, que não atendia os telefonemas de Miguel.

Passados alguns minutos, ao verem regressar os restauradores da igreja e sem precisarem de falar uns com os outros, levantaram-se e dirigiram-se até à saída.

André liderava o grupo, caminhando com passadas vagarosas pela nave da igreja, mas ao deparar-se com a cena no largo à sua frente, estacou repentinamente e deu meia volta, impedindo os outros de prosseguir.

– O que foi? – perguntou Maria, olhando por cima do ombro do primo.

– São *eles*! – exclamou o rapaz, voltando à penumbra do templo.

– Não me digas que ainda ali estão!? – surpreendeu-se ela.

– Pelos vistos, sim – disse André. – Parece que tiveram um acidente com a carrinha. Devem tê-la deixado mal estacionada enquanto estavam aqui dentro e alguém lhe bateu.

– E a Charlotte? Há sinais dela? – quis saber Miguel, por trás de Ana.

– Eu não a vejo em lado nenhum – informou André, esquadrinhando a praceta.

– Onde é que ela se terá metido? – perguntou Ana. – E agora, o que fazemos? Não podemos ficar aqui à espera indefinidamente!

– Uhmm… Pensando bem, acho que eles ontem não nos chegaram a ver, mas o melhor é sairmos daqui aos pares, assim de certeza que não nos reconhecem – propôs o primo. – Descemos a rua até ao Chiado e voltamos a encontrar-nos na Praça Luís de Camões.

– De acordo. Eu vou com a Maria – disse Miguel muito depressa, puxando pelo braço da rapariga. – Vemo-nos lá!

Antes que André pudesse abrir a boca, Miguel e Maria saíram da igreja e atravessaram a rua. Enquanto a jovem olhava disfarçadamente na direção dos cinco desconhecidos, o rapaz fingia-se muito compenetrado numa longa conversa da qual Maria não ouviu uma única palavra.

Quando já estavam bastante distantes, Miguel estacou e perguntou:

– Então, o que achas?

Maria olhou-o confusa.

– Desculpa, não ouvi o que disseste.

– Não ouviste *nada*? – perguntou ele, corando. – Tenho estado a falar desde que deixámos a Ana e o André…

– Desculpa, pensei que estivesses a fingir por causa dos *escavadores desconhecidos*.

– Bem, a princípio estava a fingir, mas depois comecei a falar a sério…

– Não dei conta… Estava preocupada, sabes?

– Sim, eu reparei, estavas sempre a olhar para trás. Mas o André tem razão, eu também acho que eles não chegaram a ver-nos a cara, por isso seria impossível reconhecerem-nos – tranquilizou-a ele.

– Sim, mas...

– Pois, eu percebo-te. Também estou preocupado com a Charlotte. Onde se terá metido?

– Pois é – disse Maria. – E se lhe telefonasses outra vez?

– Já tentei, mas não atende – queixou-se ele.

Embora tivesse decidido renunciar a Miguel, Maria sentia uma pontinha de ciúmes por saber que o rapaz se preocupava com a ausência da inglesa. Sabia que se tratava de uma emoção insensata, pois ela própria se sentia incomodada com o desaparecimento imprevisto da rapariga, mas não conseguia evitá-la.

– A Charlie deve ter-se esquecido do telemóvel em casa. Acontece-lhe imensas vezes – explicou ele.

Maria sentiu o desconforto aumentar ao ouvir o diminutivo que Miguel usara para se referir a Charlotte e recordou-se da resolução que tomara. «É óbvio que está interessado nela. Se calhar até são namorados», pensou e tentou esboçar um sorriso desinteressado.

– Ah, sim? Vocês falam muito por telemóvel, não é?

– Nem por isso. Mas o que eu te estava a perguntar era se querias ir ao cinema hoje à tarde... – disse Miguel, mudando rapidamente de assunto.

– Uhmm... Bem... – disse ela, corando, apanhada de surpresa.

Aquela era a última coisa que poderia imaginar que ele lhe tivesse dito enquanto desciam a rua. Antes de responder, recordou as palavras do primo no dia em que conhecera Miguel: «Ele é meu amigo, mas tu és minha prima, por isso o meu conselho é: esquece!»

André bem a avisara. Miguel era um daqueles rapazes que andava sempre rodeado de raparigas. E Maria não queria ser uma delas.

– Acho que não vamos ter tempo de ir ao cinema enquanto não desvendarmos a mensagem secreta de António Miranda – respondeu ela, tentando soar determinada, mas sentindo borboletas a voar dentro do estômago.

Miguel esperava que Maria aceitasse o seu convite, e quando esta o recusou, o rosto do brasileiro evidenciou que ele não estava de forma alguma habituado a semelhantes rejeições.

– Hã? – murmurou ele, pensando por momentos não ter compreendido bem a resposta.

Maria fitou-o, satisfeita por saber que a sua desculpa tinha causado um efeito mais evidente do que o esperado.

– Sim… Tens razão – acabou ele por dizer, tentando esconder o seu ressentimento. – Se calhar não vamos ter tempo.

– Pois é… Olha, a Ana e o André já estão ali! Vamos! – disse ela, fingindo não ter reparado no ar dececionado do rapaz e voltando a caminhar em direção ao local de encontro.

* * *

O telemóvel de Charlotte não tinha ficado em casa, como Miguel pensara, encontrava-se dentro da mochila que a rapariga trazia às costas. Mas tendo ambas as mãos ocupadas com a cápsula do tempo, fora-lhe impossível atender a chamada do rapaz.

Assim que se viu suficientemente longe da praceta e dos *escavadores desconhecidos*, Charlotte aproveitou a caixa telefónica que viu ao fundo da Rua da Misericórdia, antes de chegar às escadinhas da igreja quinhentista do Loreto, e apoiou nela o baú. Não era demasiado pesado, mas os quase trezentos metros de caminho já se tinham feito sentir devido ao volume do objeto. Além disso, começava a sentir frio, agora que a adrenalina tinha começado a diminuir, e visto que despira a parca para com ela envolver o baú.

Abriu a mochila e pegou no telemóvel, mas ao ver que a chamada perdida era de Miguel, decidiu não lhe telefonar de imediato. «Não lhe faz mal nenhum preocupar-se um bocadinho comigo, visto que dentro da igreja nem sequer se lembrou de mim», pensou com os seus botões.

Pegou na carteira, contemplou a nota de dez euros que a mesma continha e analisou as suas opções. Dirigir-se à casa de Miguel era impensável, pois não havia meios de transporte diretos e caminhar até lá significaria não só morrer de frio, como uma enorme canseira. Além disso, não lhe parecia muito boa ideia devolver o baú exatamente ao local de onde este tinha sido roubado.

– Uhmm… São 14h35. O melhor é levá-lo para casa dos Torres – disse baixinho. – Tenho a certeza de que lá não entra ninguém, por isso estará seguro. E é para lá que os outros devem estar a regressar neste momento.

Pelo sim, pelo não, a inglesa enviou um SMS a Miguel, prevenindo-o do seu plano e marcando encontro na Rua do Prior assim que lhes fosse possível.

– E vou apanhar um táxi até lá! – exclamou, decidida, erguendo o braço para chamar o primeiro carro de praça que passou por ela na rua.

* * *

– É incrível… – disse André à prima mais nova, acabando de consultar o guia de Lisboa que trazia na mochila e observando as duas igrejas à sua frente.

Enquanto aguardavam por Maria e Miguel, os jovens tinham-se sentado nos degraus debaixo da estátua de Camões, um vulto de capa e espada esculpido em quatro metros de bronze, no século XIX, e rodeado por oito efígies de poetas e historiadores portugueses lavradas em pedra lioz.

– O que é que é incrível? – perguntou Ana, desviando o olhar que há vários minutos repousava na esquina da Rua da Misericórdia, onde esperava ver aparecer Maria e Miguel a todo o instante, para o fixar no primo.

– Tanto a Igreja da Encarnação, ali à direita, como a do Loreto, à esquerda, foram destruídas pelo terramoto de 1755 e tiveram de ser reconstruídas – disse ele, apontando para os monumentos em questão. – Mas a de S. Roque, aqui tão perto, resistiu praticamente incólume.

– Tens razão... É incrível – concordou Ana, observando as igrejas. – S. Roque fica a menos de trezentos metros a norte daqui... Continuas com dúvidas em relação à mensagem secreta de Miranda, não é?

– Sim, continuo – disse o primo, suspirando. – Como tu mesma disseste: nesta história há mais dúvidas que certezas. Por um lado, e uma vez que tudo gira à volta destes quatro monumentos praticamente indestrutíveis, penso que Miranda conseguiu mesmo inventar uma técnica de construção antissísmica surpreendente e que a sua mensagem secreta se refira a ela...

– Mas por outro... – ajudou Ana.

– Por outro... Oh, não te sei explicar – desabafou o rapaz, sentindo-se um pouco desorientado. – É apenas uma sensação, mas acho que há mais qualquer coisa por trás disto tudo.

– Pois, eu sei o que queres dizer – admitiu a prima. – Tenho andado a pensar no mesmo.

– Tens andado a pensar em quê? – perguntou Maria, que acabara de chegar com Miguel a tempo de ouvir a frase da irmã.

– A pensar na estranha obsessão que os *escavadores desconhecidos* têm por estes monumentos indestrutíveis relacionados com D. João V e com o seu misterioso mestre de obras – explicou ela, obtendo mais uma vez a aprovação do primo pela sua capacidade de sintetizar ideias.

– Sim, é tudo muito estranho – concordou Maria.

– Por falar em coisas estranhas – disse Ana – tiveram notícias da Charlotte?

– Sim, enviou-me uma mensagem há cinco minutos, quando vínhamos a descer a rua – informou Miguel. – Disse para irmos ter à vossa casa, que ela também ia para lá.

– E parece que tem uma surpresa para nos mostrar – acrescentou Maria, incapaz de conter a curiosidade.

– Espero que seja uma surpresa boa – solicitou André, levantando-se. – De preferência simples e sem novos mistérios.

– Pois, mas o melhor é esqueceres. Este caso não tem nada que corresponda a esses requisitos – notou a prima mais velha. – Só dúvidas, incertezas e mensagens secretas indecifráveis.

Olhando para a estátua de Camões, enquanto puxava pela irmã para a ajudar a levantar-se, Maria recordou-se de uma dúvida que ainda não tinha sido esclarecida:

– Por falar nisso… Tenho-me esquecido de perguntar à Charlotte em que página d'*Os Lusíadas* é que vocês encontraram a mensagem de António Miranda – disse ela, questionando Miguel com o olhar.

– Pois, eu também nunca mais me lembrei disso – disse ele. – Mas porque é que queres saber?

– Não sei bem… – respondeu ela. – É apenas um palpite.

– Então o melhor é irmos já para casa, para lhe perguntarmos – sugeriu André. – Eu também estou mortinho por saber que surpresa tem ela para nos mostrar.

* * *

Os jovens voltaram a beneficiar da sorte no regresso à Rua do Prior, pois os meios de transporte conduziram-nos à casa dos embaixadores Torres em cerca de meia hora.

Ao chegarem, viram Charlotte sentada à beira do gradeamento que conduzia aos jardins, agora de parca vestida, com as mãos a segurarem-lhe o rosto e os cotovelos apoiados nos joelhos. A seu lado, meio escondida pelo corpo da inglesa e pela vegetação que trepava pelas grades, reconheceram a cápsula do tempo que julgavam ter perdido irremediavelmente.

– O baú! – exclamou Miguel, correndo para ela. – Como é que conseguiste?

– Ah, eu estou bem, obrigada! – respondeu ela, irónica.

– Pois… Claro… – disse ele, meio engasgado. – Como é que estás? Porque é que desapareceste da igreja? Onde é que estiveste? E como é que conseguiste recuperar o baú?

– Respondo a tudo se me deixarem entrar e comer qualquer coisa – prometeu a rapariga, esboçando um sorriso ténue. – Gastei o meu dinheiro no táxi e estou a morrer de fome!

– Eu também! – admitiu André, sentindo o estômago a lamentar-se e lembrando-se de que ainda não tinham almoçado. – Os Torres têm sempre o frigorífico cheio, não é priminhas?

– Sim – responderam as duas irmãs, ao mesmo tempo.

– Vá, venham! – convidou Maria, pegando nas chaves. – Acho que a mãe nos deixou uns bifes ótimos para fazermos uns pregos rapidinhos.

– Eu levo o baú! – ofereceu-se Miguel, pegando na cápsula do tempo.

– Não é preciso! – exclamou Charlotte, puxando-lho das mãos com uma certa brusquidão. – Já que o trouxe até aqui, também posso levá-lo até lá acima, não posso?

Compreendendo que a inglesa queria exibir o seu troféu por mais alguns momentos, o brasileiro largou imediatamente o objeto, entregando-o, assim, a Charlotte.

A jovem, vendo-se arcar com o peso total do baú de um momento para o outro, acabou por perder o equilíbrio e para poder suster-se nas grades do portão, viu-se obrigada a largar o objeto, que caiu com grande estrondo no meio do passeio.

– *Oh, no!* – exclamou ela, aterrada. – Deve ter-se partido!

– Deixa lá, não há problema! – disse André, ajoelhando-se para verificar os danos causados ao baú. – Aposto que nem sequer se estragou.

Contudo, assim que abriu a tampa da cápsula do tempo, o jovem logo se apercebeu de que as pequenas pirâmides que cortavam os quatro cantos da mesma se tinham descolado e jaziam agora dispersas no fundo do baú.

Para evitar que Charlotte se sentisse culpada pelo incidente, e atendendo a que fora graças a ela que tinham podido recuperar o baú, André decidiu esconder os pequenos objetos dentro da mochila sem que a jovem desse conta. Assim que lhe fosse possível, voltaria a colá-los, deixando o baú exatamente como estava antes. Ninguém se aperceberia de nada.

– Toma, aqui tens! – disse ele, com um sorriso, entregando-lhe a cápsula do tempo vazia.

– Obrigada… – murmurou Charlotte, corando e sentindo-se um pouco envergonhada. – Ainda bem que não se estragou.

– Então, vamos almoçar? – convocou Maria, abrindo o portão.

* * *

Durante o almoço, Charlotte contou as suas recentes peripécias aos amigos, contente por ter consigo o baú que a redimia do erro cometido na véspera.

– O que fizeste foi um bocado perigoso… – admoestou André, sem grande convicção. – Mas valeu a pena!

A inglesa sorriu, agradecida.

– Valeu até certo ponto – contestou Maria, observando a velha cápsula do tempo. – Pelo menos temos a satisfação de ter recuperado algo que os *escavadores desconhecidos* nos roubaram. Mas o facto é que *isto* é apenas um baú, ainda que multicentenário, e infelizmente não nos vai ajudar a resolver o nosso caso.

– Sim, talvez tenhas razão – admitiu o primo. – Mas adorava ser uma mosquinha para ver a cara daqueles cinco quando virem que o baú desapareceu.

– Uhmm… – murmurou Charlotte. – Eu não estaria assim tão segura. A julgar pela desorganização na carrinha deles, até aposto que nem vão dar pela falta dele.

O telemóvel de Maria tocou nesse preciso instante com a canção *Just the Way You Are*, de Bruno Mars, e a rapariga sorriu ao pegar nele.

Miguel fitou-a, impressionado com a beleza do seu rosto e com o sorriso arrebatador que lho iluminava. Embora o toque já tivesse cessado, o refrão continuou a soar-lhe na cabeça, despertando-lhe uma vontade inesperada de sussurrar aquelas mesmas palavras ao ouvido de Maria.

Ao ver a jovem puxar os cabelos compridos para um dos lados do pescoço, morder o lábio inferior e sair da sala, deslocando-se até ao corredor, Miguel convenceu-se de que o telefonema devia ser de algum amigo. Sentiu então um desânimo inexplicável e questionou-se se chegaria a ter alguma possibilidade com a rapariga, visto que ela não parecia muito interessada nele.

Os outros continuaram a falar na ausência de Maria, mas o brasileiro não lhes prestou atenção, concentrado na porta da sala pela qual esperava vê-la entrar a qualquer momento.

Contudo, os minutos passavam e Maria não regressava. Miguel ouvia a sua voz sorridente no corredor, e embora não conseguisse compreender as palavras que dizia, convenceu-se de que a jovem estava a falar com o seu namorado. A certa altura, quando os ciúmes e a curiosidade o impediram de se manter sentado, resolveu levantar-se e caminhar até ela, sem antes ter pensado numa desculpa aceitável para aparecer de repente no corredor.

Maria calou-se assim que o avistou, e vendo-o tão hesitante, quase acanhado, indicou-lhe a porta do quarto de banho, atrás de si.

Apanhado de surpresa e sem saber o que dizer, Miguel sorriu, embasbacado, agradecendo a informação, mas sem saber o que fazer dela. Seguindo um reflexo, caminhou na direção indicada, e ao aproximar-se de Maria estacou, pronto para a ultrapassar, mas sem saber se fazê-lo pela direita ou pela esquerda. Maria, igualmente indecisa, acabou por parar a meio do corredor, sorrindo, mas continuando sem dizer uma única palavra ao telefone.

Miguel estava agora a poucos centímetros de distância, cada vez mais curioso em saber quem seria o interlocutor da rapariga. Conseguia distinguir uma voz a falar no outro lado da linha, mas Maria tinha o telemóvel de tal forma colado ao ouvido que lhe foi impossível perceber se era masculina ou feminina.

O que Miguel distinguia sem sombra de dúvida era o perfume doce e inebriante de Maria que se libertava do corpo e dos cabelos da jovem a cada mínima respiração. O rapaz sentiu-se de tal forma atraído pelo aroma que deu pelo seu rosto a uma ínfima distância do de Maria. Imóvel, de olhos postos no chão, com receio de os erguer e quase desejando que aquele momento de proximidade durasse para sempre, Miguel sorveu o ar do espaço que os separava, enchendo os pulmões.

Maria sentiu-se petrificar e baixou o telemóvel, esquecendo-se da pessoa que continuava a falar-lhe do outro lado, absorvida pela intensidade da presença de Miguel, tão perto dela.

Também ela conseguia discernir o perfume dele, de notas cítricas, com uma base de cumarina, âmbar e vetiver, e um corpo que evidenciava óleo de flor de laranjeira, cedro e pimenta preta. «*Allure*», reconheceu, orgulhosa do seu olfato apurado que começava a transformá-la numa aficionada de fragrâncias famosas.

Miguel tomou coragem e ergueu docemente os olhos para os fixar nos dela. Maria engoliu em seco, tentando domar as borboletas que pareciam querer fugir-lhe do estômago e entreabriu os lábios num gesto reflexo, como para as deixar escapar e obter assim um certo alívio.

Mas o movimento quase impercetível da boca da rapariga atraiu o olhar de Miguel, que interpretou o gesto como um convite, aproximando a sua boca da dela.

Maria fechou os olhos por instantes, sentindo a suave pressão dos lábios carnudos de Miguel nos seus, mas o momento escapuliu-se em breves segundos, e na sua mente voltaram a soar as palavras dissuasivas de André: «esquece!».

Maria afastou-se, fingindo recordar-se de repente que ainda estava ao telefone. Estendeu a mão a Miguel, como para se desculpar, e voltou a colocar o telemóvel no ouvido, pronta a reatar a conversa com a pessoa do outro lado da linha.

Confuso, o brasileiro aceitou a mão e o sorriso que a jovem lhe ofereceu. Mas logo sentiu os dedos de Maria afastarem-se e a jovem desapareceu do seu campo de visão segundos depois.

Encostada à porta do seu quarto, Maria ouviu os passos de Miguel caminhar do corredor até à sala e suspirou, perplexa, mas contente.

– Está bem, mãe – disse, finalmente, satisfeita por notar que Sara não se tinha apercebido da interrupção momentânea. – Então até logo.

Quando regressou à sala, Maria sentiu dois pares de olhos cravados em si. Um pertencia a Miguel, que a observava com um olhar interrogativo e pertinaz, tentando ler no seu rosto alguma mensagem oculta, quanto mais não fosse a identidade do interlocutor que a mantivera ao telefone durante tanto tempo, e sentindo-se impaciente por lhe transmitir ele próprio as emoções que cresciam dentro de si.

O outro era de Charlotte, também ela denotando uma curiosidade quase obstinada, mas com muito menos candura.

Era óbvio que os momentos transcorridos por Maria e Miguel a sós no corredor tinham sido notados pela inglesa. E se Charlotte não apreciara aqueles novos instantes de privacidade entre os dois, tolerava ainda menos os olhares que ambos agora trocavam. Irritada, resolveu intervir:

– Não vamos conseguir desvendar nenhuma mensagem secreta se ficarmos aqui parados! – exclamou de repente, interrompendo finalmente o magnetismo invisível que ligava Miguel e Maria.

– Mas já são quase quatro horas. Onde é que queres ir? – perguntou-lhe André.

– Podemos ir ao Palácio das Necessidades! – propôs ela, levantando-se da mesa.

– Já te esqueceste de que o embaixador Torres só volta hoje à noite? – lembrou Miguel, sem porém tirar os olhos de Maria. – Não podemos lá entrar sem ele.

– Ah, sim… Por falar nisso… – disse Maria – falei há pouco com a mãe e aproveitei para lhe dizer que queríamos mostrar o palácio à Charlotte…

Ao ouvir as suas palavras, o rosto de Miguel iluminou-se e o jovem esboçou um sorriso, contente com as notícias. Afinal Maria não tinha estado a falar com o namorado ao telefone! Sentiu uma forte vontade de se levantar e de a beijar à frente de toda a gente, mas refreou os próprios impulsos.

Quem não deixou de reparar na imprevista alegria de Miguel foi Charlotte que, como por encanto, adivinhou o que tinha acabado de se passar entre os dois. Até ali, ainda confiara na possibilidade de Maria não estar disponível, mas o olhar triunfante do brasileiro mostrou-lhe que o rapaz tinha o caminho livre, sem a intromissão de um namorado que interferisse com os seus planos.

«Tenho de me despachar!», pensou a inglesa com os seus botões.

– E o que é que a tua mãe disse? – perguntou ela a Maria.

– Disse para estarmos prontos amanhã às 8h30, que o pai nos faz uma visita discreta às instalações do MNE, aproveitando o facto de muitas pessoas terem ido de férias por causa do Natal – informou a jovem. – Mas temos mesmo de ser muito discretos, porque o palácio não é visitável por questões de segurança.

– Uhmm… Ok – acedeu Charlotte, pensando já em inventar outra forma de se manter junto a Miguel durante o resto da tarde e não ser obrigada a esperar até ao dia seguinte.

Foi Ana quem acabou por ajudá-la, propondo uma nova atividade:

– Para não perdermos tempo amanhã e irmos ver diretamente aquilo que nos interessa, que tal fazermos alguma investigação na Internet sobre o Palácio das Necessidades agora?

– Excelente ideia! – aprovou Miguel, que tal como Charlotte não queria ir-se já embora.

– Então o melhor é dividirmo-nos – sugeriu André.

– Podemos usar o nosso computador e trazer para a sala o portátil do pai – disse Ana.

– Eu posso usar o meu *Kindle* – lembrou Maria.

– Então eu e o Miguel usamos o vosso computador – decidiu Charlotte, antes que mais alguém reclamasse a presença do brasileiro.

– Ok, eu e o André usamos o do pai – disse Ana.

Os cinco jovens puseram mãos à obra e em poucos minutos a informação começou a fluir em abundância.

Embora o Palácio das Necessidades não estivesse aberto ao público, não lhes foi difícil encontrarem inúmeras fotografias que lhes mostraram a sumptuosidade do seu interior barroco, rico em estuques, tetos abobadados com pinturas murais, esculturas, grandes candelabros, pesadas cortinas antigas, mobiliário faustoso, magníficas tapeçarias e azulejos, e abundância de talha dourada.

– Um embaixador colega dos vossos pais escreveu um livro precisamente sobre o palácio – revelou André.

– Sim, o embaixador Manuel Corte-Real – corroborou a prima mais velha, que acabara de chegar à mesma informação.

– Parece que foi a única residência real que resistiu ao terramoto de 1755 – continuou André, lendo o artigo na Internet.

– Foi construído onde existia a ermida de Nossa Senhora das Necessidades, do século XVII, mas ampliada mais tarde – disse Ana. – E faz parte de um complexo mandado construir por D. João V entre 1742 e 1750 e que, além do Palácio Real, inclui também jardins, um hospício e um convento que o rei doou à congregação do Oratório de Lisboa.

– E como não podia deixar de ser, também tem uma Capela Real… – acrescentou Maria.

– Tal como a Capela de S. João Baptista – disse Ana.

André suspirou, confuso.

– Será que nessa capela também existe uma abóbada? – perguntou.

– Com a coroa, a frase em latim e o triângulo? – acrescentou Ana, adivinhando-lhe os pensamentos.

– Bem, a julgar pelas fotografias, abóbadas é que não faltam no palácio – disse Miguel. – Parece que a maior parte das antigas celas dos padres oratorianos, agora transformadas em gabinetes do Ministério dos Negócios Estrangeiros, mantiveram as velhas abóbadas.

Maria levantou-se, caminhando de trás para a frente durante uns instantes, e por fim disse:

– Eu sei no que estão a pensar, mas o melhor é não tirarmos conclusões precipitadas. Ou já se esqueceram de que primeiro pensámos que os versos de Miranda se aplicavam perfeitamente ao aqueduto, e depois achámos que caíam que nem uma luva à Capela de S. João Baptista?

– E no entanto, nem um nem o outro nos revelaram a *grande incógnita* – disse André, completando o pensamento da prima.

– Lá isso é verdade – notou Charlotte. – Mas também é verdade que encontrámos a coroa, a frase em latim e o triângulo, em ambos os monumentos.

– Mas que significado terá isso? – perguntou André.

– Pois! Boa pergunta! – exclamou Maria. – Como os próprios *escavadores desconhecidos* puderam testemunhar, não havia nada *sob a abóbada rainha* de nenhum deles.

– Talvez à terceira seja de vez! – disse Ana, entusiasmada.

– Sim, quem sabe… – admitiu Maria, pouco convencida.

– Não desanimes – disse-lhe Miguel, piscando-lhe o olho. – Quanto menos esperas, hás de ter outro momento de inspiração e desvendamos o caso num instante!

Maria sorriu-lhe, agradecida, e voltou a sentar-se no sofá para prosseguir com a sua pesquisa.

Quem não gostou muito do elogio foi Charlotte, que rapidamente insistiu com Miguel para fixar o ecrã do computador e continuar com a investigação.

Enquanto relia o artigo de jornal sobre as insólitas escavações dos cinco desconhecidos, o mesmo artigo que o primo lhe mostrara dias antes, Maria notou algo que até ali não lhe chamara a atenção:

– Uhmm… – murmurou, pensativa. – Não acham estranho que os *escavadores desconhecidos* tenham voltado uma segunda vez ao aqueduto e a S. Roque, mas desta vez tenham ido direitinhos ao local onde se encontrava a coroa, a frase em latim e o triângulo?

– Tenham *voltado*? – perguntou Charlotte, não percebendo o que a jovem queria dizer com aquilo.

– Sim, o André já tinha lido uns artigos de jornal, aqui há tempos, que mencionavam as estranhas escavações deste grupo em vários monumentos – explicou ela, recordando-se de que Charlotte não estava presente na visita a Mafra, quando abordaram o assunto com Miguel.

– A primeira vez aconteceu no Palácio das Necessidades, mais tarde na Igreja de S. Roque, depois no aqueduto e na Igreja do Menino Deus – disse o primo, recordando as notícias que lera durante vários meses.

– Então eles estão a regressar a todos os monumentos onde já tinham andado a escavar? – perguntou Charlotte.

– Exatamente… – refletiu Maria. – E não vos parece uma enorme coincidência que o façam precisamente agora que nós encontrámos a cápsula do tempo?

– Uhmm… É quase como se soubessem o que temos andado a fazer… – notou André.

– Pois. Quando nós pensámos que tínhamos desvendado os versos e que estes se referiam ao aqueduto, os *escavadores desconhecidos* apareceram como que por magia no aqueduto. E debaixo do Arco Grande!

– Depois achámos que a resposta se encontrava na Capela de S. João Baptista, e mais uma vez quase nos cruzámos com eles, esta manhã – continuou Ana.

– É como se estivessem a seguir exatamente o nosso raciocínio. Ou os nossos passos… – disse Maria, prosseguindo com a sua explicação. – Mas como é possível?

– Eu já vos disse que não contei a ninguém sobre a cápsula do tempo – assegurou Miguel.

– Nem eu! – disse muito depressa Charlotte.

– Então como é que eles conseguiram chegar a uma informação que esteve escondida dentro de uma parede durante quase três séculos? – insistiu Maria.

– E sobretudo interpretá-la exatamente da mesma forma que nós a interpretámos … – lembrou Ana.

– Quando é óbvio que não a estamos a interpretar como deve ser! – acrescentou Maria. – Os versos não se podem referir a *todos* os monumentos ao mesmo tempo…

– Não?… – perguntou o primo. – Mas então como se explica que todos eles tenham a coroa, a frase em latim e o triângulo?

Maria encolheu os ombros, esmorecida, mas nenhum dos outros soube encontrar resposta para a pergunta de André.

– E essa tal Igreja do Menino Deus? – perguntou Charlotte. – Não deveríamos também investigá-la? Vocês não disseram que os *escavadores desconhecidos* já lá foram uma vez?

– Sim, foram – admitiu Maria. – Mas a igreja não faz parte dos projetos de Miranda. Ele não ajudou a construí-la, por isso excluímo-la.

– Uhmm… Tenho más notícias… – informou Ana, que entretanto prosseguira a sua pesquisa na Internet. – Enganámo-nos a esse respeito. Acabei de descobrir que Miranda também participou na construção da Igreja do Menino Deus.

– O quê?! – perguntaram Maria e André em simultâneo.

– Sim, foi um dos mestres de obras da igreja – comprovou Ana.

– Então porque é que ela não aparece nos projetos dele? – perguntou Maria. – Não me digam que temos de a incluir na nossa lista! Este caso parece interminável! O primo franziu o sobrolho, pensativo.

– Uhmm… Sabemos que a Capela de S. João Baptista, dentro da igreja, foi mandada construir por D. João V e que esta, tal como os outros quatro monumentos, também resistiu incólume ao terramoto… – disse ele, pensando alto, enquanto lia o artigo na Internet.

– E agora ficámos a saber que teve o mesmo mestre de obras real… – disse Ana.

– Ok – disse o primo, arregaçando a camisola – vamos lá ver se encontramos algum elemento diferenciador que possa explicar a razão pela qual o monumento não aparece nos projetos de Miranda.

Imitando o rapaz, também Maria, Miguel e Charlotte se puseram ao trabalho.

– Acho que descobri o que procuramos! – exclamou a inglesa, satisfeita, ao fim de poucos instantes. – Aqui diz que a Igreja do Menino Deus não chegou a ser acabada…

– Então talvez seja mesmo essa a razão – aceitou André. – Se não chegou a ser acabada, é natural que Miranda não a considerasse um local seguro para esconder a famosa *grande incógnita* e daí não aparecer entre os seus projetos.

Os outros concordaram com a teoria, que lhes parecia fazer sentido absoluto.

– Ufa! Ainda bem que a igreja continua excluída da nossa lista! – exclamou Maria. – Já estava a pensar que tínhamos de ir a correr investigar outro monumento antes que os *escavadores desconhecidos* se lembrassem do mesmo!

– Achas que os vamos encontrar no Palácio das Necessidades amanhã? – perguntou Ana.

– Não, não acho – respondeu a irmã, perentória. – Mas só não acho porque, para eles regressarem ao palácio, terão de o fazer de noite, como fizeram da primeira vez.

– Então esperemos não chegar tarde demais amanhã... – disse Miguel, com ar impaciente.

VII

NECESSIDADES URGENTES

Infelizmente, os receios de Miguel acabaram por se mostrar perfeitamente fundados.

Quando chegaram ao Largo das Necessidades, às oito e vinte da manhã do dia seguinte, os dois carros da Polícia estacionados em cima das passadeiras, mesmo em frente à capela do palácio, alertaram-nos para o que se adivinhava uma situação anómala.

– Esperem aqui por mim – pediu o embaixador Torres, que os acompanhara a pé desde a Rua do Prior. – Vou ver o que se passa.

Os cinco jovens tinham combinado encontrar-se em casa de Ana e Maria às oito horas e estavam tão ansiosos por visitar o palácio onde estava sediado o Ministério dos Negócios Estrangeiros, que tinham forçado o embaixador a aumentar a sua habitual velocidade de marcha.

Com efeito, quando se encontrava em Lisboa, Hugo Torres raramente percorria o mesmo caminho àquela hora em menos de vinte minutos, preferindo saboreá-lo com vagar, apreciando a beleza típica das ruas e travessas das redondezas, enquanto inspirava o ar fresco das soalheiras manhãs alfacinhas.

O embaixador analisou com suspeição o rosto das filhas e do sobrinho e, com o sobrolho carregado de dúvidas, dirigiu-se aos polícias a fim de desvendar o insólito mistério.

Os cinco jovens viram-no afastar-se sem dizerem nada. Aliás, ao sentirem-se observados, Ana, Maria e André tinham até tentado disfarçar, ele olhando para o ar, a mais jovem forjando um ténis desapertado e Maria fixando as unhas da mão esquerda com particular atenção. A última coisa que desejavam era alertar o embaixador para os verdadeiros desígnios que os tinham levado até ali. E embora esperassem que a presença da Polícia não estivesse relacionada com o caso das mensagens secretas, não podiam deixar de sentir que a visita ao palácio estava cada vez mais longe de ter lugar.

– O que é que se terá passado lá dentro? – perguntou André, adivinhando a resposta.

Maria encolheu os ombros e proferiu as palavras que o rapaz temia:

– Ora! O que é que tu achas que se terá passado? Os *escavadores desconhecidos* devem ter vindo abrir algum buraco debaixo de alguma abóbada, durante a noite.

– O Miguel bem dizia que nos arriscávamos a chegar tarde demais! – exclamou Charlotte. – Devíamos ter vindo ontem!

Maria ainda pensou em responder-lhe, repetindo-lhe o que já lhe tinha sido explicado na véspera, mas por fim desistiu, pensando que seria apenas uma perda de tempo. Charlotte, ou era teimosa, ou estava a ficar desmemoriada.

– Tenho imensa pena – começou por dizer o embaixador quando regressou junto deles – mas afinal não vou poder mostrar-vos o palácio como tínhamos combinado.

– Então porquê? – perguntou Maria, mostrando-se mais surpreendida do que seria de esperar. – O que é que aconteceu?

– Uhmm… – murmurou o pai, fitando-a nos olhos.

Esperava que o incidente que a Polícia acabara de relatar-lhe fosse apenas uma coincidência e que a inusitada e urgente vontade de as filhas e de o sobrinho visitarem o palácio nada tivesse a ver com o caso. Contudo, não podia deixar de recordar a quantidade de vezes que os jovens tinham colaborado na resolução de outros mistérios. Suspirando, decidiu contar-lhes a verdade:

– Parece que houve uma intrusão durante a noite…

– Uma intrusão?! – perguntou André, atento à escolha de palavras do tio. – Mas levaram alguma coisa?

– N…não, não levaram nada, sabemos apenas que percorreram a capela e todas as salas e corredores do palácio à procura de algo que não chegaram a encontrar – revelou. – A Polícia ainda está a ver se percebe o que se passou. O circuito interno de vídeo vai ser analisado. Desculpem-me, mas eu agora vou ter de vos deixar.

O embaixador despediu-se dos jovens e afastou-se até ao imponente pórtico da capela, atravessando então a porta ladeada pelas estátuas de S. Pedro e S. Paulo e desaparecendo no interior do edifício.

Desiludidos, afastaram-se também eles em direção ao pequeno jardim que fronteava o palácio e no qual se via um magnífico chafariz com um pequeno lago em forma de trevo de quatro folhas, em cujo centro se erguia um obelisco de mármore.

A vista para o Tejo era fantástica, mas os jovens preferiram voltar-se de frente para a fachada do esplêndido edifício cor de rosa, sentados nas paredes de pedra do chafariz, em silêncio.

– Vocês não se sentem mesmo como *um leão a olhar para um palácio*? – perguntou André, ao fim de uns instantes.

– Um *boi*, André, um *boi*! – corrigiu Maria. – E fala por ti, ok?

Os outros fartaram-se de rir e a piada acabou por quebrar a sensação de desânimo que os tinha absorvido até ali.

– Não sei se me hei de sentir furioso com o facto de os *escavadores desconhecidos* terem entrado de noite no palácio, ou contente por saber que não encontraram nada – desabafou André.

– Pois é! – concordou Ana. – E é claro que ficamos sem saber se eles encontraram a tal coroa, a frase em latim e o triângulo...

– E se calhar nunca vamos chegar a descobrir onde é que esses três elementos se encontram dentro do palácio – lamentou-se Maria. – Eu estava tão curiosa por saber se os versos também se aplicavam a este monumento!

– Seria o terceiro... – notou Miguel, fitando-a. – Tu por acaso não estás a sentir nenhuma inspiração repentina, pois não?

– Claro que estou! Aliás, basta erguer os braços aos céus para ver as pistas a cair mesmo em cima das nossas cabeças! – exclamou ela, aludindo aos versos de Miranda, enquanto levantava ambos os membros em sinal de desalento.

O gesto, porém, fê-la franzir a testa e permanecer na mesma posição durante longos instantes.

– Esperem lá!... – disse. – Quem é que mandou construir este chafariz? Por acaso não terá sido D. João V?

André tirou imediatamente o guia da cidade da mochila e forneceu-lhe a informação desejada em breves instantes:

– Sim, foi! – confirmou, entusiasmado. – Entre 1745 e 1750!

A revelação fê-los semicerrar os olhos, desconfiados, e André prosseguiu com a leitura:

– Começou por ser apenas uma fonte que o rei mandou construir em honra da Virgem, mas mais tarde transformaram-no em chafariz.

– Ou seja: foi mandado construir pelo rei e sobreviveu ao terramoto de 1755... – observou Maria.

– Uhmm... Em que é que estás a pensar? – perguntou Ana, tentando perceber onde a irmã queria chegar.

– E se o que procuramos não se encontrar no *Palácio* das Necessidades, mas no *chafariz* das Necessidades?

– Realmente correspondem os dois aos nossos requisitos – disse a irmã – pois tanto um como o outro foram mandados construir por D. João V e ambos resistiram ao terramoto.

– Resta saber se também correspondem aos versos de Miranda... – murmurou André.

– Mas aqui não há nenhuma abóbada! – notou Charlotte.

– Depende do ponto de vista – replicou Maria, enigmática. – Vejam!

O indicador direito da rapariga apontou para o lago que recebia as águas do chafariz e que se encontrava quase cheio.

– Mas é claro! É uma espécie de abóbada ao contrário! – exclamou Ana, compreendendo o que a irmã estava a tentar dizer-lhes.

Maria sorriu, orgulhosa, e Miguel abraçou-a, satisfeito com mais um golpe de génio da rapariga.

– Afinal sempre estavas inspirada! – disse, piscando-lhe o olho.

– Mas se erguermos os braços aos céus, não vemos nada! – contestou Charlotte, apostada em deitar abaixo a teoria de Maria.

– Temos de erguer os braços na direção da abóbada... – explicou a rapariga, num tom um pouco condescendente.

– E se o fizermos... – disse André, molhando a mão e salpicando com ela a inglesa. – Vemos *água*!

– E a *água* pode muito bem representar a *salvação da transparência divina*! – concluiu Maria, triunfante.

– Garota, você é genial! – elogiou Miguel.

– Agora só falta encontrarmos a coroa, a frase em latim e o triângulo! – disse André, levantando-se e começando a inspecionar a primeira das quatro magníficas esculturas em pedra lioz que ornamentavam o chafariz. – Vá, ajudem-me a procurar!

Os outros seguiram-lhe o exemplo e os cinco jovens dedicaram-se a examinar pormenorizadamente cada elemento das quatro esculturas posicionadas a noroeste, a nordeste, a sudoeste e a sudeste, bem como o obelisco central às mesmas. Começaram pelas carrancas, voltadas para o exterior do chafariz e de cujas bocas brotava a água, passando depois à análise dos dois golfinhos laterais a cada uma delas, e aos elementos concheados, verificando cada pormenor atentamente.

Todavia, passados vinte minutos, nenhum deles tinha boas notícias para dar aos outros.

A primeira a desistir foi Charlotte, sentando-se e cruzando os braços.

– *I didn't find anything!* – informou, com um sorriso mal disfarçado nos lábios. – E vocês?

– Eu também não encontrei nada – admitiu Maria, pensando que talvez tivesse exagerado na interpretação dos versos.

– O problema é que não conseguimos ver bem por trás das esculturas – afirmou Miguel, justificando assim a demora na identificação dos três elementos.

– Pois, mas não estás a pensar em entrar na água para os veres melhor, pois não? – perguntou a inglesa, sarcástica.

– Não, mas… Podemos usar os meus binóculos! – disse André, respondendo pelo amigo, enquanto abria a mochila. – Ora vejamos…

– Que tal? – perguntou Maria, ansiosa. – Funciona?

– E de que maneira! – confirmou o primo. – Assim, sim!

De frente para a parte traseira de cada uma das esculturas, e com o pequeno lago de entremeio, André analisou todos os centímetros das mesmas com a ajuda dos seus inseparáveis binóculos. De repente, ao concentrar-se na escultura a noroeste, murmurou:

– Uhmm… Acho que encontrei qualquer coisa…

– *Really?!* – perguntou Charlotte, sem querer acreditar nos seus ouvidos.

– Não tenho bem a certeza, mas parecem-me três palavras… – disse ele, inclinando a cabeça para ler melhor.

– E o que dizem? Consegues ler? – insistiu a inglesa.

– Uhmm... Não, não consigo... – admitiu ele.

– Pois, eu logo vi que devias estás a ver mal! – concluiu Charlotte. – O mais provável é que a pedra se tenha deteriorado e o que te parecem palavras não passe de simples riscos.

André não respondeu. A verdade era que, por mais que tentasse, não conseguia reconhecer as três palavras em latim. E se Charlotte tivesse razão e tudo não passasse de uma impressão sua?

– E a coroa? – perguntou a prima mais velha.

– A coroa sim, tenho a certeza de que a vejo! – exclamou André, satisfeito. – Mas...

As primas fitaram-no, ansiosas, temendo que o silêncio do rapaz não anunciasse boas notícias.

– Falta o triângulo, não falta? – adivinhou Charlotte.

André não respondeu logo, determinado a não falhar na sua missão, mas ao fim de alguns instantes baixou os binóculos, suspirando.

– Sim, falta o triângulo...

– Eu bem disse!– exclamou a inglesa, satisfeita.

– Não, não pode ser! – protestou Maria. – O que tu viste devem ser as três palavras em latim e tem de haver um triângulo escondido em qualquer lado! Empresta-me os binóculos.

Mas as suas buscas mostraram-se tão infrutíferas como as do primo. Maria sentia que a sua teoria começava a desmoronar-se. E o que mais a irritava era a atitude vitoriosa de Charlotte, que parecia deliciar-se com o seu insucesso.

Desanimada, apanhou uma pedrinha do chão e atirou-a para dentro de água, sentando-se então na borda do chafariz e fitando as pequenas ondas que provocara.

– Estas carrancas ainda são mais assustadoras se as virmos refletidas na água em movimento – notou Ana, sentando-se a seu lado e mudando de assunto para a animar.

Maria ergueu o olhar e fitou a enorme cabeça disforme lavrada em pedra onde o primo encontrara a suposta frase em latim e a coroa real. Era de facto assustadora, com as suas bochechas inchadas, os seus grandes olhos e nariz volumoso, cabelos e barba ondulados, e circundada de adornos em forma de conchas. Depois baixou os olhos e viu a mesma imagem refletida na água transparente do chafariz, agora infinitamente mais aterradora.

A irmã fitou-a, tão entristecida quanto ela. Porém, a certa altura, Ana julgou reconhecer no olhar de Maria um estranho brilho que pressagiava uma reviravolta inesperada.

Com efeito, Maria levantou-se de um salto, caminhou até se encontrar de frente para a carranca e exclamou, apontando para a água:

– Ana, obrigada! Graças a ti acabei de encontrar o triângulo perdido!

– *O triângulo perdido?* Isso até dava para título de uma das vossas aventuras! – comentou Miguel, sorridente, recordando que Maria gostava de relatar as aventuras dos três primos.

– Onde, onde? – exclamou André, aproximando-se.

Os jovens fitaram o interior do chafariz, seguindo o indicador de Maria, mas sem obter resultados.

– Eu não vejo nada! – queixou-se Charlotte, ainda esperançada que a nova descoberta se revelasse um fracasso.

– Olhem para o reflexo na água! – instruiu Maria. – Venham para este lado que daí não se vê.

– Eu já disse que não vejo nada… – repetiu a inglesa.

– Mas é claro! – exclamou André, batendo as palmas. – O triângulo da capela!

– Exatamente! – riu Maria, sem caber em si de contente. – Estão a ver agora? O frontão da fachada da capela, aquele que está mesmo por cima das estátuas da varanda superior do pórtico, vê-se perfeitamente refletido na água, como um triângulo, mas desta vez de lado.

– E não só! – acrescentou Ana. – Fica mesmo abaixo do reflexo da frase em latim e da coroa!

– E agora tenho a certeza de que aquelas são mesmo as três palavras em latim! – notou André. – Há bocado tive dúvidas porque estavam escritas ao contrário, mas no reflexo da água aparecem como deve ser.

Mens agitat molem

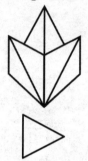

Os cinco jovens observaram o conjunto refletido nas águas transparentes do chafariz e Charlotte viu-se obrigada a dar a mão à palmatória. Não havia dúvida, Maria tinha acabado de desvendar mais uma peça do *puzzle*.

– Ou seja, até agora temos três monumentos mandados construir por D. João V, todos eles sobreviventes do terramoto de 1755, e nos quais aparece sempre a mesma frase em latim, a coroa e o triângulo… – constatou Ana.

– Sim… – murmurou Maria. – Mas o que é que António Miranda nos quis dizer com tudo isto?

– Sei lá! Bem podia ter sido um bocadinho menos críptico nas suas mensagens secretas – censurou André, surpreendendo a prima pela escolha do vocábulo.

– Já repararam que o triângulo aparece sempre em posições diferentes? Porque será? – perguntou Ana.

– Sim, também já tinha reparado nisso – disse André. – Não faço ideia, mas quase era capaz de apostar que o Palácio de Mafra também vai ter os mesmos três elementos, com um triângulo exatamente oposto ao de hoje.

– Bem, uma vez que já não precisamos de visitar o Palácio das Necessidades, que tal passarmos diretamente ao de Mafra? – propôs Miguel.

– Será que os *escavadores desconhecidos* também lá estão? – inquiriu Maria.

– Se estiverem, vou começar a pensar que puseram escutas em qualquer lado para nos seguirem! – avisou André. – Já começam a ser coincidências a mais!

– Já são quase dez horas! Temos de nos despachar! – insistiu Ana, entusiasmada. – Da outra vez não chegámos a ver a exposição de Magens, mas hoje pode ser que consigamos encontrar nela uma pista que nos ajude a resolver este caso de uma vez por todas.

* * *

Ana, Maria, André, Charlotte e Miguel chegaram a Mafra quase ao meio-dia. Pelo caminho, e com a ajuda do guia, André foi informando os amigos das maiores atrações que encontrariam no palácio e no convento.

Ao atravessarem o parque de estacionamento, no qual se viam agora estacionados diversos autocarros de turistas, Charlotte estacou, fitando algo ao longe.

– O que foi? – perguntou André.

– Aquela carrinha… – disse ela, apontando para um veículo branco estacionado junto a uma porta secundária do palácio. – Ia jurar que é a…

– A dos *escavadores desconhecidos*?! – perguntou Miguel, ouvindo a conversa e voltando atrás. – Tens a certeza? Eu não a vi muito bem ontem…

– A certeza não tenho, e com a confusão até me esqueci de reparar na matrícula, mas…

– É uma carrinha muito comum – notou o rapaz. – Há-as por todo o lado.

Charlotte seguiu o indicador que Miguel apontava para vários pontos à sua volta e viu-se forçada a dar-lhe razão. No espaço de poucos metros, e apenas naquela zona do parque de estacionamento, encontravam-se três carrinhas brancas semelhantes. Se ao menos tivesse reparado bem no modelo e na matrícula!

– Não devem ser eles – insistiu Miguel – mas pelo sim, pelo não, o melhor é despacharmo-nos!

– Não precisamos de visitar a basílica, porque já a vimos da outra vez – explicou André – mas até chegarmos à zona onde se encontra a exposição de Magens, na antecâmara da biblioteca, vamos ter de atravessar quase todo o palácio, porque a biblioteca é a última sala a visitar.

– A Charlotte não veio connosco da outra vez, por isso não conhece a basílica – lembrou Maria.

– Sim, é verdade – disse a inglesa, agradecida pela lembrança. – E se a virmos primeiro? Pode ser que vos tenha falhado alguma coisa noutro dia.

– Pois é. Na altura ainda não andávamos à procura da frase em latim, da coroa e do triângulo – concordou Ana. – E não há dúvida de que na basílica existem várias abóbadas...

– Não quero ser desmancha prazeres, mas também há abóbadas noutras partes do palácio e na biblioteca... – disse André, apontando para o guia como fonte de referência indiscutível.

– O Miguel tem razão – admitiu Ana. – Aquela não deve ser a carrinha dos *escavadores desconhecidos*, mas o melhor é não perdermos tempo e irmos diretos à exposição de Magens.

– Além disso, a basílica também se vê da Sala da Bênção, no Piso Nobre – informou o primo. – Podes dar-lhe uma espreitadela quando passarmos por lá, Charlotte.

Compreendendo a ansiedade do rapaz, a inglesa encolheu os ombros e acedeu. Os jovens dirigiram-se em seguida à receção onde compraram os bilhetes e depuseram as mochilas, iniciando então a visita.

A primeira ala que percorreram, no Piso Um, foi a do convento, com a botica repleta de frascos que lhes recordaram os do boticário da aldeia templária de Castelo Novo[9], a cozinha e a enfermaria dos frades.

Embora André os pressionasse para andarem mais depressa, os jovens não deixaram de observar com interesse todo o mobiliário conventual, sobretudo a sala dos doentes graves, onde estava exposta uma cama especial para enfermos com distúrbios mentais que lhes causou particular impressão pelas abas muito altas que delimitavam o estrado de madeira.

– Parece que os reis só vinham para Mafra para caçar nas tapadas reais ou no verão – informou André, fazendo de cicerone. – E nessa altura traziam toda a corte de Lisboa com eles. Durante o resto do ano, só aqui viviam os cerca de trezentos frades do convento.

Já no Piso Nobre, enquanto atravessavam os enormes salões mobilados com as peças nobres que os artesãos tinham fabricado sob encomenda do rei e da família real, os jovens iam tentando visualizar os seus antigos ocupantes a passear pelos locais que eles, passados mais de duzentos e cinquenta anos, agora visitavam como turistas.

Ao chegarem ao Torreão Sul, as raparigas ficaram encantadas com o quarto de Sua Majestade a Rainha, com o seu leito e toucador de madeira trabalhada, e com as magníficas pinturas murais.

– Já se imaginaram a dormir numa cama destas? – perguntou Ana, estupefacta.

– O que eu não consigo imaginar é onde se guardavam as roupas da rainha – notou Maria, confusa com a aparente falta de armários. – Ainda por cima, naquela altura, os vestidos eram enormes!

Olhando-se ao espelho, orgulhosa dos *collants* roxos que vestira por baixo da minissaia de ganga e ajeitando as cane-

---

[9] Ver *O Enigma do Castelo Templário.* (N. da A.)

leiras verde-tropa que escolhera a condizer com o seu blusão, Maria aproveitou para comentar que os aposentos da rainha eram um pouco exíguos quando comparados com as dimensões avolumadas do palácio.

– Pois eu acho que por estas bandas não havia nada de exíguo! – contestou André, apontando para um dos cartazes informativos do palácio. – Imaginem que o nome completo de D. Manuel II era:

Manuel Maria Filipe Carlos Amélio Luís Miguel Rafael Gabriel Gonzaga Xavier Francisco de Assis Eugénio de Bragança Saxe-Cobourg-Gotha e Orléans

– Que nome tão curto! – exclamou Miguel, rindo às gargalhadas.

– Pois, realmente são só dezassete nomes, dos quais metade são próprios! – ironizou André. – Aposto que não o consegues ler todo de uma vez, sem respirar, Miguel!

Enquanto os rapazes se entretinham com despiques cómicos, que incluíram a invenção do nome mais extenso que conseguiam formar em sessenta segundos, Ana e Maria iam imaginando o que poderiam conter as arcas que viam dispersas pelos corredores do palácio, umas de madeira, outras de ferro, mas todas com uma ou mais trancas.

Porém, o que mais lhes espicaçava a curiosidade eram as misteriosas salas inacessíveis ao público, com as suas enormes e impenetráveis portas de madeira, através de cujas fechaduras as duas irmãs espreitavam constantemente.

– Aqui no panfleto dizem que há mais de quatro mil e setecentas portas e janelas no palácio – notou Charlotte, sorridente. – Vocês as duas não estão a pensar espreitar pelos buracos das fechaduras de *todas as portas fechadas*, pois não?

Ana e Maria riram-se e a mais velha argumentou:

– Ora! Quem sabe se atrás de uma destas portas não se encontra o que procuramos?

– Por este andar e com as mil e duzentas divisões que o palácio tem, ou descobrimos alguma pista nova no espólio de Magens, ou já estou a ver que vai ser difícil encontrar seja o que for aqui dentro! – queixou-se André.

Apesar de continuar cheio de pressa, o rapaz fez questão de parar na Sala de Jogos para observar a mesa de bilhar chinês e o jogo do pião.

– São mesmo esquisitos! – comentou Miguel.

– Podes crer! – concordou André. – Parecem uma mistura entre máquinas de *flippers* e uns matraquilhos muito antigos.

A enorme Sala da Caça, com o seu mobiliário peculiar, foi a última atração que os jovens se concederam antes de acelerarem o passo e se dirigirem finalmente à exposição de Gil Magens. Os pés das mesas e das cadeiras e as costas destas últimas eram constituídos por hastes e peles, e o lampadário a meio da sala ostentava cabeças e chifres de veado e de gamo, muito ao gosto austríaco.

Por fim, e tal como André lhes tinha dito, chegaram à exposição em memória do último habitante do Palácio de Mafra, na antecâmara da biblioteca.

– Cá estamos! – exclamou Maria, aproximando-se de um dos mostradores envidraçados expostos pela sala.

– Gil Magens era mesmo um apaixonado por palácios… – comentou a irmã, imitando-a e observando o conteúdo das vitrinas. – Colecionava catálogos de vários países.

– E fotografias da família real! – constatou Miguel, apontando para outra vitrina.

– Vejam! Que estranho… – exclamou Maria, inquieta. – O que está uma cópia da *Mensagem*, de Fernando Pessoa, aqui a fazer? Será uma coincidência?

Os outros fitaram-na com ar interrogativo e André aproximou-se dela para observar o livro em questão.

– Todos os livros e documentos aqui expostos foram doados por Magens e todos eles, de alguma forma, têm a ver com o palácio – disse Ana, por trás do primo. – Realmente não se percebe porque é que a Mensagem aparece no meio deles.

– A vitrina não está fechada – notou o rapaz, piscando o olho à prima. – Podemos abri-la para vermos melhor o livro...

Miguel tossicou imediatamente para o advertir da chegada de uma vigilante do museu que tinha acabado de sair da biblioteca e se encontrava agora muito perto dele, e André disfarçou as suas intenções, afastando-se da vitrina.

– Credo! Já aqui estão há tanto tempo a ver a exposição do senhor Magens... Venham mas é ver a biblioteca, meninos! – disse ela, apontando para a porta de onde acabara de sair.

Era óbvio que a funcionária começava a sentir-se um pouco incomodada com o facto de os jovens se deterem tanto tempo numa sala cuja importância era muito menor do que a da biblioteca, a mais nobre e vasta do palácio. Apostada em atraí-los para a zona que muito vaidosamente tutelava, decidira por isso intervir.

– Sra. Rosária! – exclamou Ana, reconhecendo-a. – Então hoje está por aqui?

Confusa, a mulher olhou-a por alguns momentos, até que por fim bateu as palmas e disse:

– Ora pois! Vocês são os miúdos que bateram com o nariz na porta na terça-feira, não são?

– Somos, sim – respondeu Ana, sorrindo. – A senhora abandonou a basílica aos turistas, foi?

– Ora, a basílica é só para me entreter, filha! O meu trabalho agora é a biblioteca.

– Agora? – perguntou Maria, admirada com a precisão.

– Sim, desde que o senhor Gil Magens faleceu – disse ela, baixando o olhar. – Estou cá todos os dias e já sei tudo o que há para saber. Perguntem-me o que quiserem!

– Que sorte! – exclamou Ana, eterna apaixonada por bibliotecas, pensando já em meia dúzia de perguntas que gostaria de fazer à senhora. – É verdade que têm cá um exemplar da *Crónica de Nuremberga*, de 1493[10]?

– Temos sim, senhora! – disse a senhora, orgulhosa. – É um dos incunábulos em latim mais famosos do mundo e temos muito orgulho no nosso exemplar.

– Um dos *incu-* quê?! – perguntou André, que nunca ouvira aquela palavra.

– *In-cu-ná-bu-los* – escandiu a vigilante, e depois explicou: – Foram os livros que se imprimiram quando surgiu a imprensa, no século XV. Mas também cá temos uma estante de livros proibidos, cartas geográficas de valor histórico incalculável e muitas primeiras edições, como a das *Obras de Gil Vicente*, do século XVI.

Ana começou a sentir uma força de atração inexplicável que principiou a arrastá-la em direção à porta da biblioteca.

– Aproveitem que não está cá mais ninguém! – convidou a Sra. Rosária, vendo o interesse da rapariga, e depois, meio em segredo: – E se quiserem até vos posso fazer uma visita guiada especial. Imaginem que esta biblioteca tem quase quarenta mil livros, muitos deles valiosos e raros!

– Quarenta mil livros? – perguntou Maria. – Tem a certeza?

A senhora, fingindo-se ferida no seu orgulho de funcionária bem preparada, encrespou a testa e respondeu:

– Tenho, pois! Ora venham cá ver!

Os cinco jovens seguiram-na então através de uma das duas portas que levavam à famosa biblioteca.

– Para dizer a verdade – explicou ela, abrindo os braços para abarcar todo o magnífico acervo à sua frente – são trinta e seis mil livros, mas apenas trinta mil volumes, porque alguns contêm mais do que um livro.

---

[10] A *Crónica de Nuremberga* é um incunábulo escrito pelo alemão Hartmann Schedel, originalmente publicado em latim, em 1493. Narra a História do mundo de acordo com a tradição de Sto. Agostinho, seguindo a estrutura cronológica da Bíblia e dividindo-a em sete períodos. É o maior livro ilustrado daquele período. (*N. da A.*)

– Incrível! – exclamou Ana, ao deparar-se com a exuberância da biblioteca mais bonita que tinha visto até ali.

As paredes estavam forradas com estantes de cor láctea de casquinha entalhada, repletas de livros encadernados muito antigos, e os tetos e os balaústres do varandim da ordem superior, também eles da mesma coloração, exibiam traços de perfeição artística de outros tempos.

A luz entrava pelas portadas abertas do piso inferior e pelas janelas de sacada do varandim, conferindo ao espaço, em forma de cruz e com uma imponente abóbada central, uma luminosidade insólita para uma biblioteca.

– Se olharem bem para as prateleiras, vão ver que têm muitos espaços vazios. Mas não é por faltarem livros, isso não! – explicou a funcionária. – Aliás, durante as invasões francesas nem houve roubos, porque as tropas napoleónicas não se interessavam por livros...

– Pudera! Só queriam saber de tesouros... – recordou Ana.

– Pois aqui tiveram pouca sorte, porque o rei D. João VI levou consigo tudo o que havia de valor, quando fugiu para o Brasil! E é por isso que se costuma dizer que os franceses *ficaram a ver navios*! – exclamou a senhora, elogiando a astúcia do monarca.

Os jovens sorriram, complacentes, e fitaram-na como se esperassem pelo resto da explicação.

– É uma pena que a biblioteca nunca tenha chegado a ser acabada – disse ela, solícita – porque os frades franciscanos que a criaram foram expulsos durante vinte anos pelo marquês de Pombal, que os substituiu pelos frades agostinhos. E é por isso que se veem espaços vazios nas prateleiras.

– Ninguém diria! – comentou Maria, observando as estantes em estilo *rocaille* que percorriam os mais de oitenta metros do longo corredor.

– E os livros parecem estar muito bem conservados!

A senhora afastou-se um pouco em direção à janela à sua esquerda e quando regressou para junto das raparigas trazia consigo uma caixa de plexiglas que lhes mostrou com orgulho:

– Pois quanto a isso, temos de agradecer a estes senhores!

Maria deixou escapar um grito de horror assim que compreendeu de que se tratava.

– Mas... Mas são morcegos! – balbuciou, observando os seres odiosos que sempre comparara a pequenos ratos voadores.

– São, sim senhora! – conferiu a funcionária com altivez. – Estão mortos, claro, mas é em parte graças a eles que os insetos bibliófagos, como por exemplo o bicho da prata, não duram muito aqui dentro.

– Ai, sim? – perguntou Ana, interessada.

– Pudera, os morcegos comem-nos todos! – explicou a senhora, apontando para os três mamíferos alados, como se estes merecessem a mesma importância que as iluminuras do século XV, expostas nos escaparates da biblioteca. – Temos cá uma colónia muito antiga!

– E costuma vê-los por aqui a voar? – perguntou Maria, a medo.

– Eu não, graças a Deus! – segredou a senhora, fazendo o sinal da cruz. – Estas coisas fazem-me muita impressão, para vos dizer a verdade. A sorte é que só aparecem de noite, quando eu já cá não estou!

– Que horripilantes! – exclamou a rapariga. – Não achas, André? André?...

O silêncio do primo e a sua testa enrugada alertaram-na para algo de estranho.

De facto, ao observar o maior dos três morcegos, e o único que se encontrava de asas abertas, André reconhecera uma figura recorrente no caso das mensagens secretas.

– Parece-se um bocado com a coroa de Miranda, não parece? – perguntou.

– Uhmm, uhmm! – concordou Miguel, a seu lado.

– Ora, deixem-se disso! – protestou Maria. – É apenas uma coincidência.

– Onde é que a senhora encontrou este morcego? – perguntou o brasileiro à funcionária.

– Olha, esse estava enfiado num buraco do soalho, lá em cima, no varandim – explicou ela, apontando para o centro da biblioteca. – Parece que a maior parte deles se esconde por baixo das tábuas de madeira.

– Podemos ver esse buraco? – perguntou Miguel, pouco esperançoso, mas pensando que não fazia mal tentar.

A funcionária, ofuscada com a covinha sedutora do brasileiro, foi incapaz de lhe recusar o favor.

– Vá, venham daí que vos mostro tudo! – convidou, enquanto encostava as portas de entrada da biblioteca. – Isto hoje está muito morto, mas se aparecer algum turista, não nos perturba.

Maria nem queria acreditar nos seus ouvidos. Realmente Miguel conseguia mesmo obter tudo o que queria, com aquele sorriso envolvente.

O rapaz notou-lhe a admiração no rosto e piscou-lhe o olho, fazendo-lhe sinal para se aproximar dele. Maria concedeu-lhe o obséquio e Miguel deu-lhe um beijinho nas costas da mão que a fez arrepiar-se.

Charlotte, a quem a cena não passou despercebida, ultrapassou-os e juntou-se à Sra. Rosária, perguntando:

– Para onde dão as duas alas laterais da biblioteca?

– Uma dá para o Jardim do Buxo, que fica na parte de trás do palácio, e a outra tem dois escritórios administrativos – respondeu a funcionária, enquanto caminhava. – Na biblioteca ainda existem oficinas onde os frades franciscanos encadernavam as obras.

– E esta porta, aqui à esquerda? – perguntou Ana, curiosa.

– Ah, essa… Diz-se que esteve fechada durante mais de cem anos! – exclamou a Sra. Rosária, em tom confidencial. – Dá acesso à Escola Prática de Infantaria e só se abre com duas chaves em simultâneo, para que cada entidade não possa visitar a outra sem aviso.

– A sério?! – inquiriu Ana, estupefacta.

– Sim, senhora! – confirmou a funcionária, contente por ter espicaçado a curiosidade da jovem. – Hoje em dia só por ali entram diplomatas e VIPs por especial pedido.

Os primos entreolharam-se, enquanto pensavam no mesmo: porque teria David omitido aquela importante informação?

Ao chegarem ao centro da biblioteca, a Sra. Rosária abriu de novo os braços, rodando sobre si mesma com uma reviravolta inesperada, e comentou:

– Já viram, que linda?

De facto, vista dali, a biblioteca era ainda mais extraordinária.

Posicionados sob a abóbada com mais de treze metros de altura na zona do cruzeiro, Ana, Maria e André olharam ao mesmo tempo para o teto, no qual viram um grande Sol com um rosto no centro.

– Aquele Sol representa D. João V – apressou-se a explicar a Sra. Rosária, com um tom solene e pomposo. – Sua Majestade Fidelíssima, que observa o saber do mundo *à luz da eternidade!*

As suas palavras despertaram simultaneamente nos três primos a mesma ideia, e Maria, dando voz ao pensamento dos outros, exclamou:

– A *transparência divina*!

Confrontada com uma expressão que não reconhecia, a funcionária franziu o sobrolho e apontou para o varandim.

– Foi ali que encontrei o morcego – informou, para mudar de assunto.

Os olhares dos cinco jovens seguiram-lhe o indicador, mas, pelo caminho, André reparou num pormenor que o fez esquecer num ápice o esconderijo dos morcegos.

– Mas é claro! Bate tudo certo! A *abóbada rainha*, a *transparência divina* e… a *coroa real*! – exclamou, enquanto apontava para o famoso elemento posicionado sobre a janela grande, entre duas mais pequenas.

– Há outra deste lado do cruzeiro, exatamente simétrica a essa – esclareceu a Sra. Rosária, estranhando o interesse do rapaz, mas contente por poder oferecer-lhes novos pormenores.

A informação confundiu os jovens, que olharam duvidosos para as duas coroas reais, uma de frente para a outra.

– Também há dois triângulos de cada lado, exatamente por cima de cada coroa… – murmurou Maria, sem saber o que pensar.

– Temos de encontrar a frase em latim! – urgiu André, suspirando.

– Mas qual frase? – perguntou a senhora, curiosa. – Frases em latim é que não faltam por aqui. Não se esqueçam de que estamos numa biblioteca fradesca do século XVIII…

– *Mens agitat molem*… – pronunciou Ana, baixinho.

A Sra. Rosária fitou-a, novamente embasbacada, e só ao fim de alguns instantes de silêncio incómodo foi capaz de proferir:

– Pois… Isso não sei, menina.

– Tem de estar por aqui algures! – exclamou André, começando a procurar a frase nas figuras geométricas do chão em mármore que pisavam. – Sinto que estamos perto! Ajudem-me a encontrá-la!

Ao cabo de poucos minutos, perante o olhar confuso da Sra. Rosária e sem que nenhum deles pudesse anunciar o sucesso que todos esperavam, Ana exclamou:

– Que perfeitos idiotas! Estamos a procurar a frase no sítio errado!

– Ai, sim? – perguntou André. – Então e qual seria o sítio certo?

– Não a vamos encontrar no chão, no teto, ou gravada em nenhuma parede! – garantiu ela, sorrindo. – A Sra. Rosária tem razão! Pensem um bocadinho: estamos numa biblioteca! Onde é que podemos encontrar aquela frase senão…

– No livro do autor que a escreveu! – exclamou Maria, excitada. – Mas é claro! Tens razão!

– Sra. Rosária! – invocou Ana. – Onde é que estão guardados os livros das grandes epopeias clássicas? Precisamos de encontrar a *Eneida* de Virgílio!

O olhar da funcionária voltou a iluminar-se ao sentir que a sua ajuda era necessária, se bem que não tivesse ainda percebido exatamente para quê.

– Uhmm… Ora, deixem-me cá ver… As epopeias estão na parte da poesia – disse ela, afagando o queixo, pensativa – numa das estantes da galeria superior… Sim, parece-me que é isso mesmo. Na estante XXIV encontram-se os poetas espanhóis e portugueses e na XXII os poetas gregos e latinos. A *Eneida* deve lá estar, com certeza.

– Podemos vê-la? – pediu Miguel, sorrindo de novo para a senhora.

– Sim, venham daí – acedeu ela.

Ana sorriu de contentamento, feliz por poder vaguear no meio de tantos livros magníficos, raros e sobretudo tão antigos.

– A estante XXII fica mesmo aqui por cima, perto do tal buraco onde se escondem os morcegos de que vos falei. Mas temos de nos despachar, porque não quero arranjar problemas, está bem?

Os jovens seguiram-na então até ao varandim onde se encontravam as oitenta e duas estantes divididas em seis ordens de prateleiras. Acima de cada estante via-se o numeral romano e o ramo do saber que esta representava.

– O que é *aquilo*?! – exclamou Maria, horrorizada, quando se aproximaram do buraco no soalho que a Sra. Rosária fez questão de lhes mostrar em primeiro lugar.

– Aiiiiiiii! Minha Virgem Santíssima! – gritou a funcionária, ao seguir o indicador da jovem. – É um morcego... Vivo!

– Sim, é mesmo um morcego! – exclamou André, estupefacto, ao reconhecer o mamífero de asas entreabertas, apoiado num dos quatro elementos de sustentação da abóbada que delimitavam as duas zonas de estantes sob o cruzeiro. – Até parece que nos está a observar!

– Mas se sempre me garantiram que estes monstrengos não apareciam durante o dia! – gemeu a Sra. Rosária, dando vários passos atrás. – Eu para aí não vou, meninos! Que Deus nos ajude...

Nesse preciso momento, o telefone da biblioteca soou, dando à pobre mulher o pretexto necessário para sair dali sem mais demoras.

– Os meninos entretanto desçam, sim? Que eu vou atender a chamadinha.

E desapareceu, benzendo-se e beijando com veemência a cruz que trazia ao pescoço.

– Esqueçam o morcego! – exclamou Ana. – Temos coisas mais importante para fazer.

– Ainda bem que as estantes que procuramos ficam afastadas daquele rato voador! – congratulou-se Maria.

Os jovens dobraram a esquina do varandim e regressaram alguns metros mais atrás, até que chegaram por fim à estante XXII, pela qual já tinham passado.

– Ah, cá está! – exclamou Ana, apontando para um livro à sua frente. – A *Eneida* de Virgílio!

Com grande cuidado, a jovem retirou o enorme volume da estante e abriu-o, folheando-o devagar.

– Depressa! – pediu Miguel. – A Sra. Rosária não deve demorar e, se nos vê a mexer nos livros, estamos metidos num grande sarilho!

– São tantas páginas… – murmurou Maria, aflita. – Acham que vamos encontrar alguma coisa?

– A frase que procuramos está algures no canto VI – informou Ana, tentando manter a calma – mas como o livro está todo em latim, não vai ser fácil encontrá-la.

Enquanto a prima procurava a famosa frase de Virgílio, André reparou noutro pormenor importante.

– A estante XXII fica mesmo à direita de uma das duas coroas que vimos há pouco – disse, indicando a coroa por cima da sua cabeça. – Por isso, e uma vez que a frase em latim se encontra algures por aqui, eu diria que o triângulo a tomar em consideração é *este* e não *aquele*.

– Ou seja, teremos mais uma vez a frase, a coroa real e um triângulo – notou Maria, apontando para o grande triângulo acima da janela central – que quando projetado no chão, sob a *abóbada rainha*, se vai encontrar numa nova posição.

Mens agitat molem

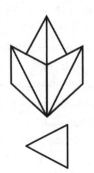

As pesquisas de Ana vieram confirmar precisamente nesse momento as conjeturas da irmã e do primo.

– Encontrei! – exclamou, de repente. – Cá está: *Mens agitat molem!*

– Boa! – entusiasmou-se André.

– Mas... – prosseguiu Ana, examinando a página onde a frase em latim aparecia escrita. – É incrível!

– O quê? O quê? – perguntou Maria, em pulgas.

– Vejam...

A jovem apoiou o volume nos braços que Miguel lhe estendera e disse:

– Esta folha é mais grossa do que as outras, não acham?

– Sim, tens razão! – confirmou Miguel.

Com extremo cuidado, Ana percorreu as extremidades da folha com o indicador, à procura de algo que explicasse a invulgar espessura da mesma. Desconfiada, ergueu-a verticalmente e inclinou a cabeça para ver se distinguia algum traço percetível por transparência através da luz.

– Uhmm... – murmurou finalmente. – Parece que alguém dobrou esta folha do livro em forma de envelope, colando as duas extremidades uma à outra para esconder algo entre a dobra!

Os outros seguiam a sua explicação, perplexos, e quando a jovem, por fim, extraiu do curioso esconderijo um papel muito fino dobrado ao meio, todos eles articularam um ah de admiração. Depois de o desdobrar delicadamente, Ana abriu-o para que todos pudessem ver o que continha.

– Mas... São triângulos! – notou André, entusiasmado.

– Não são bem triângulos – murmurou a prima, confusa. – São pirâmides... Quatro pirâmides...

– E aparecem todas em posições diferentes, tal como os quatro triângulos de Miranda – notou Maria. – Temos mesmo de descobrir o que isto significa...

– Temos mesmo é de voltar a colocar o livro no seu lugar e sair daqui! – protestou Miguel, apreensivo. – Se a Sra. Rosária aparece...

Ana acedeu e o volume da epopeia foi colocado de novo no seu lugar. André, encarregue de guardar a misteriosa folha de papel, voltou a dobrá-la e enfiou-a cuidadosamente no bolso do blusão.

VIII

A BIBLIOTECA CONVENTUAL

Os jovens preparavam-se para descer à ordem inferior da biblioteca, quando, de repente, Maria estacou, de olhos postos na estante dedicada aos poetas espanhóis e portugueses, e num livro em especial.

– O que foi? – perguntou o primo. – Viste outro morcego?

– Não, não é um morcego...

– Vamos embora, gente! – instou mais uma vez Miguel, nervoso.

– Só mais uma coisa, antes de nos irmos embora... – pediu Maria, com ar enigmático, voltando-se de frente para a inglesa. – Charlotte, lembras-te em que página encontraste a mensagem secreta de Miranda, dentro d'*Os Lusíadas*?

– Outra vez com essa história?! – aborreceu-se Miguel.

– Lembras-te ou não? – voltou a perguntar Maria, ignorando a inquietação do brasileiro.

– Ora, que pergunta! – surpreendeu-se a inglesa. – Não estás à espera que me lembre disso, pois não?

– É importante... Faz um esforço.

Charlotte franziu o sobrolho, pensativa.

– *I'm sorry*... Não faço a mínima ideia.

– Garota, você teve tantas oportunidades para lhe fazer essa pergunta e tinha de se lembrar *agora*? Vamos embora que isso aí são pormenores sem importância! – insistiu o brasileiro, cuja agitação o fez reverter à sua pronúncia natal.

– Pois eu tenho quase a certeza de que isto é muito importante! – disse Maria. – Já sei, vamos tentar de outra forma!

Pegou então no livro que acabara de reconhecer na estante XXIV e apresentou-o a Charlotte.

– *Os Lusíadas*! – exclamou Ana, com veneração.

– Sim, é uma cópia do século XVII – informou Maria, enquanto estendia o livro à inglesa. – Então? Lembras-te, pelo menos, se encontraste a mensagem mais ou menos a meio, no princípio, ou no fim?

– Acho que estava mais para o fim...

– E lembras-te de alguma frase, ou de alguma personagem do livro?

– Uhmm... Acho que vi o nome daquele vosso rei que desapareceu numa batalha, no Norte de África...

– D. Sebastião! – exclamou André.

Maria mordeu o lábio, pensativa.

– Uhmm... Isso quer dizer que Miranda colocou a sua mensagem secreta no *Epílogo* d'*Os Lusíadas*... – concluiu.

– E isso quer dizer o quê? – perguntou Miguel, fechando a epopeia que Maria segurava nas mãos e devolvendo o volume ao seu lugar.

– Quer dizer que afinal me enganei... – respondeu Maria, enigmática.

– Enganaste-te? – inquiriu Ana, sem compreender.

– Sim, enganei-me. Afinal ainda temos mais uma coisa para fazer antes de sairmos daqui.

– O quê? – perguntou André, curioso.

– Abrir a *Mensagem*, de Fernando Pessoa, que Gil Magens doou ao palácio antes de morrer...

– Ok, isto está a ficar demasiado complicado para mim! – queixou-se Charlotte. – És capaz de me explicar o que é que a *Mensagem* de Pessoa tem a ver com *Os Lusíadas* de Camões?

– Explica pelo caminho! – disse Miguel, começando a descer as escadas. – Vá! Despachem-se!

Os cinco jovens apressaram-se então a regressar à ordem inferior da biblioteca, enquanto Maria lhes ia fornecendo os seus esclarecimentos.

– Pensem um bocadinho: o que é que a *Eneida* de Virgílio, *Os Lusíadas* de Camões e a *Mensagem* de Pessoa têm em comum? – perguntou ela.

– Bem... Todas elas, de certa forma, são obras dedicadas à glória de um povo e aos heróis do seu passado – abalançou-se a irmã.

– Exatamente! – exclamou Maria. – Se *Os Lusíadas* serviram para guardar a mensagem secreta de Miranda e se alguém ocultou a estranha folha que acabámos de encontrar dentro da *Eneida*...

– Então a *Mensagem* também deve esconder alguma coisa... – concluiu a irmã, compreendendo por fim o raciocínio de Maria.

– O que explicaria a razão pela qual faz parte do espólio de Magens, embora não tenha nada a ver com palácios, com D. João V ou com Mafra – recordou André, entrando na antecâmara da biblioteca.

Por sorte, o telefonema que ocupava a Sra. Rosária estava a levar mais tempo do que imaginavam. Ouviam-lhe a voz exaltada vinda de um dos escritórios administrativos da biblioteca, o que lhes permitiu abrir a vitrina e pegar na *Mensagem* sem correrem o risco de serem repreendidos.

Foi Maria quem se ocupou de descobrir o esconderijo em questão, mas a tarefa foi-lhe facilitada não só pelo facto de o seu autor ter utilizado a mesma técnica empregue n'*Os Lusíadas*, mas também pelas exíguas dimensões do volume.

O resultado foi a descoberta de uma nova folha de papel dobrada ao meio, escondida entre as dobras da página do poema *Nevoeiro*, o último da obra.

– Eu já estava a adivinhar! – exclamou Maria.

– A adivinhar o quê? – perguntou Charlotte.

– A adivinhar que quem escondeu esta folha aqui dentro decidiu fazê-lo na parte dedicada ao *Encoberto*, ou seja, ao rei D. Sebastião, tal como aconteceu n'*Os Lusíadas*!

André pegou na folha de papel e examinou-a com atenção.

– É um mapa! – exclamou, reconhecendo a planta do palácio, semelhante à que vinha no folheto informativo do monumento.

Foi então que os passos da Sra. Rosária se ouviram apressados pelo chão de mármore da biblioteca, obrigando os jovens a repor o livro dentro da vitrina e a esconder a folha de papel juntamente com a que já tinham.

– Ainda aqui estão?! – perguntou a senhora, surpreendida. – Muito interesse têm vocês pelo espólio do Sr. Magens. Andam à procura de alguma coisa em especial?

Maria balbuciou, pensando numa desculpa, mas a sua indecisão foi rapidamente interrompida, pois de repente ouviu-se uma sirene a tocar tão alto que todos se viram obrigados a tapar os ouvidos com as mãos.

– Valha-me Deus! – sobressaltou-se a funcionária, gritando com voz caprina para que a ouvissem melhor. – É o alarme de incêndio! O que terá acontecido? Vá, saiam todos! Depressa! Depressa!

André examinou a planta do palácio no folheto informativo do mesmo e confirmou que naquele momento se encontravam no ponto mais longínquo do monumento em relação à saída.

– Mas... Sra. Rosária, se houver mesmo um incêndio, primeiro que consigamos regressar à entrada já o fogo cá chegou! – queixou-se André, consciente de que estava a exagerar um bocadinho.

O seu objetivo, contudo, foi absolutamente alcançado pois a Sra. Rosária, avaliando as dores nos joelhos que sentira nas últimas semanas e o perigo que correria se não abandonasse as instalações com celeridade, acabou por dizer:

– Sim, tens razão. O melhor é sairmos todos por aqui. Venham!

André deixou escapar um sorriso ao ver que, em vez de se dirigir para sul, a senhora rodava os calcanhares e regressava à biblioteca.

Os jovens seguiram-na, trocando olhares de cumplicidade e quando a Sra. Rosária estacou frente à porta que tanta curiosidade tinha causado a Ana, todos eles abriram a boca de espanto.

Enfiando a mão na algibeira, a funcionária pegou numa grande chave de ferro preto e enfiou-a no buraco da fechadura.

– Pensava que esta porta só se podia abrir com duas chaves… – deixou escapar Charlotte, mas logo foi interrompida por uma valente cotovelada de André.

As palavras da inglesa levaram a Sra. Rosária a deter-se e a voltar-se na direção da rapariga.

– Uhmm… Não é bem assim… – balbuciou ela, corando por saber que tinha condimentado demais a sua descrição anterior. – Na verdade as portas são duas, e cada uma tem a sua chave. O palácio tem uma e a Escola Prática de Infantaria tem outra. Entre as duas portas existe uma zona intermédia à qual eu costumo chamar *Terra de Ninguém*, porque nunca se percebeu muito bem se pertence a uma entidade ou à outra. E é ali que encontraremos as escadas que nos hão de levar do Piso Nobre ao Jardim do Buxo e depois ao exterior do palácio.

– Ah, agora compreendo… – disse Charlotte.

A Sra. Rosária, porém, julgando identificar uma entoação levemente crítica na voz da rapariga, endireitou as costas, ergueu o queixo e prosseguiu, com altivez:

– E eu, como vigilante da Biblioteca Nacional do Palácio de Mafra, possuo uma cópia desta chave, e tenho o direito de a usar única e exclusivamente em casos de emergência. Ora se um incêndio não é um caso de emergência, não sei o que será!

– Tem toda a razão! – exclamou André, aplaudindo o sentido de responsabilidade da funcionária.

O pequeno grupo meteu então pela misteriosa porta, mas, antes que a senhora se lembrasse de a fechar de novo à chave, André voltou ao ataque:

– Venha, venha, Sra. Rosária! Parece que já consigo sentir o cheiro a queimado nas escadas!

O pânico confundiu a pobre senhora que, benzendo-se de novo, se esqueceu das suas obrigações, apressando-se rumo à salvação.

Seguindo atrás de todos os outros, André percorreu o primeiro lance de escadas com o mapa do palácio e a sua inseparável bússola na mão, tentando perceber se todos os acessos, salas e escadarias se encontravam assinalados.

De pulga atrás da orelha, depressa notou que havia uma incongruência muito relevante entre a realidade e a representação gráfica da mesma. Com efeito, enquanto o mapa lhe apresentava uma simples parede sem qualquer via de acesso evidente, a realidade mostrava-lhe uma reentrância mal iluminada com aparência de poder esconder algo.

Desconfiado, o rapaz pegou na lanterna que, tal como a bússola, trouxera no bolso do blusão, e iluminou a área em questão, à procura de uma eventual porta dissimulada. Infelizmente, a voz estridente da Sra. Rosária depressa o chamou à ordem, e André viu-se obrigado a descer com o resto do grupo sem poder chegar a qualquer conclusão.

Ao alcançarem o Jardim do Buxo, a funcionária indicou-lhes uma porta do outro lado do mesmo que os faria regressar ao interior do palácio, e os jovens olharam-na, confusos.

– Não se preocupem, estamos quase lá! – assegurou a senhora. – Por aqui!

Ao atravessarem a porta, depararam-se com um longo corredor que, segundo o mapa de André, dividia todo o edifício ao meio e conduzia a duas portas externas em cada uma das suas extremidades, uma a norte e a outra a sul.

– Saímos pela porta sul – anunciou a cicerone. – Dá para a estrada de acesso à Escola Prática de Infantaria.

Rapidamente percorreram os vários metros que os distanciavam da saída improvisada e quando finalmente se viram no exterior, a Sra. Rosária estacou para recuperar o fôlego.

– Ai, as minhas ricas perninhas! – queixou-se, entre longos respiros, enquanto se afastava da fachada do monumento. – Mas pelo menos estamos salvos! E já se ouvem as sirenes dos bombeiros!

Depois, olhando para o topo do edifício, perguntou:

– E o incêndio? Que é dele?

Após chegar à rua, a sua preocupação tinha sido perceber se o seu querido museu estava realmente em perigo, mas não vendo fumo, acalmou-se.

– Ora esta! Deve ter sido um falso alarme… Com certeza há de ser culpa destas obras, que nunca mais acabam – concluiu. – Vocês continuem, meninos, que são mais novinhos e caminham mais depressa. Eu lá hei de chegar, devagarinho, que agora já não há pressa. E tenham um bom dia, que por hoje já se acabaram as visitas.

– Então já não podemos regressar ao palácio? – quis saber André, dececionado.

– E para quê, se já viram tudo? – surpreendeu-se a senhora. – Muito gostam vocês de museus…

– Mas ainda é cedo, são duas horas e o palácio só fecha às cinco e meia!

– Pois, mas primeiro que os bombeiros inspecionem toda a área e decidam que é seguro regressar, já vai ser tarde demais para os turistas voltarem a entrar.

Desconfiados com a inoportunidade do alarme, os jovens agradeceram à senhora e afastaram-se em direção à fachada principal do palácio.

– Vocês acham que foram os *escavadores desconhecidos* a provocar o falso alarme? – inquiriu Maria, pensativa.

– Porquê? Achas que eles estão cá? – perguntou Miguel.

– Não sei o que pensar...

Estavam já perto do Torreão Sul, quando André entendeu que se tinham afastado o suficiente para evitarem os olhares curiosos da funcionária.

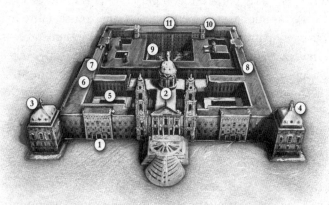

1. Receção
2. Basílica
3. Torreão Norte
4. Torreão Sul
5. Claustro Norte
6. Botica
7. Enfermaria dos Frades
8. Sala da Caça
9. Jardim do Buxo
10. Antecâmara da Biblioteca
11. Biblioteca

– Agora já podemos ver o que contém a folha que encontrámos dentro da *Mensagem* – disse, estacando de repente.

– Com a confusão do alarme de incêndio, até me ia esquecendo dela! – admitiu Ana. – Mostra, mostra!

Os jovens colocaram-se em círculo e André puxou das duas folhas de papel que guardara no bolso do blusão.

– Esta é a tal das pirâmides triangulares – disse, entregando a primeira folha a Maria. – E esta é a que ainda não vimos. Uhmm, que estranho...

– Parece um mapa do palácio – arriscou Ana – mas é diferente do que aparece no folheto informativo.

– Sim, é isso mesmo – concordou o primo, muito sério.

– Já o tinhas visto?

– Não, mas acho que sei a que se refere – respondeu ele, com ar enigmático. – Estão a ver esta cruz? Está posicionada exatamente no centro da biblioteca...

– Ou seja, no local onde os três misteriosos elementos de António Miranda convergem... – lembrou Maria.

– Pois, mas nós fartámo-nos de procurar e não encontrámos lá nada! – protestou Charlotte.

– O que será que a cruz indica? – perguntou Ana.

– Uhmm... Esta planta foi desenhada em duas dimensões e não especifica se se trata do Piso Térreo, do Piso Um ou do Piso Nobre, no qual se encontra a biblioteca... – informou o primo, pensativo.

Maria fitou-o, lendo-lhe a expressão facial, e decidiu arriscar:

– Mas tu já tens uma ideia, não tens?

– Julgo que sim... – assentiu ele. – Estou convencido de que o X indica algo que se encontra num piso intermédio não mencionado no folheto informativo.

Erguendo os olhos da folha de papel, André explicou então aos amigos a impressão que tivera ao descer as escadas da biblioteca.

– Agora que vejo este mapa, tenho a certeza de que existe alguma coisa por trás daquela parede!

– Será mais alguma cápsula do tempo de António Miranda? – perguntou Charlotte. – Talvez as tais informações secretas sobre terramotos se encontrem escondidas algures por ali.

– Não sei – respondeu o rapaz, apontando para o mapa – mas aposto que este ponto específico fica mesmo por baixo da abóbada da biblioteca, num piso intermédio ao qual teríamos acesso se aquela parede não estivesse ali.

Os jovens entreolharam-se, inquietos. Todos eles tinham a sensação de estar muito perto de desvendar o caso, mas nenhum sabia como obter a pista final.

– Quatro monumentos com quatro frases em latim, quatro coroas e quatro triângulos e até agora ainda não percebemos o que fazer com tudo isto... – suspirou Charlotte.

– Se calhar estes três elementos foram apenas uma forma de Miranda firmar os monumentos que ele ajudou a construiu com as suas técnicas antissísmicas secretas – sugeriu Maria, com ar meditativo. – É como se estivesse a dizer-nos que aqueles edifícios pertencentes à Coroa resistiriam aos terramotos, provando que a inteligência domina a matéria: *Mens agitat molem*...

– Talvez – admitiu Ana. – Mas isso só explica a coroa e a frase em latim. Não explica a presença dos triângulos, nem a razão pela qual eles aparecem sempre em posições diferentes em todos os monumentos...

– Triângulos, triângulos e mais triângulos! – exclamou André, afastando-se do grupo para se sentar num banco de jardim próximo. – Esta história dos triângulos não me sai da cabeça!

Os outros juntaram-se-lhe e Maria comentou:

– Por falar nisso, já repararam que os quatro triângulos aparecem nas mesmas posições que as quatro pirâmides nesta folha de papel?

– Sim, tens razão – concordou o primo. – Mas o que é que isso significa?

Maria encolheu os ombros, desiludida, e os outros imitaram-na. Ninguém fazia ideia.

Sentindo-se num beco sem saída, André pegou numa caneta e começou a fazer uns rabiscos na parte de trás do prospeto informativo do palácio, esperando com isso gerar novas ideias.

– Voltemos à questão de fundo: o que terão estes quatro monumentos a ver uns com os outros, além de aparecerem nos documentos da cápsula do tempo de Miranda, de terem sido mandados construir por D. João V e de terem resistido incólumes ao terramoto de 1755? – perguntou, exasperado. – O que é que o Aqueduto das Águas Livres, a norte de Lisboa, a Capela de S. João Baptista, a este, o Palácio das Necessidades, a oeste, e o Palácio de Mafra, a norte de todos eles, têm a ver uns com os outros?

À medida que elencava os monumentos, André foi desenhando quatro bolinhas correspondentes a cada um deles, colocando-as mais ou menos na posição que estes ocupariam num mapa imaginário.

Palácio Nacional
de Mafra ●

Aqueduto das
● Águas Livres

Palácio das ● ● Capela de
Necessidades S. João Baptista

– Eu não vos digo? Triângulos, triângulos e mais triângulos! – exclamou de novo, irritado. – Até os três monumentos de Lisboa formam um triângulo, estão a ver?

– André, quaisquer três pontos que não se encontrem em linha reta formam sempre um triângulo – notou Maria. – Temos de ter calma! Não podemos começar a ver triângulos em todo o lado! Vá, força! Sinto que estamos quase a resolver este mistério. O que nós precisamos agora é de perceber *como ligar todas as informações que temos sobre o caso.*

– *But we just don't know how to connect all the dots!* – lamentou-se Charlotte, respondendo a Maria com a mesma frase que a jovem empregara, mas traduzida em inglês.

Ao ouvir a expressão de Charlotte, André, exasperado, resolveu tomá-la à letra. Uniu assim os quatro pontos que assentara no papel, começando pelo triângulo formado pelos três monumentos de Lisboa e completando a figura com um segundo triângulo que continha o primeiro e incluía o Palácio de Mafra. Quando observou o resultado ficou de tal forma surpreendido que os seus olhos quase lhe saltaram das órbitas.

– É uma pirâmide triangular! – exclamou a prima mais nova, ao olhar para o papel depois de ver o pasmo no rosto do primo.

– É o que eu digo! – suspirou ele. – Depois não me venham dizer que vejo triângulos e pirâmides em todo o lado! E agora que me lembro disso, até dentro da cápsula do tempo de Miranda havia quatro pi…

Foi então que um enorme sorriso rasgou a sua face e o rapaz se levantou de um salto do banco de jardim sem terminar a frase que começara.

– Havia o quê, dentro da cápsula do tempo de Miranda? – perguntou Maria.

– Mas é claro! Como pude ser tão idiota? – exclamou André, começando a correr.

– Onde é que vais? – gritou Maria.

– Vou buscar a mochila que deixei na receção!

– Mas os bombeiros não te vão deixar entrar!

O rapaz, porém, não chegou a ouvir as palavras da prima e os amigos não tiveram outra opção senão correr atrás dele.

A certa altura, e por brincadeira, Miguel ultrapassou André, mas assim que virou a esquina do Torreão Sul, estacou como se tivesse acabado de ver algo surpreendente.

– O que foi? – perguntou André, parando a seu lado. – Viste alguma coisa?

– Sim, vi o meu empreiteiro – anunciou Miguel, com ar pensativo.

– O teu empreiteiro?! – surpreendeu-se André. – E o que é que ele está cá a fazer?

– Deve andar a trabalhar nas obras do palácio... – respondeu Miguel, de rosto apreensivo.

– Então por isso é que levou tanto tempo para ir buscar o entulho a tua casa – lembrou Maria. – Sempre achei estranho que uma empresa levasse um mês para o fazer depois de terminarem as obras.

Miguel suspirou, de sobrolho franzido.

– Estranho foi vê-lo sair da carrinha branca que a Charlotte referiu quando chegámos... – revelou, fitando Maria.

– O quê?! A carrinha dos *escavadores desconhecidos*? – perguntou a inglesa.

– Sim... Eu bem te disse que a carrinha não era deles... – comentou o rapaz, deixando transparecer um tom de dúvida na voz.

– Esperem lá! – perguntou André, exaltado. – E se for? E se o teu empreiteiro fizer parte dos *escavadores desconhecidos*?

– Não pode ser!– opôs-se Miguel, com pouca convicção.

A dúvida, porém, começou a invadir-lhe o espírito, fazendo-lhe vir à mente uma série de pormenores.

– Mais estranho ainda é que o vi a escapulir-se para dentro do palácio por uma porta meio escondida atrás da carrinha. E acho que não ia sozinho...

Os outros olharam-no, ansiosos, examinando todas as possibilidades.

– Porque é que alguém havia de escapulir-se para dentro de um edifício com um alarme de incêndio a tocar? – perguntou André, dando voz aos pensamentos dos amigos.

– Se calhar o André tem razão… – disse Maria, pensativa.

– Se ele fizesse parte dos *escavadores desconhecidos*, explicavam-se muitas coisas…

– Sim, lá isso é verdade – admitiu Miguel, com um suspiro.

– Explicava-se, por exemplo, porque é que os ladrões não arrombaram nada quando entraram em minha casa para levarem o baú.

– Como assim? – perguntou André, sem compreender onde o amigo queria chegar.

– O empreiteiro tinha a chave e nós nunca chegámos a mudar a fechadura depois das obras – admitiu o brasileiro, um pouco envergonhado.

– Muda-se sempre a fechadura depois de se remodelar uma casa… – censurou Charlotte.

– Sim, mas ele parecia-nos uma pessoa honesta e afinal… Se imaginasse isso, nunca lhe teria pedido para me mudar a fechadura depois do primeiro roubo! Que idiota! – repreendeu-se Miguel.

– Bem, pelo menos podes ficar descansado que não és um cabeça no ar – disse Maria, piscando-lhe o olho. – Afinal não te esqueceste de fechar a porta à chave, como pensavas.

Miguel sorriu-lhe, agradecido.

– Sim, mas a razão da minha distração continua a existir – disse ele, fazendo-a corar.

Charlotte não gostou da troca de comentários entre os dois e resolveu interromper a conversa com uma nova teoria:

– Uhmm… Há outra coisa que também ficaria explicada…

– O quê? – perguntou André.

– O facto de os *escavadores desconhecidos* terem entrado duas vezes em cada monumento, mas só da segunda vez terem ido diretamente ao local exato onde se encontrava a frase, a coroa e o triângulo – disse a inglesa.

– Então porquê? – perguntou Miguel.

– Porque devem ter colocado escutas em tua casa no dia do roubo! – anunciou ela a Miguel. – Tal como o André imaginava.

– Escutas?! – perguntou André, pasmado. – Mas eu tinha dito isso a brincar...

– Sim, e sem saberes tinhas acertado! – disse Charlotte. – Agora percebo porque é que eles tinham aquele equipamento de gravação e os auscultadores dentro da carrinha...

– Uhmm... Então se calhar foi por isso que eles não tiveram tempo para abrir o baú e verificar que afinal estava vazio! – lembrou Ana. – Estavam ocupados a pôr as escutas...

– E com as escutas em minha casa, puderam ouvir-nos quando desvendámos os versos de Miranda... – refletiu Miguel.

– E graças a isso apareceram no aqueduto e na Capela de S. João Baptista no mesmo dia que nós e foram exatamente ao sítio onde se encontrava a coroa, a frase e o triângulo! – recordou André. – Bem me parecia que era coincidência a mais!

– Mas não conseguiram encontrar nada no Palácio das Necessidades, primeiro porque nós não estávamos em casa do Miguel quando decidimos lá ir – lembrou Charlotte. – Estávamos em vossa casa, onde eles não podiam ouvir-nos.

– E segundo porque sozinhos, sem as nossas deduções brilhantes, não foram capazes de dar com o sítio certo, que se encontrava no chafariz, e não dentro do palácio! – acrescentou André, orgulhoso.

– Sim, tens razão – disse Maria, pensativa. – Mas se calhar não se importaram muito com isso, visto que perceberam que nem a capela, nem o aqueduto escondiam o que procuravam. E como vimos hoje de manhã, encontrar os três elementos no chafariz de pouco nos serviu...

– Achas que eles sabem que o que procuram se encontra *aqui*? – perguntou Ana.

– Não sei – disse a irmã, pensativa. – Miguel, tu por acaso ontem à noite disseste a alguém que vínhamos a Mafra hoje, mesmo por telefone?

– Não, não disse a ninguém, até porque só decidimos vir hoje de manhã – recordou o rapaz.

– Ah, sim. Tens razão... – disse Maria. – Mas o facto é que eles cá estão... Será que sabem onde se encontram os três elementos?

– Impossível! – contestou André. – Nós acabámos de os encontrar e estávamos sozinhos na biblioteca. E ali não há escutas, com certeza!

Foi então que Miguel teve uma ideia. Colocando o indicador à frente dos lábios, pediu aos amigos para falarem apenas de coisas que não estivessem relacionadas com o caso. Em seguida, despiu o blusão e começou a inspecioná-lo em pormenor, enquanto ia falando do tempo.

Compreendendo as suas intenções, Maria decidiu ajudá-lo, vistoriando cada botão, cada manga e cada prega do blusão. Em menos de dois minutos encontrou um minúsculo microfone escondido atrás da gola.

Boquiaberto, André pegou nele e colocou-o na palma da mão esquerda, mostrando-o aos outros.

– Estão a ouvir-nos! – alertou, proferindo as palavras sem som, apenas com os movimentos dos lábios, enquanto apontava para o ouvido com a mão direita.

Depois afastou-se para colocar o microfone num banco de jardim longe do grupo, sem raio de alcance suficiente para os *escavadores desconhecidos* ouvirem o que diziam, mas de forma a poder captar outros sons.

– Eu ontem não tinha este blusão vestido... – disse Miguel, baixinho, fazendo contas de cabeça. – Deixei-o em casa, em cima de uma cadeira, no *hall* de entrada.

– Os *escavadores desconhecidos* deviam estar à espera que regressássemos a tua casa para discutir o caso, como fizemos no início, mas como isso não aconteceu, decidiram entrar de novo à socapa para colocarem o microfone no teu blusão – deduziu Maria, entre sussurros. – Perceberam que sozinhos não conseguiam desvendar nada e que era muito mais fácil ouvir o que dizíamos e depois ir diretamente ao sítio exato em cada monumento.

— E de certeza que o fizeram enquanto estávamos em nossa casa, ontem à tarde — depreendeu Ana.

— Só que desta vez, tu nem sequer deste conta! — notou Charlotte.

Miguel abriu as narinas e cerrou os lábios, furioso com a intrusão secreta em sua casa, agora pela segunda vez.

— Sabem o que isto significa, não sabem? — perguntou André.

— Que os *escavadores desconhecidos* afinal não são assim tão desconhecidos?... — perguntou Maria, na brincadeira, esperando com isso levar Miguel a recuperar o sentido de humor.

— Significa que eles acabaram de saber que o que procuram se encontra por trás daquela parede, no último dos quatro monumentos! — exclamou André, entredentes, irritado. — Aaargh! E sabem-no porque *eu* acabei de lhes oferecer essa informação numa bandeja de prata!

Furioso, aproximou-se do banco de jardim e pegou de novo no microfone, preparando-se para o atirar para o meio da vegetação. Maria, que lhe adivinhara as intenções, ainda foi a tempo de lhe deter o movimento do braço.

— Espera! — gritou, pegando no microfone e fechando-o na palma da sua mão. — Eles não estão a ouvir o que dizemos.

— E?... — perguntou o primo, confuso.

— E sendo assim não sabem que sabemos acerca do microfone — segredou a rapariga, piscando-lhe o olho enquanto envolvia o pequeno objeto num lenço de papel e o metia no bolso da minissaia. — O melhor é guardá-lo, que ainda pode vir a ser-nos útil.

— Por falar em coisas úteis — disse Ana, lembrando-se de um pormenor. — Para que é que querias a tua mochila, André?

– Porque foi lá que pus as quatro pirâmides que se descolaram dos cantos da cápsula do tempo de Miranda quando a Charlotte a deixou cair ontem à tarde – disse ele, tirando do bolso a folha de papel encontrada dentro da *Eneida* de Virgílio e abrindo-a.

Charlotte fitou-o, surpreendida com a revelação, mas achou que não era altura para lhe pedir pormenores.

– Estou convencido de que esta folha contém instruções para juntar aquelas pirâmides de forma a construir um objeto qualquer – explicou o rapaz, piscando o olho à inglesa, de forma a mostrar-lhe que, se tinha tido aquela ideia, o devia a ela.

– Incrível! – exclamou Maria, boquiaberta. – E que objeto será esse?

– Não sei, mas para o sabermos precisamos de reaver as pirâmides!

– E como é que estás a pensar entrar dentro do palácio? – perguntou Maria.

– Bem… Como se costuma dizer: se não os podes vencer, *imita-os*! – exclamou André, sorridente.

– *Se não os podes vencer, junta-te a eles* – corrigiu a prima, rindo. – Mas acho que já percebi a tua estratégia.

* * *

Como Maria imaginava, o plano de André baseava-se em copiar os *escavadores desconhecidos*, usando o mesmo estratagema que estes tinham utilizado.

– Bem, acho que chegou a nossa vez de os seguirmos a eles! – disse o rapaz, entrando sorrateiramente pela porta do palácio que a carrinha escondia, depois de se certificar que ninguém os podia ver.

– Para que lado vamos? – perguntou Ana, assim que todos se encontraram dentro do edifício.

– Para a esquerda! – instruiu o primo, seguindo o mapa do monumento. – Vamos ter de arranjar um atalho e atravessar a basílica para chegarmos à receção e recuperarmos a mochila.

O trajeto foi percorrido mais facilmente do que imaginavam e em pouco tempo, graças ao mapa, à bússola de André e ao facto de não haver ninguém dentro daquela zona do palácio, puderam atingir a ala desejada.

Porém, pouco antes de chegarem à receção, ouviram vozes de bombeiros vindas do Claustro Norte do palácio.

– E agora? – perguntou Maria. – Não podemos aproximar-nos da receção sem passarmos por eles!

O primo examinou o mapa com atenção e anunciou, sussurrando:

– Uhmm... Há outra forma de lá chegar...

Maria fitou-o, tentando ler-lhe os pensamentos.

– Envolve aranhas pelo meio, por acaso? – perguntou, a medo.

– Não, não tem nada a ver com aranhas – assegurou ele, mostrando-lhe o percurso alternativo no mapa. – Mas vamos ter de arrombar uma porta... Ou duas... Ou três...

– Ok! – exclamou Maria, esfregando as mãos. – Assim sempre fico a saber o que há por trás de algumas destas misteriosas portas fechadas!

O primo sorriu, satisfeito, e indicou-lhes o corredor que circundava o Claustro Norte e que, embora aumentando o trajeto a percorrer, lhes permitiria chegar à receção sem serem vistos.

Tal como André previra, os jovens depararam-se com três salas inacessíveis ao público, mas cujas portas não precisaram de forçar, uma vez que se encontravam abertas. Além do tempo ganho, para gáudio de Maria, as salas continham uma série de objetos de toilete usados pela família real, escondidos dos olhos do público, que a jovem pôde admirar de fugida.

Ao chegarem finalmente à receção, André deslocou-se de imediato aos cacifos onde se guardavam os pertences dos visitantes, mas o que viu causou-lhe um choque inesperado.

– Não está cá! – exclamou, remexendo as mochilas dos outros turistas, na esperança de que a sua se encontrasse por trás de alguma delas. – Será que os *escavadores desconhecidos* a levaram?

– Não acredito! – desconfiou Maria. – Como é que eles iam saber que tinhas as pirâmides guardadas lá dentro?

– Lembrem-se de que eles não sabem nada acerca das pirâmides, nem tão-pouco das instruções que encontrámos para as montar – assegurou Ana.

– Então porque é que a mochila desapareceu? – perguntou André, desesperado, passando as duas mãos pelos cabelos arruivados.

Ana e Maria encolheram os ombros, sentindo-se impotentes.

– E agora? – quis saber Charlotte, igualmente desencorajada.

– Agora é a minha vez de chamar *cabeça no ar* ao André! – riu Miguel, exibindo a mochila do amigo no ar.

– Onde é que a encontraste?! – perguntou o rapaz, surpreendido.

– Onde tu a deixaste, seu distraído! – respondeu ele, dando-lhe um caldinho. – É para veres o que dão as pressas. Estiveste com ela na mão e nem deste conta.

Agradecendo ao amigo, André suspirou, aliviado, e pegou na mochila para dela retirar as quatro pirâmides de madeira.

– Estão a ver? – disse, abrindo as instruções em cima da mesa da receção. – Esta folha mostra como devem ser montadas. Acho que as três setas na pirâmide central servem exatamente para vermos quais os lados que devem ser colados uns aos outros.

– Precisas de cola? – perguntou Miguel, apresentando um tubo na mão direita.

– Onde é que arranjaste isso? – perguntou Maria, perplexa.

– Foi só dar uma espreitadela às gavetas – respondeu ele, com um sorriso matreiro. – Afinal de contas estamos numa receção…

– Estás muito eficiente!

André agradeceu de novo ao amigo com um rápido *high five* e pôs mãos à obra, colando as faces das pirâmides de acordo com as instruções. No final da tarefa, a reação perante o objeto construído foi uma exclamação dos cinco jovens em uníssono:

– A coroa!

– Então era isto que Miranda tinha em mente desde o princípio! – exclamou Maria. – Queria que quem descobrisse a sua cápsula do tempo juntasse as quatro pirâmides dos cantos do baú e construísse uma coroa real!

– Quem sabe se os triângulos que apareciam em quatro posições diferentes nos quatro monumentos não eram apenas outra forma de dizer a mesma coisa? – sugeriu Ana.

– Mas… Para quê? – perguntou Charlotte, confusa. – Para que é que serve a coroa real?

André franziu a testa e semicerrou os olhos, voltando a pensar na misteriosa parede. O seu instinto dizia-lhe que a resolução do enigma se encontrava ali.

– Tenho uma vaga ideia do que fazer com ela… – murmurou, coçando a cabeça. – Mas para isso temos de regressar à escada secreta da biblioteca.

– Será que conseguimos lá chegar sem nos verem? – perguntou Ana.

– Temos de tentar! – exclamou Miguel.

– Sim, não temos tempo a perder! – concordou André, colocando a mochila às costas.

– Os *escavadores desconhecidos* partiram com um grande avanço… – recordou Charlotte.

– Sim, é verdade, mas tiveram de seguir o percurso normal da visita ao monumento, porque não conhecem o atalho da Sra. Rosária – notou André.

– Mas se nós partirmos daqui também não vamos poder usá-lo! – teimou a inglesa.

– Não totalmente, mas se chegarmos ao Jardim do Buxo atravessando o palácio, vamos usar a última parte do atalho que eles desconhecem – explicou o rapaz. – Só espero não dar de caras com alguma sala ou corredor pertencente à Escola Prática de Infantaria, ao qual não teremos acesso…

– Pois, nesse caso o teu plano iria todo por água abaixo – lamentou-se Miguel.

– Temos de nos despachar! – disse Maria, ansiosa. – Se não chegarmos lá antes deles, nada disto terá valido a pena…

– Pelo menos sabemos que eles vão ter de perder tempo a arrombar a porta da biblioteca para poderem passar para as escadas secretas, porque a Sra. Rosária fechou-a! – lembrou Ana, satisfeita.

– Não fechou, não… – disse André, arrependendo-se de ter levado a funcionária a apressar-se para fugir ao falso incêndio.

IX

EPÍLOGO

O pressentimento de André, infelizmente, acabou por se mostrar justificado. Depois de terem percorrido um longo corredor que esperavam se cruzasse com a passagem utilizada pela Sra. Rosária, deram de caras com uma porta inacessível.

– Nem sequer podemos forçá-la, porque a fechadura foi selada deste lado – indicou André. – O que significa que o espaço para lá da porta pertence à Escola Prática de Infantaria.

– E agora? – perguntou Charlotte. – Vamos ter de voltar à entrada e fazer todo o percurso normal até à biblioteca?! Quando lá chegarmos será tarde demais!

O desalento dos jovens fez-se sentir mais forte do que nunca. Estavam tão perto e ao mesmo tempo tão longe! Seriam, depois de tanto esforço, obrigados a ver os *escavadores desconhecidos*, que não tinham conseguido desvendar nada sem eles, passarem-lhes à frente?

– A não ser que… – disse Miguel, pegando no telemóvel. – Não sei se vai resultar, mas não perdemos nada em tentar!

– O David! – exclamou Maria, adivinhando-lhe as intenções.

* * *

Todavia, e contrariamente ao que acontecera na primeira visita a Mafra, não foi fácil convencer o recruta a abrir-lhes a porta em questão.

– Se descobrem o que fiz, meto-me em grandes sarilhos! – sussurrou o rapaz, enquanto caminhavam pela passagem que dividia o complexo de oeste a este. – Ainda por cima, vocês nem me explicaram bem o que se passa!

– Não há tempo para explicações! – instou Miguel. – Tens de confiar em nós!

– Confiar, confio – disse David, muito sério, estacando e fitando o amigo. – Mas não quero ter nada a ver com esta história, por isso, assim que chegarmos ao Jardim do Buxo, deixo-vos e vocês ficam por vossa conta.

– Combinado – aceitou Miguel.

– E se alguém vos vir, livrem-se de dizer que quem vos abriu a porta fui eu, ouviram?

Os jovens conseguiram chegar ao Jardim do Buxo sem mais percalços, utilizando parte do percurso que a Sra. Rosária lhes mostrara. Porém, ao subirem as escadas secretas que levavam à biblioteca, depararam-se com uma questão.

– Não podemos fazer barulho! – advertiu André, num sussurro. – Os *escavadores desconhecidos* devem andar por perto.

– Será? – duvidou Maria. – Não acham estranho que não se ouça ruído nenhum?

– Se calhar tivemos sorte e eles foram apanhados pelos bombeiros e obrigados a abandonar o edifício! – sugeriu Miguel, com um otimismo um pouco exagerado.

– Ou então perderam-se! – alvitrou Charlotte.

– Esperemos que vocês tenham razão – disse André. – Mas, pelo sim pelo não, o melhor é não fazermos barulho nenhum.

Ao chegar frente à estranha reentrância que lhe sugerira a existência de uma porta dissimulada, o rapaz anunciou:

– É aqui!

Os amigos aproximaram-se e depressa começaram a examinar a parede mal iluminada.

– Vejam lá se encontram algum triângulo – sugeriu ele, iluminando o espaço à sua frente com a lanterna.

– Nada! – queixou-se Ana, tateando a superfície fria e escura.

– A única coisa que vejo é uma pequena cavidade com a forma de um hexágono, mesmo no centro da parede... – anunciou Maria.

– Não, um hexágono não nos interessa – protestou Charlotte. – Seja o que for, tem de ter a ver com triângulos.

André enrugou a testa, analisando bem a forma que a prima encontrara. Era um hexágono e não um triângulo, disso não havia dúvida. Mas porque teria alguém escavado um hexágono no meio daquela parede?

– Uhmm... Mas... É claro! – exclamou, ao fim de alguns segundos. – Um hexágono também tem a ver com triângulos!

Abriu então a mochila, retirou dela a coroa que construíra com as quatro pirâmides de Miranda, segundo as instruções encontradas dentro da *Eneida*, e colocou-a na palma da mão. Depois, voltando-a ao contrário, explicou:

– Estão a ver? Se olharmos para a coroa de baixo para cima, o que é que vemos?

– Um hexágono! – exclamaram os outros, baixinho.

– Exatamente! Um hexágono com um triângulo no centro!

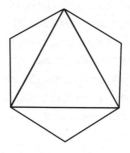

– Genial! – disse Maria, entusiasmada.

– E aposto que a nossa coroa cabe perfeitamente ali dentro! – adivinhou André.

O jovem não se enganou. A coroa formada pelas quatro pirâmides de madeira encontradas na cápsula do tempo de Miranda parecia ter sido feita de propósito para encaixar na cavidade hexagonal da parede.

– Entra perfeitamente! – observou ele, quando a base do triângulo central se estabilizou ao mesmo nível que o resto da parede. – Agora os quatro triângulos já se veem bem.

Em reposta ao comentário do rapaz, a coroa de madeira saltou para fora da cavidade que a alojava com um *pop* característico e André, surpreendido, agarrou-a antes que caísse ao chão e enfiou-a no bolso.

Ainda não tinha acabado de o fazer, quando o som estrepitoso de roldanas adormecidas durante séculos se fez ouvir e a misteriosa parede começou a desviar-se para a direita, dando acesso a um compartimento oculto.

– Eu bem vos disse que havia alguma coisa aqui por trás! – exclamou André, orgulhoso.

Os cinco jovens atravessaram então a grossa parede de pedra escura, uns atrás dos outros, mas quando chegaram ao outro lado a escuridão impediu-os de perceber imediatamente onde se encontravam. De facto, a única luz disponível, além da lanterna de André, era a que entrava pela porta aberta.

Antes que os seus olhos se habituassem à obscuridade, o som de roldanas que entretanto cessara voltou a ouvir-se e os jovens depressa compreenderam que a porta estava a fechar-se de novo, mas desta vez muito mais rapidamente.

Assustados, os cinco principiaram a sair do compartimento, empurrando-se uns aos outros. André, que ficara para trás, logo percebeu que não teria tempo de sair, ou arriscar-se-ia a ser esmagado pela espessa porta de pedra.

Esforçando-se por não entrar em pânico, e ouvindo os apelos desesperados das primas e dos amigos vindos das escadas, o rapaz respirou fundo e iluminou o interior do compartimento, à procura de outra saída.

Todavia, o que viu perante si, quase o fez esquecer-se da situação delicada em que se encontrava. As paredes da divisão brilhavam de tal forma à medida que o feixe de luz da sua lanterna nelas incidia que o rapaz, curioso, se aproximou para analisar de que material eram feitas. Quando, por fim, os seus dedos sentiram o frio metálico de cada tijolo, André abriu a boca de espanto.

– Não são tijolos! – exclamou, perplexo. – São lingotes de ouro!

O desespero de Ana e Maria fê-lo voltar à realidade e André foi obrigado a admitir que toda aquela riqueza de pouco lhe serviria se não fosse capaz de sair dali. Dirigiu-se então à porta dissimulada e iluminou todo o seu perímetro.

– Nada! – queixou-se, passando então à parte central que, felizmente, respondeu às suas preces. – Mas é claro! Como é que não pensei nisto antes?

De facto, a cavidade hexagonal que tinha visto no exterior existia também num ponto simétrico no interior.

– Quem entra tem de poder sair! – murmurou o rapaz, satisfeito. – Basta colocar a *chave* na sua *fechadura*!

A porta, com efeito, voltou a deslizar para o mesmo lado, acalmando os quatro jovens que se encontravam por trás dela. Desta vez, porém, André reparou que a coroa não tinha entrado totalmente na cavidade, permanecendo um pouco saliente. Curioso, o rapaz, empurrou-a para ver o que acontecia e o resultado foi surpreendente: a porta bloqueou-se, permanecendo entreaberta. «Se retiro a coroa, a porta fecha-se, se a insiro até metade, a porta abre-se, e se a insiro até ao fundo, a porta bloqueia-se. Genial!», pensou, com os seus botões.

– Já sei como funciona a chave! – exclamou, num sussurro, assim que os amigos voltaram a entrar uns atrás dos outros pela estreita passagem que André deixara aberta.

– Que susto nos pregaste! – lamentou-se Maria. – Estás bem?

– Não podia estar melhor! Olhem só para isto! – riu o rapaz, iluminando o espaço à sua volta.

Foi então que Ana, Maria, Charlotte e Miguel puderam observar que o teto e as paredes tinham sido construídos com lingotes de ouro.

– Estamos a sonhar, não estamos? – perguntou o brasileiro. – Uma sala totalmente de ouro?!

Apontando a lanterna aos quatro grandes cofres posicionados nos cantos de cada parede, André acrescentou:

– Sim, julgo que estamos mesmo a sonhar. E no meu sonho esses quatro cofres estão cheios de diamantes!

Enquanto André os iluminava, Ana, Maria, Charlotte e Miguel dirigiram-se aos quatro cantos do compartimento. Assim que abriram os cofres, exclamaram em simultâneo, pasmados:

– Não acredito! São mesmo diamantes!

Distinguindo uma lamparina suspensa no teto, ao centro da divisão, André alegrou-se ao ver que esta ainda continha azeite e acendeu-lhe a mecha com um fósforo para aumentar a luminosidade do ambiente.

– Não há dúvida de que a caça ao tesouro é sempre uma atividade muito excitante, mesmo quando não podemos ficar com o tesouro no fim – disse o rapaz, lembrando-se do que acontecera recentemente, ao desvendarem *O Símbolo da Profecia Maia*. – Mas garanto-vos que encontrar um tesouro totalmente por acaso, quando andamos à caça de outra coisa qualquer, também não lhe fica nada atrás!

– Agora percebo… – murmurou Maria, olhando à sua volta. – Embora em todos os monumentos haja um local que corresponde aos versos de Miranda, este é o espaço que melhor se lhes adequa!

– Tens razão – concordou a irmã. – Encontramo-nos debaixo da *abóbada rainha*, a maior de todas as que vimos nos quatro monumentos.

– E bem podemos *erguer os braços aos céus* para agradecer toda esta *transparência divina*! – disse o primo, enfiando as mãos dentro de um dos baús repletos de pequenos diamantes reluzentes.

– Foi D. João V quem mandou construir esta sala secreta – anunciou Maria, que encontrara vários documentos dentro de um dos baús ao fundo do compartimento. – Encontrei uma carta escrita por ele...

– A sério? – perguntou o primo, aproximando-se.

– Sim – disse a rapariga, lendo a missiva do monarca. – Parece que este cofre do tesouro em ponto grande foi criado como base de *salvação* económica, no caso de Portugal ir à falência.

– Incrível! – murmurou Ana.

– Bem podes dizê-lo! – bradou uma voz masculina que apenas Miguel reconheceu. – Então era isto que os Magens ficaram encarregues de vigiar durante séculos!

– Sr. Castro! – exclamou o brasileiro, vendo entrar o empreiteiro, seguido dos seus quatro comparsas. – O senhor... O senhor...

– Toma, rapaz! – disse o homem, tirando algo do bolso e lançando-o a Miguel. – Aqui tens a cópia que fiz da tua chave. Já não preciso dela! Finalmente encontrei o que procurava.

– Encontrou?! – indignou-se André. – Que eu saiba, quem encontrou tudo o que havia para encontrar nesta história fomos nós!

– Ora! Digamos que trabalhámos todos muito bem como uma grande equipa – disse ele, rindo com os seus cúmplices. – Já viram, rapazes? Vocês já andavam a pensar em desistir, mas eu bem sabia que o tesouro existia!

– Sim? E como é que descobriu? – perguntou André, curioso.

O Sr. Castro aclarou a voz e acedeu ao pedido:

– Bem, visto que somos uma equipa – insistiu, irónico – parece-me que não há problema nenhum em conceder-vos algumas explicações... Por isso, aqui vai:

«Como vocês já sabem, os Magens eram uma família de pedreiros-livres que vieram para Mafra no século XVIII participar na construção do Real Convento. Mas obviamente não foram os únicos. Aliás, a certa altura, chegou a haver cerca de cinquenta mil operários a trabalhar na obra do *Magnânimo*. E entre eles encontravam-se os meus antepassados, colegas dos Magens.

«Já quase no final da construção, começou a espalhar-se entre alguns pedreiros a ideia de que o rei tinha escondido um enorme tesouro num dos monumentos que mandara edificar. Mas como aconteceu com tantas outras histórias, também esta foi esquecida, por se julgar ser destituída de qualquer fundamento.

«E foi assim, como simples lenda, que passou de geração em geração no seio da minha família, até chegar aos nossos dias.»

– E por que razão é que essa tal lenda passou a ser levada a sério de um momento para o outro? – perguntou Maria.

– Porque um dia – explicou o homem – quando eu andava a fazer umas limpezas no sótão, encontrei umas cartas de um bisavô que a mencionavam.

– E...? – insistiu a rapariga, curiosa.

– E como na altura não tinha nenhum trabalho entre mãos – maldita crise! – lembrei-me de fazer umas pesquisas para descobrir se a história tinha um fundo de verdade.

– Mas não descobriu nada, pois não?

– Descobri que havia cinco monumentos de D. João V que tinham sobrevivido ao terramoto... – informou o homem.

– Grande descoberta! – troçou Miguel.

O empreiteiro sorriu, fingindo não ter ouvido o comentário do rapaz, e continuou:

– A primeira coisa que fiz foi apertar com o tal Gil Magens, para ver se o homem sabia alguma coisa sobre o velho tesouro. Afinal de contas, era muito estranho que uma família permanecesse ligada a um edifício durante séculos. Eu tinha quase a certeza de que ele sabia de alguma coisa!

– Só que ele não lhe disse nada… – afirmou André.

– Nadinha! Era muito reservado.

– Não tem vergonha? Ele tinha mais de oitenta anos! – criticou Ana. – E depois? O que aconteceu?

– Aconteceu que poucas semanas mais tarde, estava eu sossegadinho a ver o telejornal em casa, quando ouvi a notícia de que o último habitante do Palácio de Mafra acabava de falecer – explicou ele. – Ainda tentámos ver se deitávamos a mão à papelada que ele deixara, mas descobrimos que oferecera o espólio completo à biblioteca do palácio.

– E isso estragou-lhe os planos – adivinhou Ana.

– Digamos que os atrasou – corrigiu o homem. – Como continuava a não ter nada que fazer, e para não dar razão ao ditado *em casa de pedreiro, espeto de pau*, decidi servir-me da minha profissão…

Achando graça à piada, o indivíduo deixou passar alguns instantes que permitiram aos comparsas assimilar o seu conteúdo e emitir umas risadinhas de cumplicidade.

– *Ferreiro*… – corrigiu Maria, sem se conter. – Diz-se *em casa de ferreiro*…

O homem franziu o sobrolho, arreliado por ver o seu gracejo destruído perante os companheiros, mas prosseguiu:

– Enfim, concluindo: andámos por aí a esburacar os cinco monumentos durante um ano inteiro, mas acabámos por não encontrar nada de interessante.

Os primos trocaram olhares, recordando os artigos de jornal que André lera e que mencionavam as incursões secretas do grupo. No fim de contas, Maria não tinha inventado o nome *escavadores desconhecidos* ao acaso.

– Até ao dia em que ouviu falar na exposição em honra de Gil Magens – adivinhou André.

– Pois claro! – anuiu o homem. – E até ter falado com um amigo que fabrica equipamento eletrónico especial para arqueologia e espionagem, e que me propôs sociedade, não é verdade, Faria?

O comparsa fez-lhe uma saudação, inclinando a cabeça ligeiramente e emitindo um grunhido em resposta. Depois deitou um olhar intimidador a André, mostrando-lhe que ainda não se tinha esquecido da brincadeira dos berlindes no topo do aqueduto.

– Aqui o Faria mostrou-me que não era preciso andar a esfuracar monumentos à toa para saber se escondiam alguma coisa – explicou o empreiteiro. – Bastava efetuar uma pesquisa bem-feita, analisar toda a informação disponível e fazer uso da tecnologia mais avançada.

– E foi assim que decidiu assaltar o palácio na véspera da inauguração da exposição – disse André, prosseguindo com a cronologia dos acontecimentos – roubando todas as plantas da construção do edifício, assim como os recortes de jornal originais sobre Diogo Alves.

– Estás muito bem informado! – elogiou o homem.

– Talvez sim – consentiu André, contando esclarecer a história do *serial killer* que atacava as vítimas no topo do Aqueduto das Águas Livres de uma vez por todas. – E talvez não. Para que é que queria os recortes de jornal?

– Por uma razão muito simples: as velhas cartas do meu bisavô também falavam nele, referindo que se tratou da maior deceção da história policial do país – explicou o empreiteiro.

– Porque a Polícia nunca o apanhou? – perguntou Charlotte, que não assistira à discussão dos amigos sobre o *serial killer* no autocarro, aquando da primeira visita a Mafra.

– Não – contradisse Maria, respondendo por Castro. – Porque a Polícia nunca percebeu o que ele andava realmente a fazer no topo do aqueduto!

– Tu bem dizias que era estranho que ele estivesse ali só para assaltar pessoas! – recordou o primo.

– Mas também não acertei na razão exata – disse Maria – porque pensei que o objetivo das suas buscas tivesse a ver com informações secretas sobre como construir casas totalmente antissísmicas.

– A propósito… – perguntou o empreiteiro, de testa enrugada. – Onde é que vocês foram buscar essa ideia de que nós andávamos à procura de informações secretas sobre métodos de construção antissísmica? Ouvi-vos falar nisso duas vezes, mas não percebi o que queriam dizer…

A princípio, André estranhou a pergunta, mas depois, recordando todos os momentos em que o assunto tinha sido discutido, percebeu a sua razão de ser.

– Ele não chegou a ouvir a nossa teoria sobre o conteúdo dos documentos de Miranda! – sussurrou discretamente ao ouvido da prima mais velha.

Maria piscou-lhe o olho, dando-lhe a entender que tinha pensado no mesmo.

– Bem… – disse o rapaz, preparando-se para responder pela prima. – Primeiro porque não sabíamos da existência do tesouro, segundo porque o fator comum a todos os monumentos que o vosso grupo escavou era terem resistido incólumes ao terramoto.

A resposta pareceu satisfazer o homem, permitindo a André encobrir o terceiro motivo, o mais importante. Não fazia tenção de lhe oferecer as informações secretas de Miranda sobre construção antissísmica, se pudesse evitá-lo.

– Mas voltando a Diogo Alves – continuou Maria – estava a dizer-nos que as cartas do seu bisavô falavam nele…

– Sim – assentiu o homem – diziam que ele também tinha conhecimento do tesouro de D. João V e que o procurara no aqueduto.

– Uhmm… E assim o senhor roubou os recortes de jornal de Magens, esperando que estes lhe revelassem alguma pista sobre a localização exata do tesouro no aqueduto… – concluiu Ana, pensativa.

– Exatamente! Naquela altura era a pista mais forte que eu tinha. E é claro, as vossas deduções também me convenceram de que o tesouro se encontrava ali – acrescentou o homem, com um sorrisinho irritante.

– Mas continuo a não perceber uma coisa… – prosseguiu ela. – Como é que Diogo Alves soube da existência do tesouro?

– Muito simples! – anunciou Castro. – Porque a companheira dele, uma tal Gertrudes Maria, conhecida como *Parreirinha*, era natural de Mafra!

– De Mafra?! A sério? – surpreendeu-se André. – Que coincidência incrível!

– Penso que, tal como os meus antepassados, também os dela tinham ouvido falar na lenda do tesouro. Deviam ser pedreiros-livres, pois que outra coisa havia para fazer em Mafra senão a obra do Real Convento?

– E com base nas informações da *Parreirinha*, Diogo Alves tomou posição no aqueduto, matando todas as pessoas que com ele se cruzavam, enquanto procurava o tesouro de D. João V – resumiu Maria.

– Mas o idiota nunca encontrou nada porque o tesouro não estava lá – concluiu Castro, observando as paredes de ouro à sua volta, embevecido.

– E se não fôssemos nós – gracejou Miguel – o senhor, por esta altura, também ainda lá andava à procura do mesmo.

O homem fitou-o, encolerizado, mas o seu rosto depressa adotou uma expressão estranhamente jovial.

– Há pouco disse-vos que não tinha descoberto grande coisa sobre a lenda dos Castros, além da existência dos cinco monumentos de D. João V que sobreviveram ao terramoto… – disse ele, com um sorrisinho que anunciava uma novidade. – Pois bem, não foi apenas isso que descobri. Fiquei também a saber que os cinco monumentos tinham outra coisa em comum.

Os jovens não se surpreenderam, pois já sabiam a que se referia o empreiteiro.

– Todos eles tiveram António Miranda como mestre de obras – disse Maria, julgando surripiar assim a glória da revelação ao homem.

– Sim, mas não só… – disse ele, sorrindo e mostrando-lhe que o melhor ainda estava para vir. – Também descobri onde tinha morado o *magister operis* do rei, em Lisboa…

A informação, que funcionara como uma pequena vingança, fez Miguel bufar de raiva. Castro estava a referir-se a *sua* casa.

– Foi então que a sorte decidiu bater-me à porta – revelou ele, orgulhoso, fitando o rapaz nos olhos. – Soube da remodelação que os teus pais queriam fazer e depois não foi difícil levá-los a escolher a minha empresa de construções.

– Seu impostor! – exclamou o brasileiro. – Aproveitou-se de nós!

– Bem, as coisas também não foram assim tão simples dali para a frente – corrigiu-se o empreiteiro. – A princípio até andava bastante frustrado, porque não encontrei nenhuma pista nova.

– E que pista é que queria encontrar numa casa tão antiga? – perguntou Miguel, com um tom de desafio. – Não estava à espera que António Miranda lhe tivesse deixado algum diário com o mapa do tesouro, pois não?

Castro riu com satisfação, apreciando a ironia do rapaz, e por fim respondeu-lhe:

– Realmente pode parecer uma ideia absurda. Chama-lhe palpite, se quiseres. O facto é que ninguém deseja morrer levando para a cova um segredo tão grande. E o segredo de Miranda era mesmo *muito* grande.

A expressão foi acompanhada por um expressivo alargar de braços. – Além disso, não me enganei, pois não? – continuou. – Todos sabemos que ele deixou realmente um baú com informações valiosas!

Os primos entreolharam-se, confusos. Afinal de contas, Castro sabia que os documentos de Miranda mencionavam as técnicas antissísmicas secretas, ou não?

– *Informações... valiosas?* – repetiu André, cauteloso, esperando tirar a dúvida a limpo.

– Claro! Os famosos versos que vocês decifraram e que se aplicavam aos quatro monumentos! – exclamou ele. – Sem eles não teríamos chegado até aqui!

Os primos suspiraram de alívio e André acenou rapidamente com a cabeça, dizendo:

– Ah, sim. Claro.

– Acreditem no que vos digo – insistiu o homem – se Miranda escreveu os versos era porque queria que descobríssemos o tesouro!

– E como é que descobriu onde ele morava? – perguntou Ana, curiosa.

– Ora essa! Pensam que são os únicos a saber fazer pesquisas? Fiquem a saber que a Torre do Tombo tem muitos documentos relativos ao mestre de obras real de D. João V! Aliás, Miranda também ajudou o marquês de Pombal a reconstruir a Baixa lisboeta com a sua *gaiola pombalina*, uma técnica de construção antissísmica muito inteligente que combinava a elasticidade da madeira, adaptável aos movimentos sísmicos, à resistência ao fogo da alvenaria. E foi a Miranda que se deveu o famoso questionário sobre o terramoto que o marquês enviou a todas as paróquias.

A notícia caiu como uma bomba entre os cinco jovens. Aquela era a novidade mais inesperada que poderiam imaginar.

– Então... António Miranda também... sobreviveu... ao terramoto?! – balbuciou Maria.

– Sobreviveu, pois! Tenho de admitir que era um profissional competente e graças à sua paixão pelo estudo dos terramotos, talvez até se possa dizer que foi o percursor da Sismologia! No fim de contas, o terramoto de 1755 foi o primeiro a ser estudado em todo o mundo!

André não sabia o que pensar. Uma enorme quantidade de pensamentos inundou a sua mente, confundindo-o.

Ao fim de poucos instantes, porém, chegou a uma conclusão importante: se Miranda sobrevivera ao terramoto e ajudara na reconstrução da Baixa pombalina utilizando as suas técnicas de construção antissísmica, isso significava que estas, não só não eram secretas, como estariam totalmente ultrapassadas. O que transformava os documentos do velho mestre de obras em papéis muito menos valiosos do que os jovens tinham imaginado.

«Afinal enganámo-nos desde o princípio!», pensou com os seus botões. «A mensagem secreta de Miranda nunca teve a ver com terramotos, ou técnicas de construção antissísmica secretas, como pensámos, mas com este tesouro enorme! Eu bem tinha a impressão de que havia mais qualquer coisa por trás disto tudo!»

Miguel, curioso, colocou uma questão ao empreiteiro que veio interromper os pensamentos do amigo:

– Como é que o senhor ficou a saber do baú?

Aquela questão sempre lhe ficara atravessada, pois não sabia como explicar a si mesmo que os *escavadores desconhecidos* pudessem saber de algo que ele próprio só descobrira semanas após as obras em sua casa já terem terminado.

– Mais um golpe de sorte! – anunciou o homem, satisfeito. – Imagina que um dia, quando passava pela tua rua por acaso, um teu vizinho reconheceu-me e veio ter comigo, todo irritado, a perguntar por que razão não tinham as tuas obras ainda acabado. É claro que fiquei a olhar para ele *como um boi a olhar para o mar*...

Maria deixou escapar um risinho divertido. Tinha acabado de conhecer uma pessoa que sofria do mesmo mal de André: uma total incapacidade para acertar nos provérbios! Ainda pensou em corrigi-lo, mas depois preferiu não o interromper.

– Perguntei-lhe a que se referia – prosseguiu Castro – e ele explicou-me que tinha ouvido marteladas fortes durante toda a tarde, no dia anterior. É claro que fiquei com a pulga atrás da orelha.

– Isso aconteceu no dia em que encontrámos a cápsula do tempo de Miranda – recordou Charlotte, que até ali tinha permanecido calada.

– Que grande azar! – queixou-se Miguel.

– Que grande sorte, queres tu dizer! – protestou o homem, divertido. – Porque foi a partir daí que as minhas pesquisas sofreram uma reviravolta!

– Ah, obrigado! – indignou-se o brasileiro. – A ouvir as nossas conversas com as escutas que deixou em minha casa!

– Ah, ah, ah! Milagres da tecnologia, meus caros! – riu Castro, inspecionando o cofre de diamantes mais próximo de si. – E agora permitam-me que sacie também a minha curiosidade…

– O que é que quer saber? – perguntou André. – Quantos diamantes contém cada cofre? Não lhe servirá de nada, porque não vai conseguir transportá-los daqui sem que o apanhem.

– Enganas-te, meu caro – contestou Castro. – Isto foi tudo muito bem planeado! Os bombeiros vão levar o resto do dia a certificar-se que o alarme que desencadeámos era falso e nós teremos todo o tempo necessário até amanhã de manhã, à hora de abertura do museu, para *limpar* esta sala como deve ser.

– E como é que pensa levar estes lingotes de ouro para o exterior? – perguntou Maria, incrédula. – Às costas?

– Não, minha cara – riu o homem. – Não vou levá-los às costas, vou usar os carrinhos de mão que deixei nos subterrâneos do palácio. O espólio de Magens sempre me serviu para alguma coisa, ah, ah, ah!

– As plantas do palácio que roubou! – exclamou Maria.

– Exatamente! Além disso, e uma vez mais, vou poder contar com a vossa ajuda!

– Com a *nossa* ajuda?! – perguntou a rapariga, horrorizada. – Se está a pensar que entro nos subterrâneos, está muito enganado!

– Receio que não tenhas outra alternativa… – sorriu Castro. – Não podemos deixar-vos livres para nos denunciarem, enquanto efetuamos a nossa limpeza.

André viu o rosto de Ana, Maria e Charlotte tornar-se branco como a cal e adivinhou que o medo de aranhas da prima mais velha começava a consumi-la. Era necessário pensar urgentemente num plano.

O rapaz deslizou discretamente o olhar pelo compartimento, à procura de algo que os pudesse ajudar a sair dali, mas nada lhe saltava à vista. Estavam cercados por três paredes construídas com lingotes de ouro e por uma porta de pedra, atrás deles, acionável com uma chave em forma de coroa. Como é que haviam de conseguir escapar?

Enquanto André pensava no que fazer, o empreiteiro voltou a repetir a sua questão:

– Como ia dizendo, antes de me interromperem, permitam-me que sacie também a minha curiosidade...

André franziu o sobrolho, sem compreender.

– A que se refere? – perguntou.

– Àquele documento – respondeu ele, apontando para a velha folha de papel que Maria continuava a segurar.

– Este? – inquiriu a jovem.

– Esse mesmo – confirmou ele. – Vês mais algum documento por aqui?

Se, por um lado, o sarcasmo do homem irritou André, por outro acelerou a atividade das suas células cinzentas, pois foi precisamente uma das palavras do empreiteiro que lhe sugeriu a ideia brilhante que procurava. Só esperava que funcionasse.

Tentando não dar nas vistas, e contando com a compreensível movimentação criada pela presença de dez pessoas num espaço não muito grande, o rapaz deslocou-se até ao cofre que se encontrava no canto esquerdo, ao fundo do compartimento. Depois, e antes que alguém lhe perguntasse o que estava a fazer, voltou-se de costas e colocou os documentos de Miranda que transportava na mochila dentro do cofre, fingindo observar os fabulosos diamantes que este continha.

– Escusas de enfiar diamantes nos bolsos, que ninguém sai daqui sem ser revistado! – disse Castro.

André voltou-se, lentamente, suspirando de alívio por não ter levantado as suspeitas dos *escavadores desconhecidos* relativamente ao seu verdadeiro objetivo.

– Olhe que eu não tenho os seus vícios! – exclamou, esforçando-se por se mostrar ofendido.

– E ainda bem! – riu o homem. – Porque lá diz o ditado: *ladrão que rouba ladrão, nunca há de ter perdão!*

Maria não queria acreditar nos seus ouvidos. Mais uma horita a ouvir as calinadas de Castro e teria material suficiente para escrever uma comédia sobre provérbios e expressões idiomáticas erradas.

André encolheu os ombros e regressou para junto da porta. A primeira parte do plano tinha corrido bem.

– Mas voltando ao documento que tens na mão, não disseste que era uma carta de D. João V? – perguntou ele a Maria. – Anda lá, rapariga! Desembucha! Afinal, o que diz a carta? Estou mortinho por saber o que levou o rei a esconder um tesouro deste tamanho aqui dentro.

Maria trocou de olhares com o primo e ao ver que este lhe fazia sinal afirmativo, acedeu ao pedido do homem.

– Diz que D. João V sempre desejou que Portugal se tornasse culturalmente evoluído – disse ela, explicando por palavras suas o conteúdo da missiva real – e daí os incríveis investimentos que pôde fazer graças ao ouro e aos diamantes vindos do Brasil.

– Lá isso é verdade! – assentiu Castro. – Parece que a certa altura a riqueza era tanta que chegava a ser complicado geri-la em Lisboa.

– Apesar disso – prosseguiu Maria – os pagamentos da Coroa Real eram muitos e o défice comercial com a Inglaterra aumentava cada vez mais, por isso o rei sentia-se inquieto, temendo uma catástrofe económica futura.

«E assim, quando António Miranda lhe falou na possibilidade de edificar monumentos tão robustos que resistiriam aos mais violentos terramotos, D. João V pediu-lhe que construísse uma Sala do Tesouro na qual os tijolos seriam lingotes de ouro e que albergasse quatro grandes cofres repletos de diamantes.

«O rei decidiu também que o monumento que acolheria a Sala do Tesouro seria a sua obra mais querida, o Real Convento de Mafra, mas não quis deixar instruções escritas a ninguém sobre a existência ou localização do tesouro, a utilizar somente em caso de falência nacional.

«Para D. João V, bastava que ele próprio e as pessoas envolvidas na construção do enorme cofre real soubessem da sua existência.»

– Por outras palavras, António Miranda e os Magens – deduziu André, e depois prosseguiu na sua interpretação, enfatizando algumas palavras de propósito. – Uhmm… Imagino que o mestre de obras tenha decidido, à revelia do monarca e com a ajuda dos fidelíssimos Magens, esconder instruções em código sobre a localização do tesouro, para evitar que se perdesse se algo lhes acontecesse.

«E para tal escolheu os quatro monumentos que construíra com as suas técnicas antissísmicas *secretas*, sabendo que todos eles resistiriam ao terramoto.

Ana e Maria entreolharam-se. André estava a fornecer ao empreiteiro informações que, por um lado, o homem não possuía e que, por outro, nem sequer eram totalmente corretas. Que plano teria o primo em mente?

– Por fim – continuou André – Miranda completou a informação com uma cápsula do tempo que escondeu em sua casa na véspera do terramoto, consciente de que estava prestes a morrer.

Castro fitou-o, confuso e em silêncio, tentando compreender o que o rapaz acabara de dizer. Por fim, incapaz de decifrar alguns dos conceitos mencionados, perguntou:

– Ouve lá… Como é que Miranda podia saber do terramoto?

– Então ele não era um perito na matéria? Não foi ele o percursor da Sismologia? – respondeu André, aproveitando as palavras que Castro usara pouco antes.

O homem encolheu os ombros, duvidoso e inquiriu:

– E de que técnicas antissísmicas *secretas* estão vocês a falar? Não estão a referir-se à *gaiola pombalina*, pois não? Isso hoje em dia já está muito ultrapassado!

«Está no papo!», pensou André. «Agora é só espicaçar-lhe a curiosidade…»

– Bem… Não… Quer dizer… Sim… – balbuciou o rapaz, soando propositadamente atrapalhado.

– Ouçam lá! O que é que vocês me estão a esconder? – perguntou Castro.

– Nós? N… Nada! – assegurou André, com toda a indecisão que lhe era possível colocar no tom de voz.

Para aumentar as dúvidas do empreiteiro, o rapaz deitava, volta e meia, uma olhadela receosa ao cofre do qual se aproximara pouco antes, despertando assim a curiosidade do homem.

– O que é que viste ali dentro, além dos diamantes, rapaz? – perguntou ele, irritado, dando alguns passos na direção do cofre.

Foi então que André esbugalhou os olhos na direção dos amigos, dando-lhes a entender que se preparassem para fugir ao seu sinal.

Castro, já suficientemente perto do cofre para notar a presença dos documentos que o jovem nele enfiara, escondidos entre os diamantes, pegou nos papéis e exclamou:

– E *isto* o que é?

André ainda tartamudeou mais algumas interjeições propositadamente enganadoras, até que acabou por dizer, em jeito de confissão:

– Não sabe o que é? Pois nós pensávamos que era exatamente *disso* que andava à procura.

– Como assim? – perguntou o homem, enquanto dava uma olhadela rápida ao conteúdo dos documentos.

– São as tais técnicas de construção antissísmica *secretas* de Miranda. Devem ser valiosíssimas, para as ter escondido aqui, no meio deste incrível tesouro! Imagino o dinheiro que uma empresa de construções possa fazer se começar a construir casas totalmente à prova de terramotos! Nunca ninguém conseguiu fazê-lo até hoje...

Castro fez sinal aos comparsas para que se aproximassem e distribuiu algumas folhas por cada um.

–Vejam se o que o rapaz diz é verdade! – ordenou.

– É claro que é verdade! – disse André, fazendo finalmente sinal aos amigos para se escapulirem discretamente pela porta entreaberta. – Senão por que razão é que, de todos monumentos de D. João V, os únicos a sobreviver ao terramoto foram os que Miranda construiu?

Aquele foi o golpe de mestre que reduziu os *cinco escavadores desconhecidos* ao descalabro. A ganância foi tanta que nem pensaram na riqueza indescritível que os rodeava, ocupando-se em vez disso a analisar as técnicas de construção que Miranda documentara e cujo potencial valor lhes ofuscava a mente.

Aproveitando a distração dos indivíduos, Ana, Maria, Charlotte e Miguel saíram de mansinho, seguidos por André que, retirando a coroa da cavidade hexagonal onde antes a inserira, acionou o mecanismo que em poucos segundos fechou a porta. Quando os homens se aperceberam do que tinha acontecido, já era tarde demais.

Os murros violentos dados à porta e as palavras furiosas de Castro ribombavam do interior da Sala do Tesouro.

– O que é que vocês pensam que vão conseguir? Hã? Ninguém vai acreditar no que disserem porque não há provas contra nós. Vai ser a nossa palavra contra a vossa!

Foi então que Maria abriu a palma da mão e exibiu o pequeno microfone que tinham encontrado na gola do blusão de Miguel.

– Estás a ver, André? Eu bem disse que ainda havia de nos ser útil!

– Boa, Maria! – exclamou Miguel, dando-lhe um beijinho terno na bochecha. – De certeza que o equipamento da carrinha deles gravou a conversa toda!

– Ah, ah, ah! *Milagres da tecnologia, meus caros!* – riu Ana, usando a expressão de Castro.

– Ah, ah! O feitiço virou-se contra o feiticeiro! – acrescentou André.

– E tu acertaste finalmente no provérbio! – notou Maria.

O rapaz aproximou-se então da porta cerrada e gritou, dirigindo-se aos *escavadores desconhecidos*:

– Se acham que a *gaiola pombalina* já está ultrapassada, experimentem a *gaiola mirandesa*! – exclamou André, rindo às gargalhadas. – Há de ser o vosso futuro!

E os jovens, divertidos e vitoriosos, desceram as escadas da biblioteca, deixando os cinco homens fechados na Sala do Tesouro secreto de D. João V, que tanto tinham desejado.

* * *

– O que é que achas que vai acontecer ao tesouro? – perguntou Miguel a Maria, a caminho do cinema, na Avenida de Roma.

Agora que o caso estava finalmente encerrado, e os *escavadores desconhecidos* engaiolados na prisão, Maria não tinha podido escusar-se com falta de tempo, acabando por aceitar o convite insistente do brasileiro.

– É engraçado pensar que D. João V criou o tesouro para salvar o país, caso este fosse à falência, sem imaginar que seria encontrado séculos mais tarde, numa altura em que as finanças públicas andam tão mal… Bem o podiam usar para as sanar! – disse ele, pensando alto.

Maria riu, divertida com a sugestão do rapaz, e atravessou as portas de uma das salas mais bonitas e confortáveis da cidade, resultado de uma remodelação em estilo renascentista de um espaço que outrora fora já cinema.

– Pelo que nos disse o meu pai, o plano é usar a Sala do Tesouro como *ex libris* do Palácio de Mafra – informou. – E os turistas que o quiserem ver vão ter de pagar extra, como acontece na Sala das Múmias do Museu Egípcio.

– Excelente ideia! Com a publicidade que lhe andam a fazer, há de vir gente de todo o mundo!

– Além disso, seria um desperdício destruir um dos exemplos mais engenhosos que se inventaram até hoje para camuflar um tesouro – notou Maria.

– Sim, realmente seria um autêntico desperdício – concordou Miguel. – Não há dúvida de que fazer paredes com lingotes de ouro em vez de tijolos foi uma ideia muito original. E vendo bem, até se pode dizer que foi mais um exemplo da *inteligência a dominar a matéria*.

Depois de comprarem os bilhetes para a *Fúria de Titãs* em três dimensões, um filme de ação que Miguel escolhera pela muito publicitada qualidade dos efeitos visuais e sonoros, e que Maria aceitara ver, não só por versar sobre heróis da mitologia grega, mas também pelo atraente ator principal escolhido para interpretar Perseus, os jovens entraram na sala de cinema.

– Uau! – exclamou Maria, assim que se sentou na sua poltrona e observou o teto por cima deles. – É incrível! Nunca cá tinha vindo!

– Escolhi este cinema por causa das pinturas clássicas – explicou ele, orgulhoso. – Como passámos vários dias juntos a investigar antigos monumentos, achei que era o mais apropriado…

Maria corou, sentindo-se reconhecida pelo empenho do rapaz na escolha do local para o seu primeiro encontro a sós, sem o resto do grupo.

– Sim, digamos que este foi um caso muito rico em elementos culturais – riu ela.

– Só houve uma coisa que eu não percebi – disse Miguel.

– Porque é que o mapa com a localização da Sala do Tesouro estava guardado dentro da *Mensagem*, um livro que só foi publicado no século XX?

– Eu também já tinha pensado nisso – admitiu ela – e cheguei à seguinte conclusão: a família Magens provavelmente mudava o esconderijo do mapa de tanto em tanto tempo, como nós fazemos quando alteramos as palavras de acesso às redes sociais, estás a perceber?

– Faz sentido, dado o valor do tesouro.

– Julgo que Gil Magens deve ter escolhido a *Mensagem* quando soube que Fernando Pessoa criara o título do livro com base na frase da *Eneida* de Virgílio. Talvez tenha sido uma espécie de homenagem ao poeta.

– Mas Pessoa morreu em 1934 e nessa altura Gil Magens ainda era muito novo.

– Pois era, tinha sete anos, mas talvez só tenha escolhido a *Mensagem* como esconderijo mais tarde, quando já era mais velho.

– Sim, é provável – concordou Miguel, sorrindo, enquanto lhe afastava uma madeixa de cabelo do rosto.

– O António Miranda é que foi um grande génio! – disse Maria, à procura de um novo assunto, atrapalhada com as borboletas que sentia no estômago.

– Tens razão – disse o rapaz. – Pensou em tudo! Já reparaste que até os diamantes do tesouro têm a forma da coroa que ele inseriu nos seus documentos?

– Não tinha pensado nisso – admitiu Maria. – Mas olha que inventar versos que se pudessem adaptar a quatro locais em monumentos diferentes não deve ter sido fácil.

– E criar uma chave para abrir a Sala do Tesouro formada a partir das quatro pirâmides que camuflou na sua cápsula do tempo, também não!

– Ainda bem que o tesouro estava tão bem escondido, senão os franceses tinham dado com ele durante as Invasões Napoleónicas – recordou Maria. – Durante aquele tempo todo nem imaginavam que o tinham debaixo dos pés!...

Os dois riram-se, divertidos.

– Cada vez que me lembro que, se eu não tivesse encontrado o baú naquele monte de entulho, não estaríamos aqui hoje! – murmurou o rapaz.

– Pois é... Teria sido outro desperdício... – riu ela.

Miguel aproximou o seu rosto do de Maria e voltou a sentir o seu delicioso perfume. Então, fixando o olhar na sua boca, segredou-lhe com um tom muito doce:

– Desperdício era esses lábios lindos ficarem sozinhos desse lado, quando os meus lhes podem perfeitamente fazer companhia...

As luzes da sala apagaram-se nesse preciso instante, a tempo de esconder as faces ruborizadas de Maria.

* * *

Duas horas mais tarde, nenhum deles se sentia capaz de contar a história do filme, tão distraídos tinham estado durante a projeção do mesmo.

– Acho que o beijo entre Andrómeda e Perseus deve ter sido giro – disse Maria, sorrindo, ao saírem para a rua.

– Não tão giro como este... – contestou ele, puxando-a para si e colocando-lhe os braços à volta do pescoço.

FIM

Os Primos

A coleção **Os Primos** distingue-se pela sua filosofia particular: para além de cenários internacionais, as aventuras destes jovens exploradores desfrutam de um conteúdo baseado em elementos de ficção, mas ao mesmo tempo de História, Geografia e outras ciências, o que permite transmitir aos leitores os resultados de um trabalho aprofundado de pesquisa e investigação.

Para além disso, as aventuras são muito atuais e os três primos são personagens com os quais os jovens se identificam com facilidade, pois lidam com muita tecnologia, recorrem com frequência à Internet e têm interesses e gostos contemporâneos.

O *site* da coleção pode visitar-se em www.osprimos.com. Aí pode conhecer-se um pouco melhor a coleção, os títulos publicados, a autora e as personagens principais. Para além de vídeos, fotos e textos, são disponibilizadas fichas de leitura, os contactos da autora e... o *e-mail* dos primos!

A colecção **Os Primos** consta da lista do Plano Nacional de Leitura. É recomendada para o ensino escolar (5.º, 6.º e 7.º anos) e tem sido adotada por escolas em todo o país desde 2004. Mas, mais do que isso, é lida com imenso prazer por milhares de leitores que têm feito esgotar edições.

gredo do Mapa Egípcio é o primeiro título da coleção **Os Pri-**
. Ana, Maria e o divertido André são os protagonistas desta
olgante aventura no Egito. Os três tornam-se os mais jovens
oradores do mundo quando descobrem um mapa misterioso
guem a sua pista, que os levará a correr inúmeros riscos e a
r momentos extraordinários. Viajarás com eles por locais
icos e fascinantes ao mesmo tempo que desvendarás um
:o da história e cultura ocidental e árabe, num crescendo
istível de suspense.

listério das Catacumbas Romanas é a segunda aventura da cole-
Os Primos. Desta vez os jovens aventureiros acompanham o
1 de embaixadores Torres a Roma. Aí conhecem Dragos, um
m que lhes desvenda mistérios espantosos sobre subterrâneos,
órias secretas da antiga cidade imperial e dos *Novos-Romanos*.
n a ajuda de muita tecnologia, dos mapas secretos das cata-
.bas e de truques divertidos, inventados para escapar a situações
erigo e ao temido *Boss*, os primos desmascaram duas perigosas
·s de malfeitores e quase recuperam as jóias da Coroa Portuguesa.
n muito suspense percorrem os corredores proibidos do palácio
nperador Nero, o Coliseu, o Vaticano e toda a fantástica Roma.
lo isto sem nunca se imaginar o desfecho inesperado desta exci-
·e aventura…

:nigma do Castelo Templário é a terceira aventura da coleção
Primos. André convida Ana e Maria a participarem nas escava-
·s arqueológicas de um antigo Castelo Templário, na aldeia histó-
·de Castelo Novo, e os mistérios não tardam a aparecer: inexpli-
·eis acidentes atribuídos à Eremita da Serra da Gardunha, aldeões
·ustados que abandonam a zona e as minas de volfrâmio, terramo-
·incêndios, estranhas lendas e a surpreendente maldição do foral
· André revê na Torre do Tombo. Os corajosos exploradores
·tam com a ajuda da belíssima Clepsidra, mas têm de aguentar o
·u humor de Gaspar, o chefe de escuteiros de André, que só lhes
·culta a vida…

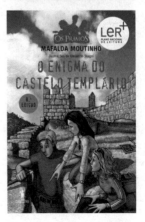

As escavações de paleontologia estão prestes a começar e o
mos juntam-se à equipa de voluntários internacionais na L
nhã. O destino dos jovens cruza-se com a história do maior c
voro terrestre do mundo, o *Spinosaurus*, e com as cartas troc
entre cinco velhos paleontólogos. Quem terá deixado o artig
Ernst Stromer de 1911 no cofre do Museu da Lourinhã, a Ca
dos Dinossauros, substituindo os fósseis e os embriões rouba
E a que se devem os ruídos e assobios fortes que se ouven
arribas, acompanhados de passos, pegadas enigmáticas, os
vultos aparentemente inexplicáveis? Nesta aventura passad
Portugal, Ana, Maria e André deparam-se com mais um mis
que trará momentos de leitura emocionantes e uma série de n
conhecimentos aos seus leitores.

O novo destacamento diplomático do embaixador Torres lev
irmãs Ana e Maria a deixarem o Egito e a transferirem-se
Londres, a meio do outono. Maria não consegue evitar os r
pressentimentos que a afligem no novo apartamento londri
menciona-os a André, que ali se encontra para uma sem
de férias. Os quadros da sala estão sempre tortos, não se v
vizinhos nas escadas, e aqueles arrepios estranhos… A princíp
primo não lhes dá muita importância, porém, ao ouvir um estr
de vidros partidos no corredor, muda de ideias. Descob
então que se trata apenas de um quadro partido, caído de
parede. Mas… atrás deste, alguém, num tom de vingança, es
dera uma carta misteriosa e um antigo folheto de teatro de
peça de Agatha Christie, de 1943.

Ana, Maria e André partem com os embaixadores Torres p
uma semana de férias em Valência, Espanha, durante a fina
Taça América, a bordo de um magnífico veleiro, o *Mi Vida*. C
eles encontra-se o jovem americano Richard Grant e o e
nhol Javier, filho do *skipper*, Alonso. Pouco antes de assisti
à primeira regata, os Primos observam um saco preto a boia
água e pedem a Alonso para o recolher. Estranhando as
ções deste e dos pais de Richard, os três jovens decidem a
o saco pela calada da noite, mas alguém consegue antecipa
No dia seguinte, graças a Javier, descobrem quatro misterio
cópias do cálice mais desejado do mundo, o Santo Graal, e c
vencem-se de que existe, de facto, um mistério a resolver.

é visita o novo Museu do Oriente, em Lisboa, mas o que
lmente parece uma simples visita de estudo depressa se
forma numa aventura de perseguição e suspense. Um estra-
ndivíduo vestido de mandarim e usando uma máscara de
Shen, o deus da riqueza chinês, aparece-lhe em sonhos
ite a noite e mais tarde deixa-lhe uma misterioso e anti-
imo livro, capaz de responder às perguntas que lhe fazem: o
so oráculo I Ching.

Maria e André viajam até Martinica, nas Caraíbas. À chegada a
ocal com paisagens exuberantes e praias fantásticas, conhecem
, filha de Pierre Dumont, um biólogo francês cujas pesquisas
eriosas são interrompidas por um trágico acidente. No velho
o de Dumont, **os Primos** descobrem indícios importantes que
uzem a um diamante com três mil e quinhentos quilates, escon-
algures no seio da floresta tropical. Com a ajuda de um velho
o que não esperavam encontrar, os jovens partem num grande
narã em direção às ilhas de S. Vicente e Granadinas e chegam
tit Tabac, ao largo da qual encontram uma pista deixada por
-Baptiste Labat, um biólogo explorador do século XVII. Mas a
crucial na busca da incrível pedra preciosa, o maior diamante
lado do mundo, encontra-se escondida num lugar que ninguém
ina e à vista de todos…

ıém envia a André uma mensagem eletrónica com um pedido de
ı urgente, contendo um estranho vídeo e um símbolo enigmático:
mãos vermelhas. Convencido de que Beatriz, uma colega de esco-
oi raptada algures num país tropical, o jovem pede ajuda às primas
e Maria, para resolver o mistério. Juntos descobrem que o inci-
te teve lugar no México, para onde partem de imediato, iniciando
viagem repleta de aventura e suspense, como se de um autên-
jogo de computador se tratasse. Nas pegadas dos conquistadores
nhóis Cortés e Bernal Díaz, e do explorador americano J. Lloyd
hens, cruzam-se com sacerdotes locais que os ameaçam, falando-
s da Grande Profecia Maia. Curiosos e destemidos, **Os Primos**
estigam as ruínas arqueológicas de Chichen Itza, Ek Balam, Uxmal
ulum, em cujas pirâmides – misteriosos testemunhos da antiga
ização maia – se escondem segredos incríveis e hieróglifos que
o de decifrar para encontrarem Beatriz e, quem sabe, o famoso
uro asteca de Montezuma…